TITANIA 4.0

TITANIA 4.0

Pauline Pucciano

La nouvelle pour adultes *Titania 2.0*
est initialement parue aux éditions LEN.
Titania 3.0 en est la version longue,
pour les adolescents et *Titania 4.0*, la suite.

Titania 3.0 est sélectionné
au Prix des Imaginales 2018 et
au Prix des Futuriales 2018.

Design de couverture : Dorian Danielsen
Crédit photo : Shutterstock.com

Facebook.com/M.les.romans

5, allée de la 2e DB – CS 81529 – 75 726 PARIS 15 Cedex

Loi n° 49-956 du 16-07-1949 sur les publications destinées à la jeunesse.
Dépôt légal : octobre 2017

ISBN : 978-2-210-96396-2

Manifeste

Compte Oh My Self de Titania.
1 249 877 vues – 609 214 courtisans.

Au terme de sa métamorphose, le papillon sort du cocon et se précipite vers la flamme. Quitte à risquer de se brûler, pour accomplir son destin.

Nous sommes, nous, le collectif « Debout dans le Temps », fruit d'une lente gestation, et nous allons vous offrir l'incandescence de notre envol.

Courtisans et sympathisants, Réseaunautes anonymes, notre collectif ne peut exister sans vous. Parce que nous vous demanderons, tout au long de notre parcours, des gestes, des objets, des informations, des rassemblements. Parce que vous diffuserez, chacun dans vos réseaux, la flamme que nous voulons faire crépiter plus haut.

Nous vous offrirons le frisson nouveau d'une enquête interactive. Nous vous offrirons le spectacle de notre insolence, de notre prise de risque, de notre inventivité. Nous vous offrirons une victoire artistique et morale sur les géants qui nous écrasent. Et, plus que tout, nous vous offrirons la vérité. Toute nue, transparente, sous forme de documents bruts que nous vous inviterons à faire circuler massivement.

Nos ennemis ?
Ils sont légion. Ils sont immenses.
Leurs moyens sont infinis.

Notre force ?
Elle tient à peu de chose : nous sommes Invisibles.
Et nous vous avons, vous.

L'anniversaire de Charles Blandion

Cela faisait plusieurs années que Charles Blandion, le célèbre magnat de la cybernétique, fêtait son anniversaire de la même façon : il privatisait entièrement la boîte de nuit « Les Nuits Écarlates », située au sous-sol de la fondation Muffat dans le bois de Boulogne. Le bâtiment ultramoderne, aux parois entièrement modulables, et truffé d'hologrammes architecturaux, lui avait toujours plu par son côté baroque et tape-à-l'œil. Et puis la salle de concert valait le coup : l'acoustique était de bonne qualité et Charles Blandion aimait par-dessus tout la musique. Ce soir, il s'était offert le luxe d'inviter Jade Arial, probablement la chanteuse la plus chère du moment. Elle lui avait facturé sept cent mille crédits les deux heures de spectacle ; mais qu'à cela ne tienne, elle avait une si jolie voix… Bien sûr, ces timbres modifiés n'avaient pas tout à fait le même cachet que la voix humaine naturelle – les cordes vocales synthétiques renvoyaient un son plus mat, un peu moins riche d'inflexions. Mais l'amplitude vocale était telle que la voix surpassait désormais la plupart des instruments. Jade Arial possédait en plus un implant innovant qui amplifiait les battements de son cœur lorsqu'elle chantait. Et il n'y avait pas d'accompagnement plus dramatique, de percussions plus émouvantes, de rythme plus sacré que ce tambour organique. Ce n'était pas le chant d'un ange, non, car seule la voix des jeunes garçons pouvait lui être comparée. Mais c'était assurément le chant de la modernité, le chant transhumain d'un être affranchi des lois de la nature.

Blandion, comme à son habitude, n'accorda pas un regard à la très vieille femme qui s'occupait du vestiaire. Le vieil âge, ainsi porté, lui paraissait aussi indécent qu'un vêtement sale ou une maladie de peau non soignée. Comment les gens pouvaient-ils se supporter dans cette décrépitude ? C'était inconcevable, effarant. Il avait donné l'ordre de ne recruter que des libertons d'apparence jeune, mais il y avait de plus en plus, sur le marché de l'emploi, de ces vieillards titubants et édentés. On était parfois obligé de recourir à eux, même dans les meilleurs établissements. Et il avait dû se résigner à en croiser quotidiennement quelques-uns, au détour de ses journées nomades. Il y en avait même un au bureau, depuis peu, qui s'amusait à lui faire peur avec son visage émacié, aux pommettes saillantes.

Charles Blandion fêtait ses quatre-vingt-deux ans. Il avait 15/10 à chaque œil, des organes tout neufs, une peau lisse et ferme, des muscles d'homme actif. Il portait ses costumes Giovanni avec l'élégance désinvolte d'un homme qui n'a pas besoin de faire d'efforts pour plaire.

Son manteau déposé, il s'engagea dans la première salle, suivi à une distance respectueuse par quatre ou cinq jeunes gens qui l'accompagnaient partout – sempiternels chiens du pouvoir, dont les fonctions principales semblaient être d'ouvrir les portes, de chuchoter, de trottiner en replaçant leur oreillette, et de se tenir éternellement prêts. Charles fut immédiatement assailli par les effusions bruyantes de tout un tas de gens qu'il connaissait à peine. Le code social était très strict sur ce point : il fallait absolument lui serrer la main, ou mieux, l'embrasser, en déversant son petit flot de paroles originales, le tout sans s'attarder plus de quelques secondes. Chacun s'y employait avec un certain succès. Les blondes, les éphèbes, les créatures à demi robotisées pétillaient autour de lui, avec la même effervescence et la même volubilité :

— Charles, la première partie du concert était a-hu-ris-sante !

— Monsieur Blandion, c'est une fête à la Gatsby !

— Bon anniversaire, Charles !

— Charles rajeunit chaque année davantage !

Cela flattait son ego comme le champagne flatte les papilles. Il se sentait gagné par une euphorie irrésistible, et avait envie de dépenser des milliers de crédits. Il s'installa à sa place d'honneur pour profiter de Jade Arial, qui devait faire son entrée en scène peu après la sienne. Pour le moment, une programmation musicale préenregistrée était chargée de faire patienter les convives. Ses petits caniches s'installèrent à quelques mètres de lui, formant une discrète barrière pour les importuns, filmant, surveillant chaque visage. Leur Réseau-Vecteur, ou RV, était connecté en permanence, et ils étaient toujours plongés dans des conversations virtuelles. Chaque sortie de Charles était pour eux source de stress, mais l'homme d'affaires paraissait ne pas s'en soucier. Ne les payait-il pas grassement pour s'inquiéter à sa place ?

La piste de danse se reconfigurait à chaque chanson. Lorsque le morceau changea, tous les hologrammes muraux se transformèrent et l'on passa d'une atmosphère de complexe spatial à une ambiance de forêt enneigée. Un frisson parcourut la salle et les danseurs suspendirent un instant leur hystérie collective pour se tourner vers la petite scène où s'avançait, royale, Jade Arial. Il y eut des applaudissements émus, et la diva, très art', n'eut besoin que de murmurer pour obtenir le silence.

Charles Blandion, qui jeta un coup d'œil circulaire sur la foule pour apprécier l'émerveillement général à cette surprise, aperçut une silhouette légèrement boiteuse qui continuait à bouger, et qui faisait même le tour de la salle, dans un mouvement inhabituel. Charles se pencha vers ses sbires, pour leur signaler cette anomalie, mais ce fut l'instant précis où la musique déferla, comme une vague puissante. Il se retourna machinalement vers la chanteuse et se laissa griser par le rythme, le volume sonore, la ferveur de la foule, comme en un bain de jouvence bouillonnant.

La silhouette, pourtant, ne s'arrêtait pas de bouger. Tandis que tous les visages se figeaient dans une extase plus ou moins feinte et que tous les danseurs immobilisés formaient un immense tableau vivant, une personne était en train d'installer calmement des objets, d'actionner des interrupteurs invisibles, de placer des puces dans des lecteurs muraux. On aurait pu croire qu'il s'agissait d'un membre du staff. Homme ? femme ? androgyne ? C'était difficile à dire, le seul trait saillant de cette silhouette longiligne étant une jambe cybernétique. Elle paraissait connaître les lieux et s'excusait parfois auprès des convives avec une politesse toute professionnelle.

À la fin de la chanson, Blandion reporta naturellement les yeux vers la piste de danse, où il ne vit qu'une foule de danseurs qui, se ranimant, applaudissaient à tout rompre. Son regard s'arrêta à nouveau sur ce jeune personnage qui lui paraissait familier. Il était pourtant incapable de mettre un nom sur ce vague souvenir qui lui échappait. S'agissait-il d'un acteur ? du fils de l'une de ses innombrables relations d'affaires ? d'un ancien collaborateur qui se serait rajeuni ? Reconnaître les gens, dans l'anamorphose des soins esthétiques, des implants et des costumes carnavalesques, était devenu un art presque impraticable, dont seuls les véritables physionomistes possédaient encore les arcanes. Un client, peut-être, à en juger par cette jambe cybernétique ?

Sa curiosité fut encore ravivée lorsque le jeune homme s'approcha de lui, parmi une douzaine d'autres convives, afin de lui présenter ses vœux.

— Jade Arial en concert privé ! fit-il en connaisseur. Voilà une belle façon de fêter tes quatre-vingt-deux bougies, mon vieux... Tous mes vœux !

Blandion fronça les sourcils à cette évocation indélicate de son âge, tandis que des jeunes femmes s'exclamaient :

— Quatre-vingt-deux ans ! C'est incroyable, Charles, vous êtes vraiment transhumain !

— Vous pourrez dire ce que vous voudrez, je ne peux pas le croire ! Charles est si... *hot* !

Le nombre de ses années était maintenant sur toutes les lèvres. Charles Blandion en ressentit un fort agacement et chercha des yeux le fautif, dont la voix lui paraissait elle aussi étrangement familière. Ce devait être quelqu'un qui le connaissait bien, pour savoir son âge exact. Il ne le révélait jamais à personne.

Avec un geste d'humeur, il héla ses sbires, et ce fut un malheureux garçon aux oreilles d'elfe, dont la peau veloutée se moirait de reflets comme une surface liquide, qui dut essuyer la colère froide de Blandion :

— Rappelez-moi combien je vous paye, espèce de foutriquet ?

— Royalement, monsieur Blandion, et je vous en remercie… Je suis désolé, monsieur Blandion… Je ne trouve pas ce jeune homme dans ma liste.

— Vous n'êtes pas fichu de les tenir à jour ? Allez chercher qui c'est et comment il s'est introduit dans la fondation. Ce n'est pas la peine de revenir si vous ne trouvez rien.

Le ton de Blandion était celui d'un homme habitué à ce que tout se courbe et se plie devant lui, et qui tout à coup éprouvait une résistance inattendue. Le ton d'un Nanti qui, soudain, ne peut plus user de ses privilèges.

Il n'était cependant pas au bout de ses peines.

Lorsqu'il tourna à nouveau la tête vers la scène, il eut la désagréable surprise de constater que le jeune homme à la jambe cybernétique était en grande conversation avec Jade Arial. Et non seulement elle ne le toisait pas d'un regard glacé, comme elle le faisait d'habitude avec les importuns, mais elle semblait même rire avec lui de bon cœur. Tous deux jetaient des coups d'œil dans sa direction et prenaient des airs de plaisants conspirateurs œuvrant à quelque surprise. Il était toujours possible de le faire vider par la sécurité, mais ce serait un aveu de faiblesse et mettrait la chanteuse mal à l'aise. Il choisit donc de garder sur les lèvres un sourire figé.

Du premier rang, où il se trouvait, Charles Blandion donna de la voix :

— Jade, pourrait-on passer à la suite ?

— Mon cher Charles, dit la chanteuse d'un air réjoui, je crois que c'est le moment de ta surprise d'anniversaire… Je m'en voudrais de troubler ce moment.

Blandion, décontenancé, se tourna vers son staff. Tous arboraient des mines déconfites, apeurées. L'incompétence dégoulinait sur leur visage comme une sueur. Ils n'étaient au courant de rien, ils tremblaient pour leur poste – et cette bande d'abrutis serait effectivement au chômage avant l'aube. Blandion n'eut cependant pas le temps de prendre un parti car les hologrammes de la salle de danse avaient brutalement changé. Ce n'était plus la féerique forêt de Noël, avec son firmament limpide et ses sapins, mais des rues de Paris, de nuit, jonchées de Hors-Réseau. À l'envers du Paris luxueux des Nantis, les Hors-Réseau avaient tout perdu. Non seulement leur logement, leurs crédits et leur emploi, mais même la possibilité légale de louer quelque chose, de travailler ou de se soigner. Surnommés les « HR », ou encore les « Invisibles », ils vivaient dans la rue ou, pour certains, sur le Périph, un lieu depuis longtemps fermé à la circulation et qui était devenu un espace de non-droit où les HR tentaient de former une société et une économie parallèles.

Le plafond diffusait des hologrammes de véhicules de la police. Le sol paraissait taché de sang et de déjections. Les murs s'ouvraient sur la perspective de différentes ruelles sordides. Une HR malade, au premier plan, toussait dans sa main déformée par l'arthrose. Et ces Invisibles, que tous ces beaux danseurs ne regardaient jamais dans leur vie quotidienne, dont ils évitaient soigneusement le contact, la vue, et même les quartiers, se retrouvaient soudain au centre de leur attention. Immatériels, irréels, et irradiant pourtant une présence terrible. Ils regardaient tous vers le centre de la salle, vers la piste de danse où les Nantis, pépiant comme des perruches, se sentirent soudain comme dans une cage, observés et jugés.

Le jeune homme profita de la stupeur générale pour apparaître sur la scène, non loin de Jade qui souriait niaisement, persuadée qu'il s'agissait là d'un appel à la charité. Sa voix résonna, amplifiée, dans tous les recoins de la salle, saisissant l'ensemble du public médusé :

— Bon anniversaire, Charles ! Pour tes quatre-vingt-deux ans – même si tu ne les fais pas, nous savons tous que la mort n'est pas dupe –, nous avons pensé à t'offrir un petit HR... Non, ne me remercie pas, je sais que tu les apprécies particulièrement !

Tandis qu'il parlait, l'hologramme d'un enfant apparut à ses côtés. Il était pauvrement vêtu, le visage sale, l'air malade.

— Nul doute, mon cher Charles, que tu vas le requinquer en un rien de temps !

L'hologramme se mit à sourire, et fut soudain vêtu plus richement.

— Tu pourras le déguiser à loisir, l'emmener partout, le faire dormir dans des chambres d'hôtel, ce sera ton PET BOY !

Tandis que l'hologramme, de plus en plus souriant, se revêtait de costumes variés, Charles Blandion s'était levé, pâle et menaçant.

— Appelez la sécurité, siffla-t-il entre ses dents.

Des molosses, surgis de nulle part, se dirigèrent aussitôt vers la scène. Le jeune homme pourtant ne semblait pas les voir, et continuait son numéro, le visage épanoui :

— Tu l'élèveras comme un vrai petit garçon… Mais lorsqu'il grandira, attention ! Il risquera de perdre sa belle voix d'ange… Il te faudra le jeter, ou bien le recycler… Et en prendre un autre, bien sûr, c'est ce qu'il y a de merveilleux avec les pet boys, la rue en est pleine en toutes saisons !

Les molosses allaient l'empoigner lorsqu'ils se rendirent compte que le jeune homme, lui aussi, n'était qu'un hologramme. Blandion vit l'un d'entre eux ramasser quelque chose par terre, un objet pâle et un peu transparent qu'il n'arrivait pas à identifier.

— Place à la fête ! continua l'hologramme.

— Des confettis virtuels, rouges, explosèrent dans toute la salle, ruisselant comme une pluie sanglante sur l'image des HR.

Le programme s'arrêta alors. Sur un geste paniqué du jeune homme aux oreilles d'elfe, qui tentait ainsi dans un effort désespéré de conserver son poste, Jade Arial se remit à chanter. Son tube, *Qui suis-je ?,* s'éleva, reconnu dès les premières notes par les convives, et au bout de quelques secondes, les employés des Nuits

Écarlates parvinrent à réactiver le programme normal d'hologrammes... Un décor de manoir gothique se matérialisa et un semblant de normalité revint : il y eut quelques grands éclats de voix et de rire, puis la musique, toute-puissante, envahit la conscience de l'auditoire. Cet incident serait vite oublié par la plupart des convives : surtout lorsqu'ils s'apercevraient que Charles Blandion s'était éclipsé. Il ne resterait alors plus que la musique et le goût acidulé de toute cette richesse...

Charles Blandion, dans son véhicule personnel, n'était, quant à lui, pas près d'oublier cet incident. C'est au moment précis où il avait entendu les mots « pet boy », ce simple nom affectueux auquel il n'avait plus repensé depuis bien longtemps, que la clarté s'était faite dans sa mémoire. Il avait brutalement revu le petit garçon canaille et mal dégrossi qu'il avait recueilli plusieurs années auparavant, qu'il avait fait manger dans ses assiettes d'or et fait dormir dans ses draps de soie. C'est comme ça qu'il le remerciait ? Ce serpent, ce traître, ce menteur, l'accusait d'avoir abusé de lui. Aurait-il préféré grandir dans la fange ? N'était-ce pas la règle du jeu, que de se plier aux ordres de son mentor ? De lui rendre un peu de l'affection qu'il lui donnait chaque jour ? Présenter les choses comme un viol, alors qu'il y avait eu du sentiment dans tout cela... Non seulement ce petit prince des rues avait à l'époque refusé de courber l'échine, mais en plus il venait le harceler maintenant, dans son vieil âge, et de surcroît le jour de son anniversaire ! Ah, comme il regrettait qu'aucun de ses limiers n'ait réussi à le supprimer… C'était tout ce que méritait cette vipère, pour son ingratitude. « Vipère »… Le mot lui venait naturellement, tandis qu'il tournait et retournait dans ses mains l'étrange objet oblong et transparent que les vigiles lui avaient apporté. Bien qu'il n'en ait jamais vu en quatre-vingt-deux années d'existence, il était sûr qu'il s'agissait là, si étrange que cela puisse paraître, d'une mue de serpent.

***

Dans une rame automatique de la ligne 1, Mytho, sur le RV qu'il manipulait, visionnait les vidéos de la soirée. Les caméras n'étaient pas idéalement placées et il y aurait un gros travail à faire sur le bruit de fond. Mais avec un montage digne de ce nom, il y avait là de quoi faire un malheur.

Il se sentait excité et avait hâte de montrer ça à Titania et à Jan. À Titania, surtout. Il aurait aimé qu'elle soit là, dans la salle, pour apprécier son travail d'artiste, un vrai numéro de funambule. Il leva un instant les yeux de son RV et imagina Titania au milieu de cette soirée hype, provocante et luxueuse. Sa beauté aurait éclipsé tous les convives.

Comme s'il s'éveillait d'un rêve, il se ressaisit et croisa le regard de son reflet dans l'écran de la fenêtre.

Ce n'était pas la première fois qu'il se surprenait à imaginer Titania à des moments où il n'aurait pas dû penser à elle.

Et pour être parfaitement honnête, ce n'était pas très bon signe.

Quelques semaines plus tôt

COMPTE OH MY SELF de Titania.

Ouvre les yeux.
Cherche le sens.

Je vois la Ville où tout est à vendre – j'entends la rumeur de Babylone. Ils te vendent tes cheveux, tes rêves, ta santé. Et tu consommes, à n'en plus finir, jusqu'à la nausée. Tu consommes comme tous les autres, dans la frénésie mécanique d'une existence qui ne t'appartient plus. Tu t'achètes de nouveaux organes chez Morgane Corp. et des pilules pour dormir chez Healness. Tu t'abreuves d'informations sur Happenings, et tu t'évades chez Live Your Dreams. *Les grandes corporations, elles, s'achètent la police, les hommes politiques, la sève de la Terre, le sol de Mars, pendant que tu te regardes dans un miroir, à l'infini, dans l'Identitemple.*

Le Réseau dévore le Réel.

Rencontrer l'autre, créer, réfléchir, tout se fait de l'autre côté – là où des féeries numériques t'envoûtent. Mais le Réel est là, et se meurt. Des enfants naissent privés d'Identité Informatique dans la rue et tu les enjambes le soir pour rentrer chez toi. La Terre dépérit, pendant que tu te gaves de nutriments, un casque de réalité virtuelle sur les yeux. La Ville est devenue ce corps malade où ne circulent plus que des informations et des crédits.

Que faire dans une Cité où il n'y a plus de chair ?

Où l'on ne peut plus rien se procurer, où l'*on ne peut plus se déplacer si l'on n'est pas connecté au Réseau ?*

Cherche le sens.

Ouvre les yeux.

***

Les choses avaient mis quelques semaines à s'organiser et les débuts n'avaient pas été faciles... Danton avait expliqué à Jan et à Titania que l'une des conditions de leur entrée en Dissidence était qu'ils fussent autonomes. Leur cellule ne devait en rien dépendre de la leur. Ils ne devaient plus se présenter à la péniche. Bien sûr, ils pourraient toujours communiquer, selon des protocoles précis qui évitaient tout risque inutile. Mais il leur fallait trouver les moyens de leur indépendance.

Danton et Robespierre exerçaient leurs métiers respectifs chacun de leur côté : Danton était psychologue et

Robespierre travaillait dans la multipub. Ils se retrouvaient fréquemment, en tant que frères. Mais n'eût-il pas été étrange qu'ils fréquentent trois jeunes gens de manière si soudaine et si assidue ? Il fallait prendre de la distance. On ne savait jamais, lorsqu'on était dissident, si l'on était surveillé ou pas. Les enquêtes antiterroristes étaient nombreuses, aléatoires, et parfois dénuées de logique. Ce cloisonnement leur avait permis jusqu'ici de vivre assez tranquillement : même l'enquête qui avait visé Olympe, la mère dissidente de Jan, ne les avait pas impliqués.

Jan et Titania, après deux mois d'amoureuse solitude sur l'île de Lormais, furent donc confrontés à la dure réalité. Depuis que Jan avait rencontré Titania, sa vie avait pris un tournant étrange, définitif. Après l'avoir sauvée des griffes de Morgane Corp., qui s'apprêtait à la tuer pour récupérer ses organes, Jan avait dû l'aider à se reconstruire et à accepter la vie Hors-Réseau qu'ils menaient aujourd'hui. Danton et Robespierre les avaient soignés, cachés, transportés, et instruits. Mais il n'y avait aucune équivoque possible : ils les poussaient hors du nid, à charge pour eux de se débrouiller. La Dissidence ne leur offrait aucun cadre, aucune logistique, aucune identité à revêtir. Il s'agissait seulement d'une communauté de valeurs, que chacun servait à sa convenance et dans la mesure de ses moyens. Certains étaient engagés à cent pour cent, d'autres se contentaient d'actions isolées et légères. Il n'y avait pas de chef dans cette nébuleuse décentralisée, pas de ligne, pas d'ordres donnés.

— C'est un peu comme la rue, avait dit Mytho. Pas de règles, pas de sécurité. Juste un espace où déployer sa créativité… ou ses pulsions suicidaires.

La rue, Jan et Titania durent y dormir plusieurs soirs de suite, et si Mytho, le jeune HR, n'avait pas été là pour égayer leur quotidien et leur faire profiter de ses innombrables combines, nul doute qu'ils eussent sombré dans le désespoir. Jan écrivait beaucoup – buvant sa muse du regard, dans la réalité comme à travers les écrans, amoureux de chaque parcelle d'elle, profitant de ses apparitions avec la même intensité que s'il était destiné à la perdre. Cette peur, en effet, ne l'avait pas quitté. Il aurait voulu lui offrir une vie plus facile et souffrait de la voir parfois plongée dans une sorte de mélancolie.

Titania, pourtant, ne se laissait pas aller, et luttait contre ses propres faiblesses. Le découragement devant les tâches à accomplir, la certitude d'une catastrophe prochaine, la démangeaison permanente du Réseau et du luxe, et, tout au fond d'elle, cette impression de se dissoudre, de ne pas exister, la rongeaient. Mais elle n'en disait rien, et Jan faisait la plupart du temps comme si tous ces démons n'existaient pas. Il n'y avait que lorsqu'elle écoutait ses poèmes qu'elle se sentait enfin apaisée, à la fois comprise et aimée pour ce qu'elle était. Cela lui donnait la force de donner le change et de supporter les privations.

La première fois qu'ils dormirent dehors, il lui composa un poème, qui leur tint lieu de foyer :

Quand tu arriveras au pied du mur,
Ferme les yeux, mon amour, et traverse
Le miroir où toutes choses s'inversent,
Commencement des aventures.
Mon alchimie est puissante en ce lieu,
Elle mue les morsures des nuits froides
En baisers étoilés, la pluie en feux,
Et les errances en ballades.

***

— Il nous faut un plan, déclara Titania, un soir.

— Est-ce que les Écumeurs seraient prêts à nous aider ? proposa Jan.

Les Écumeurs étaient une organisation de hackers réfugiés dans les tunnels de métro désaffectés. Ils les avaient aidés, deux mois auparavant, à devenir des Invisibles en retirant à Titania tous les implants connectés qui avaient permis à la police de la localiser.

— Tu n'as pas encore l'habitude de la rue, Jan. Les bons Samaritains sont rares, et encore plus dans les tunnels du métro. Il faut nous demander ce que nous avons à offrir. À part des organes. Et le joli corps de ta demoiselle. Et quand nous aurons de quoi négocier, alors nous pourrons aller les voir. En attendant, il faut voir le côté positif. Nous avons un RV, c'est déjà beaucoup.

Le Réseau-Vecteur était sans doute l'objet qui symbolisait le mieux le XXIIe siècle dans lequel ils avaient grandi : il centralisait toutes les fonctions de domotique, de paiement, de communication, d'identification, de connexion au Réseau, de lecture de l'environnement 3D… Mais le RV « fantôme » que Danton leur avait laissé pour seul héritage n'était qu'une ombre de RV : il permettait certes de naviguer sur le Réseau, de recevoir et de déposer des données, mais il n'était relié à aucune Identité Informatique et ne permettait donc ni d'acheter quoi que ce soit dans un magasin, ni de travailler, ni de prendre le métro dans la vie réelle.

— Un, ce n'est pas assez, dit Titania. Il nous en faut un chacun, et des identités informatiques.

Mytho avait pris un air comique :

— Je connais un endroit où on pourrait avoir tout ça pour pas cher… Boulevard des Capucines… Tu n'as pas un rein ou un poumon en trop, Titania ?

Titania l'avait fusillé du regard, mais Jan avait ri.

— On pourrait toujours revendre ta jambe cybernétique au marché noir, ça nous ferait de l'argent, gronda-t-elle. D'ailleurs, tu ne nous as jamais raconté comment tu l'avais payée… Ça doit coûter une fortune !

— Un très beau coup, dont je suis très fier… Comme ma gangrène refusait obstinément de guérir, j'ai dû rendre une petite visite nocturne dans un entrepôt de Blandion.

— Tout seul ? Blessé ? s'écria Titania.

— Ma langue n'était pas blessée, et c'est elle qui m'a tiré d'affaire. J'ai baratiné et soudoyé deux gardes d'un entrepôt discret dont je connaissais l'emplacement. Je voulais juste avoir accès aux exemplaires de démonstration qu'ils recyclent pour pièces après les expositions.

— Soudoyé avec quel argent ? demanda Jan, incrédule.

— Je leur ai promis de leur voler quelque chose. Aucun risque pour eux, aucune trace ADN, c'est beaucoup d'argent facile.

— Ils n'ont pas eu peur de perdre leur emploi ?

— Chacune de ces pièces vaut plus d'un an de salaire.

— Et ça a marché ?

— Comme sur des roulettes ! Je m'apprêtais déjà à me contenter d'une jambe de femme, ou d'une jambe trop petite ou trop grande, mais… j'ai eu la chance de ma vie.

— La chance… murmura Jan, songeur. Il faut qu'on apprenne à la forcer, nous aussi. Ton histoire est une leçon. Je me demandais si… Nous devions faire une enquête, tu te souviens Titania ? Comme un journal de bord public… Nous en avions parlé sur l'île.

— Oui, et alors ? Ce n'est pas ça qui va nous faire gagner des crédits !

— Je n'en suis pas si sûr, dit Jan avec une lueur nouvelle dans les yeux. Écoute plutôt mon idée : Titania, combien as-tu de personnes qui te suivent sur le Réseau ?

— Des courtisans ? Environ six cent mille.

— Je crois que je commence à comprendre, dit Mytho, peu à peu gagné par l'excitation.

— Moi, je ne vous suis toujours pas, dit Titania.

— Réfléchis, dit Jan. Que veulent tes courtisans ?

— Du spectacle, répondit Titania d'un air songeur. Du rêve.

— De l'art, compléta Jan… De l'art… et on va leur en donner ! C'est comme ça qu'on va gagner notre vie. Comme saltimbanques virtuels.

— Que veux-tu dire ?

— Je veux dire que nous pouvons récolter des dons avec ton compte OMS, si nous parvenons à y publier des posts de qualité…

— C'est brillant, Jan ! Brillantissime ! dit Mytho. On va les époustoufler, les faire rire, leur faire peur. On va leur donner un spectacle comme ils n'en ont jamais vu. Et vous allez voir, ils seront prêts à payer pour ça…

— Alors il ne faut pas que cela soit mon compte OMS, fit remarquer Titania. S'il s'agit d'une entreprise collective, il faut que nous existions en tant que groupe. Et il va nous falloir un nom.

Ils cherchèrent, trouvèrent et rejetèrent plusieurs appellations. Les « grains de sable » retint leur attention pendant un moment, ainsi que « les moucherons ». Puis, Jan se souvint du rêve de Titania.

— Tu te souviens, Titania, du rêve que tu as fait la veille de ton exécution ?

Elle hocha la tête.

— « Debout dans le Temps », murmura-t-elle. C'est à cela que tu penses ?

— N'en avais-tu pas fait un poème ? demanda Mytho.

— Si.

Titania en récita la fin, en souriant :

— « Nous quitterons cette frontière
De grand matin, et voile au vent,
Nous dissiperons ces chimères.
Nous sommes debout dans le temps. »

— Mais oui, s'exclama Mytho, c'est exactement ce qu'on cherchait ! Un nom qui symbolise la résistance…

Titania resta songeuse.

— Un nom, c'est bien, mais ça ne suffit pas. Il nous faudrait aussi une sorte de signature.

— Que veux-tu dire ? demanda Jan.

— Je ne sais pas, un logo, une marque de fabrique…

— Quelque chose qui symbolise la résistance ? demanda Mytho.

— Pas forcément. Quelque chose qui incarne ce que nous sommes : un mouvement en pleine création, en pleine évolution, quelque chose qui se recrée en permanence.

— Deux secondes, Titania, tu vas trop vite pour moi, dit Mytho. Un logo qui symboliserait un mouvement en pleine évolution ?

— Oui, et qui pourrait nous servir de signe de ralliement, de bannière.

— Comme un blason pour les familles nobles ? demanda Jan.

— Oui, un peu. Un animal, réel ou légendaire, lié à la métamorphose.

— Un phénix qui renaîtrait de ses cendres ? proposa Mytho.

— Ce serait encore mieux si c'était quelque chose qu'on pourrait laisser sur place à chaque fois, et qui serait la trace de notre passage… dit Titania.

— Une mue de serpent ? hasarda Jan.

Titania le regarda, ravie.

— Exactement. Une mue de serpent.

***

En peu de temps, ils mirent au point leur stratégie. La popularité de Titania, son audience nouvelle grâce à ses publications de plus en plus politisées, étaient leurs trésors les plus précieux.

Ils commencèrent par accomplir de tout petits exploits : ils pénétrèrent par effraction dans des lieux publics, la nuit, parvinrent à filmer des personnalités choisies à qui ils s'adressaient en caméra cachée, parasitèrent une émission du Réseau en récitant des poèmes engagés, filmèrent des portions du Périph que personne n'avait jamais vues.

Ces premiers coups ne leur demandèrent que peu de matériel. Petit à petit, ils prirent l'habitude de demander toujours plus aux courtisans et finirent par obtenir, sur simple demande, des caméras, des hologrammes, des repas dans des restaurants, des nutriments, la jouissance d'appartements vides.

Des RV.

Des puces.

Suffisamment de puces pour négocier avec les Écumeurs.

***

Quelques semaines après leur première « performance » – à mi-chemin entre le spectacle artistique, l'opération de communication et le coup monté – les trois jeunes gens se rendirent donc, habillés comme pour un commando, sur le Périph, en passant par la porte de la Chapelle. Ils étaient maintenant devenus de vrais HR, et les molosses qui gardaient l'entrée les laissèrent passer en se contentant d'un air goguenard.

— Est-ce que nous avons tant changé que cela ? demanda Jan, incrédule. Il y a deux mois, on nous repérait à deux cents mètres. Et aujourd'hui, on passe comme des lettres à la poste…

— Tu veux vraiment la vérité ? demanda Mytho.

— Mais oui, demanda Titania, alors qu'ils traversaient l'étroite bande urbaine où s'aggloméraient les constructions les plus précaires et les individus les plus louches.

— Toi, Jan, tu as juste l'air d'avoir pris une petite dizaine d'années. Tu n'as plus ta petite douche massante tous les jours et ton visage est mangé de barbe. Sans parler de tes vêtements. Tu as les cernes typiques des gens qui ne dorment que d'un œil. Et puis, tu n'as pas l'air frigorifié comme tous les Nantis qui se serrent dans leurs petits manteaux. Tu es à l'aise à l'extérieur parce que tu y vis. Et puis tu as pris l'habitude de jeter des petits regards circulaires, à la dérobée, comme ça…

Mytho imitait Jan et cela fit rire Titania.

— Et moi ? demanda-t-elle.

— Toi, je ne sais pas. Tu es toujours aussi belle, mais dans le genre décoiffée et rebelle. Ton côté « reine de la nuit » a disparu, tu en as conscience ?

Titania soupira.

— J'ai bien remarqué que les gens ne s'écartaient plus instinctivement pour me laisser passer dans la rue, dit-elle.

— Et ça te gêne ? demanda Mytho.

— Non. C'est plutôt plus pratique pour passer incognito.

Ils arrivaient devant la bouche de métro qui menait au repaire principal des Écumeurs et ils prirent le chemin familier qui les conduisit devant l'ascenseur, sous l'écran qui affichait en lettres grésillantes : « Ici, c'est l'empire d'autres dieux. »

— C'est moi ou ces types sont vraiment prétentieux ? grogna Mytho, qui n'était pas à l'aise dans cette ambiance.

— Mytho, encore un peu et je vais finir par penser que tu es un vrai technophobe, s'amusa Jan.

— Ce n'est pas la technologie qui me pose problème, c'est les humains qui vont avec…

Ils furent accueillis – ou plutôt, ne furent pas accueillis – par un groupe d'Écumeurs légèrement différent de la dernière fois. Ils reconnurent seulement 27, le chef, et Ginger, la spécialiste des implants, dont les plaques de métal cutanées reflétaient singulièrement la lumière blafarde du métro. La station désaffectée rassemblait toujours le même capharnaüm de câbles et de machines, et les Écumeurs, silencieux, vaquaient toujours à leurs occupations virtuelles et incompréhensibles.

Jan et Titania se postèrent, immobiles, devant la ligne à haute tension qui servait de frontière. Mytho, lui, commença à faire les cent pas.

— On pourrait crever, ils ne s'arrêteraient jamais au milieu de leur tâche ! Regardez-les, ils ont à peine conscience de leur corps. Pas étonnant qu'ils vivent sous terre comme des rats.

— Mytho ? dit Jan patiemment.

— Quoi ?

— Tais-toi.

Ce fut Ginger qui les repéra la première et qui vint leur ouvrir après un bref assentiment de la part de 27. Jan déballa la ferraille qu'ils avaient récoltée et les Écumeurs la passèrent au crible, très sérieusement, en prenant tout leur temps.

— J'aimerais m'implanter des lentilles-caméras oculaires et des oreillettes enregistreuses, dit Titania. Et j'aimerais aussi récupérer mes griffes, dit-elle en fixant Ginger de son regard mauve.

Ginger hocha la tête d'un air de connaisseuse.

— Ça ne devrait pas être trop compliqué, j'ai l'équipement qu'il faut dans la rame pour ce genre d'implants de base. Tu as le matériel ?

Titania avait récupéré ce qu'il fallait.

— Tu m'assures que ces implants seront parfaitement sécurisés ? Qu'ils ne permettront à personne de me localiser ?

— Bien sûr. Regarde autour de toi : est-ce que tu vois un seul Écumeur sans implant ? C'est moi qui leur ai mis la plupart, et jusqu'à présent, personne n'a fait de réclamation.

27, après une longue réflexion et un conciliabule privé avec deux autres Écumeurs, revint vers Jan.

— Vous pouvez trouver plus de matériel ? demanda-t-il.

— Oui, dit Jan. Nous avons un filon assez porteur.

— Comment vous vous débrouillez, ça ne m'intéresse pas. Mais il y a deux ou trois bricoles que j'aimerais bien avoir.

Il fit apparaître devant eux, en surbrillance, une liste d'objets, qui allaient de la puce 3D au RV hors d'usage, en passant par des implants divers et variés, des rouleaux de fibre et des composants électroniques.

— En échange de quoi ?

— Eh bien, disons que pour cette première livraison, on vous offre la mise en place des implants.

— Et pour la deuxième ?

— Trois Identités Informatiques, ça vous tenterait ?

— De vraies I.I. ?

— De vraies fausses I.I. Assez vraies pour consommer et voyager. Pas assez vraies pour une investigation policière un peu poussée. D'une durée d'environ un an.

— Avec crédits infinis ? demanda Mytho en riant.

27 le prit très au sérieux.

— Ça existe, dit-il au bout d'un moment. Mais ce n'est pas dans vos moyens. Pensez-vous pouvoir me trouver tout cela ?

— Même si ça nous coûte un rein, on vous trouvera ça, oui, dit Mytho avec un clin d'œil.

Titania avait suivi Ginger dans la rame immobilisée qui lui servait de bloc opératoire.

— Et voilà, dit Ginger, un quart d'heure plus tard. Tout est *clean*, sans la moindre possibilité de te tracer. Je me disais… Tu ne m'as demandé aucun implant esthétique ? Tu n'en veux plus ?

— Non, je n'ai pas touché à l'esthétique depuis plusieurs mois, dit Titania, en essayant ses griffes qui sortaient de sous ses ongles avec un cliquetis métallique.

Ginger hocha la tête, admirative.

— Et pas de hub crânien pour remplacer l'ancien ?

Titania avait passé sa main sur la cicatrice de sa nuque.

— Non. La douleur n'a pas vraiment cessé, je n'ai pas envie d'y toucher.

Le soir même, Titania lança un appel sur son compte OMS, et au bout de quelques jours, les courtisans sollicités fournirent suffisamment d'objets de la liste pour que 27, solennellement, leur remette leurs I.I.

À partir de là, tout fut possible.

Jan et Titania purent à nouveau prendre le métro, louer des lits chez les marchands de sommeil, s'acheter des vêtements propres. Les crédits ne pleuvaient pas, mais une I.I., même un peu suspecte, leur permettait d'accéder à de petits emplois.

Sur l'ancienne place de Grève, c'est-à-dire place du Nouvel Hôtel-de-Ville, une gigantesque Bourse à l'Emploi ouvrait ses consoles. On se connectait avec son I.I. à un réseau d'offres et de demandes d'emploi en temps réel – pour la plupart des petits travaux journaliers, payés au lance-pierre, et parfois même en nature. Titania découvrit l'existence de ces travailleurs précaires, souvent très âgés, cumulant les activités : garde-malade le lundi, laveur de vitres le mardi, cobaye pharmaceutique le mercredi. Leur vie irrégulière et rude les maintenait tout juste au-dessus du niveau des HR, dans une fatigue et une angoisse du lendemain perpétuelles.

Sous leurs faux noms, les trois jeunes gens réussirent à survivre. Ils décidèrent de ne jamais rester au même endroit plus de deux semaines, pour mieux brouiller les pistes au cas où on les rechercherait, et passèrent, quelles que fussent les conditions climatiques, beaucoup plus de temps dehors que dans les minuscules chambres qu'ils louaient, squattaient ou occupaient gracieusement, invités par les propriétaires. Quinze jours pour monter une performance : effraction nocturne, reportage sauvage, diffusion de messages subversifs sur des panneaux publicitaires, détournement de sites… Puis à chaque fois, après une journée de fête et d'euphorie, il fallait bouger.

C'était ce que Mytho appelait « vivre sur la branche ».

Rémanence

La chambre qu'ils avaient louée pour dormir faisait à peine trois mètres carrés. Dans un gigantesque mur desservi par des élévateurs flottants, des boxes identiques s'ouvraient ainsi, au beau milieu des Halles, dans un complexe souterrain où l'on monnayait pêle-mêle des lits, des douches, des fauteuils de massage, des tapis de course. Titania entrouvrit la porte et le silence hermétique du box fit place à la clameur perpétuelle du forum.

— Tu crois qu'il y a des gens qui vivent dans le forum des Halles sans jamais en sortir ? demanda-t-elle à Jan.

— Sûrement, dit-il en s'habillant rapidement.

Ils rassemblèrent leurs affaires en quelques minutes. Jan actionna son RV pour payer le nombre d'heures où ils avaient occupé le box 18A15, et ils durent attendre qu'une plateforme arrive à leur hauteur pour se glisser dessus. Ils étaient serrés avec une famille nombreuse dont les membres masculins avaient un discret pelage gris. La mère, une assez jolie femme, arborait des boucles argentées artificielles et un grand nombre de tatouages faciaux. Titania, sans y penser, la regarda d'un œil critique, puis soupira.

Ils passèrent devant l'échoppe « Ronrons et Chuchotements », qui proposait un fauteuil, dans un environnement holographique cosy, avec un chat placide et affectueux. Ce concept étant devenu très à la mode, les prix augmentaient de jour en jour.

— Hier, c'était 100 crédits la minute. Aujourd'hui, c'est 1 000 crédits les sept minutes.

— Encore faut-il savoir compter pour faire la différence… murmura Titania. La plupart des gens ne comptent plus.

Un gros chat persan, d'un blanc crémeux, les invitait en se roulant sur le dos avec un miaulement engageant.

— Comment ils arrivent à faire ça ? demanda Jan. Dans tous les bouquins que j'ai lus, les chats sont représentés comme des animaux indépendants. Seuls les Russes étaient capables de les dresser pour le cirque.

Titania sourit, amoureuse :

— J'adore quand tu me fais une leçon d'histoire… Je ne sais même pas où tu as pu apprendre tout ça.

— Sans rire, insista Jan. Regarde-le, c'est de la prostitution féline.

Titania caressa la bête, sous l'œil vigilant du tenancier.

— Pelage artificiel, conclut-elle.

— Ce ne sont pas des vrais ? demanda Jan. À deux mille crédits le quart d'heure ?

— Ce sont des chats électriques, dit Titania en riant. Conçus pour combler le manque d'affection des libertons esseulés.

Un homme à la peau entièrement grise et aux yeux dont le blanc lui-même était noir, paya une heure d'avance et s'assit avec le gros persan. Le chat se mit à lui donner des coups de tête affectueux et à ronronner plus fort ; puis il se tourna et se retourna une dizaine de fois avant de se rouler en boule sur ses genoux, les pattes avant, griffes rentrées, pressant alternativement ses cuisses en un rythme hypnotisant.

Un peu plus loin, les Domestibots exécutaient leur parade publicitaire. Avec des hologrammes intégrés qui modifiaient les expressions de leur visage et même les reflets sur leur corps de silicone, ils ressemblaient à des images de synthèse en 3D, expressifs et fantaisistes comme des personnages de cartoons.

— Regarde le Pédagobot !

Les séances avec les robots-professeurs étaient parmi les plus abordables. Une heure de cours ne coûtait pas plus de cinquante crédits. On s'installait en face-à-face avec son robot, qui ressemblait à une créature de jeu vidéo, et on l'écoutait débiter le cours choisi avec force éléments visuels et sonores et reconstitutions holographiques. L'intelligence artificielle n'était pas très développée, mais permettait quand même à l'usager de poser quelques questions. Enfin le cours se terminait invariablement par un exercice ludique.

— Si ma mère voyait ça... murmura Jan, effaré.

— Je suis sûre qu'aucun Pédagobot ne connaît ton histoire de chats, de Russes et de cirque... commenta Titania.

Il y avait également des robots pour garder les enfants, pour cirer les chaussures, pour refaire un brushing, pour porter les paquets. Les plus grands magasins offraient même, moyennant finance, un service de Commerciobots qui vous accompagnaient partout dans le magasin, vous orientaient et commentaient pour vous les différents articles.

— J'aimerais prendre une douche, dit Titania lorsqu'ils passèrent devant les Bains Douches.

— Je vais t'attendre en face.

Tandis que Titania s'engageait dans le flot des travailleurs précaires et des mal-logés, principaux utilisateurs de ces installations publiques, Jan avisa un fauteuil rétractable. Le principe en était simple : grâce à quelques crédits, le siège surgissait du sol pour une durée limitée. Jan, qui avait déjà payé la cabine, se rendit compte que son total de crédits s'amenuisait dangereusement. Mais il actionna malgré tout le fauteuil, trop fatigué pour attendre debout. Après avoir regardé autour de lui, selon son habitude, il mit sur sa tête le casque de son RV et bascula dans le Réseau.

Comme toujours, la transition fut un peu déconcertante. Le monde réel perdit de sa consistance et de sa couleur, tandis que le Réseau passait au premier plan de ses perceptions visuelles et auditives. Il entendait encore vaguement la clameur du forum des Halles et sentait sous ses fesses le confort très relatif du siège rétractable – en cela l'immersion était beaucoup moins forte que dans les simulations 3D. Il avait cependant changé de dimension. Il se trouvait pour le moment face à son mur, dont il avait conçu le design comme un jardin. Le mur n'était pas figuratif au sens propre, mais une foule de symboles évoquaient l'idée du jardin : couleur verte, taches d'ombre et de lumières, branchages frissonnant au vent, bruits d'eau et pépiements d'oiseaux. Sur ce mur, il avait agencé, comme les pièces d'une sorte de maison, ses modules de base. Comme à chaque fois qu'il utilisait sa nouvelle fausse Identité Informatique, il fut un peu surpris par l'accueil : la voix synthétique lui souhaita la bienvenue en l'appelant par son faux nom : « Bienvenue, Gabriel. Comment allez-vous ce matin ? Aujourd'hui, sur le Réseau, il fait un grand soleil, et vous pourrez voir passer des rennes sauvages et des pélicans. La vitesse du flux est optimale. »

Cela avait été la révolution des dix dernières années : le laboratoire de recherche de LYD avait mis au point un environnement virtuel pour contenir le Réseau tout entier ; l'alternance du jour et de la nuit y était respectée selon le fuseau horaire de chacun et une sorte de météorologie aléatoire avait été conçue. Des événements imprévisibles, comme des averses, des étoiles filantes, des arcs-en-ciel, des aurores boréales ou des passages d'animaux sauvages, étaient programmés, rendant le Réseau de plus en plus semblable à un véritable monde.

Jan se plaça en vue « large » et son mur lui apparut d'abord comme une petite construction parmi d'autres. Puis, en prenant de la hauteur, comme un point infime dans un plan immense. C'était en vue large que l'on avait accès au programme météorologique. De fait, aujourd'hui, il faisait un grand soleil, des nuages blancs nacrés flottaient dans l'azur, traversés par les routes de l'information qu'on appelait également les flux. Ces derniers redessinaient des lignes toujours changeantes, des connexions dont certaines paraissaient immuables, d'autres mobiles comme des nuées d'oiseaux. Au loin, le paysage se modifiait à vue d'œil : des tours se construisaient, d'autres disparaissaient, selon les aléas de la mode et de la Bourse. Pour naviguer dans le Réseau, il y avait deux possibilités : emprunter les flux (qui assuraient une navigation fluide, paisible, une vitesse de connexion maximum et un accès privilégié à toutes les fonctionnalités innovantes) ou bien se déplacer manuellement. Lorsqu'on utilisait un flux, on adoptait un comportement grégaire, suivant les mouvements de foule des Réseaunautes. On allait directement là où il se passait quelque chose, là où le Buzz, génie tutélaire du réseau, avait frappé. La publicité y proliférait et les divertissements y fleurissaient comme des sucreries dans un jardin enchanté. En comparaison, le déplacement manuel, évidemment, paraissait bien rude. Pour s'y aventurer, mieux valait connaître les coordonnées de destination et leur recherche était parfois fastidieuse. Les moteurs de recherche étant entièrement dédiés au commerce, les informations non marchandes étaient reléguées dans les caves du Réseau. Il fallait de très solides connaissances pour parvenir à les trouver. On avait coutume de vanter la transparence totale de l'information sur le Réseau, la possibilité inédite pour l'humanité d'avoir à portée de main la totalité des savoirs, en accès immédiat. Mais on oubliait de préciser que seuls quelques rares initiés parvenaient réellement à utiliser ainsi le Réseau, l'immense majorité des Réseaunautes se contentant de surfer passivement sur les autoroutes de la consommation.

Jan revint en vue serrée et se concentra sur les modules de son mur. Le module « Domotique », pour la bonne raison qu'il était actuellement sans domicile fixe, était vide. Le module « Identification », contenant exclusivement de fausses données, ne l'intéressait pas. Le module « Travail et Transactions » n'était pour le moment guère sollicité, son historique était fort mince. Le module « Documents personnels » comprenait aussi bien les textes qu'il écrivait et les images qu'il avait prises que les recherches qu'il avait commencé à faire sur le Panacor, ce médicament douteux sur lequel sa mère avait enquêté avant de faire l'objet d'une enquête mortelle. Enfin, un dernier module l'attirait plus particulièrement : il s'agissait de la Rémanence de sa mère. L'icône à l'effigie de cette dernière semblait l'attendre en souriant. Il choisit d'activer la conversation et se mit aussitôt à murmurer quelques phrases presque inaudibles dans le micro intégré de son casque.

Jan avait toujours connu les Rémanences, ces intelligences artificielles spécialisées dans la conversation intime, qui reflétaient une personnalité. L'habillage graphique était conçu à partir de toutes les photographies et vidéos que l'on pouvait fournir comme base. Il en résultait une image de synthèse animée, dotée des mêmes expressions, des mêmes intonations, des mêmes petits mouvements que la personne réelle. Le programme de conversation était conçu à partir de centaines d'heures d'étude psychologique et d'interviews enregistrées : il fallait au moins deux mois à temps plein pour fournir le matériau nécessaire à une bonne Rémanence. On enregistrait soi-même un certain nombre de réponses, déclenchées par des mots-clés dans les questions ; mais le programme ne s'arrêtait pas là et comblait les manques avec un programme de conversation très sophistiqué qui allait piocher dans les lectures, les abonnements, la culture de l'individu, le matériau d'une réponse probable. Le résultat en était saisissant : on pouvait le plus souvent discuter avec une Rémanence comme avec une personne réelle, et l'illusion était parfaite. La Rémanence, cependant, restait comme éternellement bloquée à l'instant de sa création ; elle ne pouvait pas évoluer ni intégrer de nouvelles informations. Ainsi, lorsqu'il lui arrivait de buter mécaniquement sur un point qu'elle ne connaissait pas, elle finissait par se taire ou par changer de sujet.

On en fabriquait pour toutes sortes de raisons. Titania, qui avait de multiples fois changé de corps et de style, avait constitué plusieurs Rémanences de ses anciens « moi ». Jan aurait bien voulu les voir, mais ces programmes, comme tout ce que possédait Titania, avaient été perdus dans sa fuite. Les parents constituaient parfois des Rémanences de leurs enfants jeunes, afin de conserver à jamais leur fraîcheur et leurs mots charmants. Les personnes malades, souvent, léguaient à leurs proches ce souvenir d'elles-mêmes. Et la mère de Jan, Élisabeth Corville, surnommée Olympe dans le milieu de la Dissidence, lui en avait laissé une, qu'il avait découverte, très surpris, peu après sa mort. Se savait-elle en danger ? Souhaitait-elle dissimuler dans les replis de ce complexe programme informatique des informations qui seraient utiles à son fils ? Malgré son aversion pour les nouvelles technologies de la communication, elle avait consacré deux longs mois à ce programme, qui exerçait maintenant sur Jan une fascination absolue.

Sa mère apparaissait sur un fond noir légèrement pixellisé, son image tremblant imperceptiblement dans la lumière. Il en résultait une impression de distance, exactement comme sur une vidéo de communication avec Mars.

— Bonjour Jan, lui dit-elle.

Aussi incroyable que cela puisse paraître, elle le saluait à chaque fois avec une intonation différente – du moins c'est ce qu'il semblait à Jan. Cette fois, elle paraissait soulagée de revoir son fils. Le sentiment de son absence frappa alors Jan avec brutalité. Il avait tellement envie que ce soit vrai, qu'elle soit là pour de bon, qu'il se laissa aller sans réfléchir à cette illusion consolante. Le passé lui revenait par bouffées douloureuses et chères en même temps. C'était une douleur dont il n'avait pas envie de se départir.

— Tu me manques, Maman, murmura-t-il.

— Tu me manques aussi, Jan. J'avais encore tellement de choses à te montrer et à te dire…

— Je suis Hors-Réseau, à présent. Enfin, presque.

— Mon pauvre petit, je n'ai jamais vécu hors-réseau et je ne peux pas t'être d'une grande aide. Mais sache que mes amis Danton et Robespierre auront toujours un toit pour toi, en cas de danger.

— Je sais, Maman, ça va. Je me débrouille. La dernière fois, tu m'as dit que je devrais te poser des questions sur l'enquête que tu menais.

— Quelle enquête ?

— L'enquête sur le Panacor.

— C'est une affaire d'une extrême importance. Le Panacor est un antiviral qui a été développé par la société Healness.

— Le Panacor a-t-il généré beaucoup de bénéfices pour la société Healness ?

— Des bénéfices énormes : en quelques semaines, l'entreprise a bouclé son chiffre d'affaires annuel grâce à ce seul médicament.

— Quelle maladie cet antiviral soignait-il ?

— Le virus nommé V14, qui est apparu subitement en Europe à partir de plusieurs foyers simultanés, la première semaine du mois de novembre 2127. Son taux de mortalité était très élevé ; sa contagion, par voie aérienne, très rapide. Il y a eu une vague de panique, des confinements, beaucoup de morts. Et puis au bout de trois semaines, Healness a fait savoir que leur laboratoire venait de sortir l'antidote.

— Le Panacor.

— Le Panacor, oui. Il pouvait s'administrer pour soigner les patients atteints, mais aussi et surtout pour vacciner les patients sains. Dès le lendemain de l'annonce, des centaines de milliers de vaccins furent distribués.

— Healness avait déjà fabriqué le vaccin en assez grandes quantités ?

— Lors de la campagne de vaccination qui a suivi, aucun des délais habituels n'a été nécessaire : ils ont trouvé le vaccin en deux semaines, alors qu'il faut généralement attendre plusieurs années. Et leurs usines, comme par magie, ont pu livrer un million de vaccins en quelques jours.

— D'où le fait que le juge Malfini ait eu la puce à l'oreille…

— Je ne comprends pas, Jan. Peux-tu reformuler ta demande ?

Jan se souvint avec un pincement au cœur que son interlocutrice n'était qu'un programme. Il reformula :

— Le juge Malfini a-t-il suspecté quelque chose lorsque Healness a fait ces bénéfices ?

— Il n'était pas le seul. Tout le monde se disait qu'il y avait là quelque chose d'étrange. Comme si Healness avait pu… prévoir l'arrivée du virus.

— Qu'est-ce que tu veux dire ? demanda Jan.

— Qu'il n'y a qu'un moyen de prévoir l'arrivée d'une épidémie. C'est de l'avoir créée soi-même. Et de l'avoir répandue. Exprès. Depuis plusieurs foyers.

Jan restait muet, frappé de stupeur.

— Personne d'autre que Malfini n'a cherché à faire la lumière sur l'affaire ?

— Lui seul a osé se lancer là-dedans. Les autres n'avaient aucun intérêt à le faire. Healness est une multinationale très puissante, qui sponsorise beaucoup d'organismes, de laboratoires, d'œuvres de charité, de campagnes politiques…

— A-t-on empêché Malfini de faire son enquête ?

— Malgré tous les bâtons qu'on lui a mis dans les roues, il s'est montré têtu. Il est allé au bout. C'est ce que j'ai appris en faisant ma propre enquête.

— Comment est-il mort ?

— Assassiné. Tout ce que tu liras sur le Réseau à propos de sa mort n'est qu'une mise en scène.

— Par qui ?

— Jan, je dois te mettre en garde. Cette enquête est dangereuse. Il existe un enregistrement vidéo du meurtre, du moins, c'est la rumeur qui circule. Mais je n'ai jamais pu mettre la main dessus.

— Que t'a-t-on dit qu'on voyait, sur cette vidéo ?

— Je ne te le dirai pas, Jan, car cette information n'a pas été vérifiée. Et tant qu'elle n'est pas vérifiée, elle ne sert à rien. J'en suis exactement à ce point.

— Tu cherchais cette vidéo quand tu… quand tu as été arrêtée ?

— Je ne sais pas de quoi tu parles, Jan.

Bien sûr… Sa mère avait dû créer la Rémanence quelques mois avant sa mort, et la Rémanence ne pouvait rien savoir de tout ce qui était arrivé depuis.

— Penses-tu être surveillée par la police, Maman ?

— J'ai été approchée dernièrement, par l'officier Dubreuil. Mais je ne crois pas que cela soit très inquiétant.

Jan comprit que « dernièrement » signifiait : peu de temps avant la création de la Rémanence, c'est-à-dire quelques semaines avant sa mort. Il avait envie de lui apprendre des choses à son tour : comment elle était morte et tout ce qui s'était passé depuis – comment il avait rencontré Danton et Robespierre, et Titania… Mais il se rappela, brutalement, que la Rémanence ne fonctionnait que dans un sens. Elle pouvait lui apporter des informations, des souvenirs et même de la tendresse. Mais elle ne pouvait rien recevoir. L'amour de Jan pour sa mère demeurait sans destinataire, et il en serait ainsi éternellement. Il ne pourrait plus jamais rien lui donner.

Il se déconnecta brusquement, le cœur battant et les yeux en feu.

Le forum des Halles était toujours aussi animé. Un Commerciobot aguichait quelques passants devant lui :

— Monsieur, vous faites une taille 40, n'est-ce pas ? Savez-vous que les chemises en écailles vertes comme celle que vous portez sont actuellement en solde à moins 50 % ? Madame, votre paire de chaussures motorisées est usée, à quand remonte votre dernier achat ? Voyons, l'élégance n'a pas de prix, madame…

Jan rangeait son casque dans son sac à dos lorsque son siège se rétracta sans préavis. Il jura à mi-voix.

— Mademoiselle, vous avez ce que je suis tenté d'appeler du style ! continua le robot. Manteau de fourrure et boa de plumes synthétiques. Peut-être auriez-vous envie de quelques perles ou diamants pour ce nuage de blanc ? La boutique *Girl's Best Friends* est à votre service au deuxième étage.

Jan leva les yeux en entendant le baratin du robot, et sourit en voyant Titania.

— Eh bien, ça n'a pas l'air d'aller ? remarqua-t-elle.

Elle était là et tout prit soudain une couleur plus profonde, un tour plus léger. Titania était maquillée et coiffée, un parfum frais et citronné l'enveloppait.

— Te voilà presque aussi belle que dans tes vêtements de luxe, dit Jan.

— Presque ?

— Presque.

— Qu'est-ce qui t'est arrivé pour te mettre de cette humeur charmante ?

— C'est ce maudit siège rétractable, maugréa-t-il.

Titania n'était pas dupe. Elle le regarda avec un air compatissant et un voile de tristesse rendit ses yeux violets encore plus beaux.

— Je crois qu'il est l'heure de retrouver Mytho, dit-elle.

Et ils se mirent en route, bras dessus bras dessous, anonymes dans la foule bigarrée et volubile qui montait et descendait les escalators, mangeait, buvait, bavardait et dépensait continuellement, sans compter, les milliards de crédits qui faisaient tourner le monde.

Les aveux du docteur Fabre

Stéphane Loquart, grand maître de la chaîne Happenings qui faisait la pluie et le beau temps sur l'actualité dans le Réseau, était seul dans son bureau monumental, tendu de velours pourpre damassé. Une seule règle avait prévalu dans la décoration intérieure de ce temple : tout devait dater de la Renaissance. Les cadres au mur s'alignaient jusqu'au plafond sans laisser de surface libre, parmi les miroirs ornés d'anges dorés, le cuir luisant des livres, les poignards décoratifs et les boussoles de cuivre. Les tableaux de maîtres (des portraits, pour la plupart, ainsi que quelques scènes religieuses) constituaient un fond sombre et inquiétant, dont se détachaient les regards artificiels et perçants de ces visages curieusement éclairés. Sa plus précieuse toile, un autoportrait de Dürer recouvert d'inscriptions latines, était accrochée à hauteur des yeux de Stéphane Loquart lorsqu'il était assis.

Quand il était seul, ce qui lui arrivait plus souvent qu'on aurait pu le croire, Loquart ne se départissait pas de ses manières affectées. Comme un acteur qui aurait joué un rôle pendant trop longtemps, il conservait, comme une seconde peau, le costume et les gestes qu'il avait endossés. Il ne cessait jamais de poser : il vivait en permanence comme si on le regardait. Il concevait sa vie comme un film et s'observait sans cesse comme un personnage jouant une scène. C'était d'ailleurs pour cette raison qu'il s'était tant intéressé à Titania, voyant en elle une sorte d'âme sœur. Cette jeune fille vivait en permanence sous le regard des caméras, depuis sa plus tendre enfance. Sa mère, Irina Morgovic, l'y avait forcée. Et il restait en elle, aujourd'hui, cette habitude inconsciente : tout était étudié en elle, tout était fait pour s'offrir au regard. Elle était son propre objet d'art. Or pour Loquart, le Self-Art, dont il était un adepte de longue date, revêtait un sens presque philosophique. Ainsi, depuis qu'il l'avait rencontrée alors qu'elle s'apprêtait à mourir, une larme noire peinte sur son visage lunaire, théâtrale, tragique, il n'avait cessé de surveiller son compte OMS et n'en ratait pas une seule publication.

Ce collectif « Debout dans le Temps » lui paraissait délicieusement nouveau ; comme une incarnation de la révolte adolescente. C'était du grand, du vrai spectacle. Et, tout en lissant son bouc parfaitement taillé, qui dépassait de sa fraise, il se demandait comment faire profiter la chaîne Happenings de ce vent de fraîcheur.

C'était la troisième fois d'affilée qu'il regardait la vidéo, fasciné.

Tout commençait par une image : celle de Titania. Visage nu, sans maquillage, inexpressif, dans une sorte de cadre entouré de petites ampoules. Et puis l'on comprenait que l'on se trouvait devant un miroir et que l'image provenait de lentilles oculaires : la vidéo s'obscurcissait à chaque fois que Titania clignait des yeux.

« Le miroir à ampoules est une excellente idée », pensa Loquart. « Il évoque à lui seul la loge de l'actrice… »

Titania, très calme, commençait sa transformation.

— Le docteur Fabre, disait Titania, est un homme très respectable. Je sais pratiquement tout de lui car nous avons passé beaucoup de temps à analyser les informations dont nous disposons sur sa vie. Nous l'avons suivi, nous avons fait appel à des Écumeurs pour jeter un coup d'œil pirate à son RV. Nous avons fureté sur son compte en banque et dans son carnet de rendez-vous. Un homme très respectable, vraiment.

Titania, pendant qu'elle parlait, ajoutait à son visage des prothèses de silicone adhésives, qui transformaient légèrement la forme de ses pommettes et de son nez. Elle ajouta au creux de son menton une petite fossette.

— Le jour, il travaille pour Morgane Corporation, une entreprise que vous connaissez peut-être mieux sous son nom public, « Ex Tenebra ». Vous savez, ces gens auxquels vous vous adressez lorsque vous avez besoin d'un foie tout neuf ou d'un poumon sain ? Évidemment, les organes proviennent bien de quelque part : car comme disait l'autre, rien ne se perd, rien ne se crée, tout se transforme…

Titania appliquait à présent sur son visage un maquillage couvrant qui lui donna en un instant une mine plus hâlée. Elle en passa également sur le cou, les oreilles, la nuque, la gorge, les bras et les mains. Elle mettait dans tout ceci une application méthodique.

— Vous venez à Morgane Corporation quand vous êtes sans le sou, et le docteur Fabre vous déleste d'un organe non vital, avec un grand sourire et dans les meilleures conditions d'hygiène. Vous repartez avec un organe artificiel – un peu moins performant – et une compensation financière substantielle. Tout le monde est content, n'est-ce pas ? C'est la grande loi de l'offre et de la demande, les pauvres donnent de leur chair, depuis toujours, aux riches qui les dévorent. Tout cela est désespérément banal.

Titania s'occupait maintenant de ses cheveux. Elle les colorait et les bouclait avec un spray qui crachait un nuage brun. Mèche par mèche, avec beaucoup de patience, elle peaufina la couleur et la bouclure.

— À ce propos, avez-vous entendu parler de la dernière mode ? Le cannibalisme biologique ! Des restaurants haut de gamme, très hype, proposent de la chair humaine cuisinée avec des produits frais dans la plus pure tradition gastronomique. Mais bien entendu, on ne tue personne.

Morgane Corporation fournit un certain nombre d'organes non vitaux, qui ont été monnayés rubis sur l'ongle. De pauvres hères et des HR viennent parfois spontanément proposer une livre de chair. Il paraît que la fesse se régénère facilement, avec certaines hormones développées par Healness. Bien sûr, bien sûr, ce n'est pas sans douleur…

Titania s'habillait maintenant. Il y eut des images un peu heurtées tandis qu'elle enfilait un ensemble couleur chocolat qui rappelait à la fois la mode du XXe siècle et les uniformes des hôtesses et des écolières. Elle se coiffa, ensuite, avec une petite queue haute qui lui donnait presque l'air d'une enfant.

— Enfin, bref. Le docteur Fabre a beaucoup de travail. Il réalise jusqu'à douze opérations par jour. Il fait des ablations et des greffes comme nous nous grattons le nez. C'est un grand docteur. Très respectable.

La répétition de cet adjectif « respectable », dont l'ironie devenait de plus en plus mordante, lui rappelait quelque chose, mais il n'aurait su dire quoi.

— Pendant ses loisirs, continua Titania, il aime se détendre au Club. Vous ne savez pas ce que c'est, le Club ? C'est normal, c'est un lieu très confidentiel, fréquenté uniquement par des gens très respectables. Un lieu où les gens très respectables peuvent passer du temps ensemble, entre eux. La cotisation annuelle est un peu chère, environ deux cent mille crédits. Mais c'est vite rentabilisé, vous savez. Car le Club offre des tas d'activités récréatives du meilleur goût… Il y a des restaurants, des salles de concert, des croisières, des installations sportives, des complexes 3D… Et même un jardin privé pour déjeuner sur l'herbe et batifoler dans les fleurs ! Ça s'appelle la « Garden Party ».

Titania passait au stade final de sa transformation : le maquillage des yeux et des lèvres. Après avoir généreusement ombré ses paupières, elle traça dessus de larges lignes noires vintage, remontant à l'égyptienne au coin des yeux. Elle choisit pour sa bouche une pâte pulpante qui fit gonfler ses lèvres instantanément et les colora en rouge incarnat.

— Vous vous demandez probablement pourquoi je vous parle du docteur Fabre. Il s'agit d'un employé de ma mère, certes, mais là n'est pas la question. C'est surtout que j'ai une sorte de contentieux avec lui, une sorte de passif. Depuis qu'il m'a injecté un anesthésique avant l'opération de trépanation où il comptait me retirer le cerveau.

Titania essayait maintenant des expressions faciales dans le miroir, tout en continuant à parler. Elle passait, d'un instant à l'autre, de la moue boudeuse à l'air câlin, du sourire enjôleur à la mine impérieuse d'une enfant capricieuse. Le ton de sa voix, pourtant, était toujours aussi froid et déterminé.

— Voyez-vous, le docteur Fabre est parfois un petit peu obligé de tuer des gens, malgré tout. C'est son travail qui veut ça, il n'a pas le choix. D'ailleurs, les personnes sont consentantes : on appelle ça le « contrat spécial ». C'est un homme respectable, vous savez, pas un assassin de sang-froid. Pas un exécuteur des basses œuvres. Pas un bourreau.

Le résultat était saisissant : Titania s'était transformée en une petite brunette apprêtée et pulpeuse, une femme-enfant bouclée et innocente. Elle était très jolie, mais méconnaissable.

— Il est dommage, dit-elle, que je ne puisse pas changer la couleur de mes yeux. C'est une faute de style presque impardonnable. Mais vous comprendrez que je ne peux pas ajouter de lentilles par-dessus mes lentilles-caméra, cela ferait un filtre coloré irrattrapable à l'image.

Elle orienta son regard vers sa main droite, dont les ongles peints en rouge étaient impeccables. Elle fit un petit mouvement de l'index et, avec un cliquetis sec, une lame effilée, d'une quinzaine de centimètres, surgit de sous son ongle. Elle fit un sourire enfantin dans la glace et, sur un nouveau mouvement du doigt, elle rentra sa griffe.

— Enfin, n'en parlons plus. Vous avez deviné, je pense, que nous allons ensemble faire un petit tour au Club, n'est-ce pas ? Le docteur Fabre a une prédilection pour la Garden Party et, après bien des difficultés, j'ai réussi à travailler là-bas. Devinez quoi ? Il semble aussi qu'il ait une préférence marquée pour les filles aux cheveux bouclés, comme sa mère qui avait de beaux cheveux châtains. Il les aime de petite taille, de petite vertu, et occupant de petits emplois. Ça tombe plutôt bien, vous ne trouvez pas ?

Stéphane Loquart connaissait la suite et ne cédait donc pas à la curiosité. Non, ce qu'il admirait surtout à cette dernière vision, c'était l'art de la mise en scène. Le plan suivant montrait un jardin artificiel – du moins, Loquart était presque sûr qu'il n'existait à Paris aucun lieu de ce genre à ciel ouvert. Mais la lumière du jour était bien imitée et les arbres, les massifs de fleurs, semblaient vrais. Il était concevable après tout que ce fût un jardin réel, enclos derrière la grille de quelque palais. À vrai dire, peu importait. Il faisait un temps splendide et, à en juger par la tenue des usagers, l'air était doux. Titania devait marcher dans le jardin car il se déroulait, idyllique, devant la caméra au rythme de ses pas : toutes les personnes qui croisaient son chemin étaient jeunes et belles, y compris les hôtesses qui portaient toutes le même ensemble chocolat. Personne d'autre, d'ailleurs, ne portait cette couleur terne, ce qui les rendait aisément reconnaissables. Les hôtesses déambulaient au bras de certains usagers, ou bien transportaient d'un lieu à un autre des plateaux chargés de friandises et de cocktails ; de temps à temps, l'une d'elle se déshabillait pour prendre un bain voluptueux dans une piscine, d'autres dansaient sous un kiosque. Les coupes de champagne circulaient sans cesse, laissant passer à travers leurs bulles une belle lumière dorée. Titania fut arrêtée par une jeune femme en déshabillé transparent qui portait les cheveux tirés vers l'arrière et de grandes lunettes noires.

— Liberton, j'ai besoin d'une puce de sensations fortes.

— Qu'est-ce qui vous ferait plaisir ?

— Je ne sais pas, du saut à l'élastique ?

— À votre service, dit Titania. Je reviens tout de suite.

Elle fit demi-tour et se dirigea vers une sorte de bar de plein air, tenu par une autre hôtesse.

— Qu'est-ce qu'elle veut encore, celle-là ? demanda l'hôtesse avec un regard complice.

Titania sourit.

— Une puce de saut à l'élastique.

— Je te jure, ils n'ont que ça à faire, ces milliardaires…

L'hôtesse articulait ces mots cinglants tout en arborant un grand sourire qui les contredisait ; les nombreuses caméras qui scrutaient en permanence le personnel, à l'affût d'un faux pas, n'y verraient que du feu.

Tandis qu'elle s'affairait pour trouver la puce demandée, Titania s'approcha.

— À toi aussi, ils t'ont demandé de ne pas être farouche ?

— Ils le demandent à tout le monde.

— Tout à l'heure, reprit Titania, un liberton a voulu danser avec moi pendant une demi-heure. Je l'ai fait, mais je me demande si j'ai eu raison.

— Tu es payée pour ça, ma petite, qu'est-ce que tu crois ? C'est pourquoi je préfère être derrière le comptoir.

Titania saisit la puce et retourna voir la femme aux cheveux tirés.

— Ah ! Merci, ma chère, mais ce n'est plus la peine, Georges est arrivé…

Un jeune homme extrêmement apprêté était assis dans l'herbe à ses pieds et lui murmurait des choses qui la faisaient éclater de rire. Titania fit un demi-tour réglementaire et elle glissa la puce dans sa poche. Puis elle reprit sa marche circulaire à travers le jardin et, au bout de quelque temps, s'immobilisa. Les lentilles caméras étaient suffisamment perfectionnées pour zoomer et Loquart vit approcher un homme d'une quarantaine d'années, élégant et décontracté, qui arborait un air satisfait. Titania marcha dans sa direction, sans pourtant tenter de croiser son regard. Elle se retourna après l'avoir dépassé et, comme il se retournait aussi – sans doute pour admirer ses jambes parfaites – il lui fit un sourire plein de sous-entendus.

— C'est parti, murmura-t-elle à mi-voix.

Elle s'immobilisa et Loquart se dit que le fait qu'on ne voie jamais le visage de Titania rendait la vidéo encore plus forte : cela laissait au public le loisir de l'imaginer, grâce à toute la palette d'expressions qu'elle venait d'essayer comme des robes, devant le miroir. Elle devait avoir l'air mutin, enfantin, rieur. Le docteur Fabre paraissait charmé et il s'approcha d'elle d'un pas dansant. Le pas d'un homme qui se croit irrésistible, songea Loquart. Le pas d'un milliardaire.

— Vous êtes nouvelle à la Garden ? demanda-t-il d'un ton protecteur.

Titania eut un petit rire exagérément candide.

— Oui. Et vous ? Vous venez souvent ?

— On peut dire ça… Et alors, dites-moi, comment trouvez-vous le lieu, l'ambiance ? N'est-ce pas merveilleux ce beau temps perpétuel, ces fleurs éclatantes ?

— Oh si, dit-elle, merveilleux !

Loquart imaginait sa bouche pulpeuse, aussi rouge que les fleurs des massifs.

— Et puis on croise ici tant de jeunes filles… tout aussi éclatantes que le paysage… susurra le docteur Fabre en passant la main sur la joue de Titania.

Arrivait-elle à rougir sur commande ? Elle émit en tout cas un petit gloussement et Loquart n'avait aucune peine à imaginer ses yeux lumineux, innocents, levés sur cet homme plus grand qu'elle.

— Que diriez-vous de passer un peu de temps en ma compagnie ? demanda-t-elle.

— Rien ne me ferait plus plaisir, dit Fabre.

Titania lui prit le bras. La caméra montrait donc alternativement le jardin et le profil de Fabre, qui semblait jouir de l'instant avec une intensité particulière.

— Une petite baignade, peut-être ? demanda Titania, enjouée, alors qu'ils s'approchaient d'un bassin.

— Pas pour moi… Mais ce qui me ferait plaisir, ce serait que toi, tu te baignes.

Ce tutoiement avait sonné brutalement, aussi direct et rude qu'une caresse forcée.

Titania regarda le bout de ses pieds, qu'elle déchaussa, et la caméra filma ses vêtements marron qui glissaient sur elle vers le sol. Elle courut ensuite vers le bassin et ferma les yeux alors qu'elle s'enfonçait dans l'eau. Puis elle se leva et essora ses cheveux. Le docteur Fabre la regardait, de loin, comme magnétisé.

Elle sortit au bout de quelques minutes et se rhabilla promptement. Ses vêtements mouillés lui collaient à la peau et ses cheveux bouclaient encore plus.

— Vous qui êtes un habitué, dit-elle langoureusement, vous devez bien connaître ici un endroit tranquille où nous pourrions nous isoler un moment ?

— Excellente initiative, dit-il.

Et il la conduisit, tout en la dévorant des yeux, jusqu'à un pavillon de chasse au sol pavé de mosaïques. Il y avait là, dans un coin de la véranda, un divan que Titania remarqua tout de suite. On entendait le murmure d'une fontaine hors-champ.

« Comme le désir rend les hommes stupides, murmura Loquart. La réalité dépasse vraiment la fiction. »

Cependant, Titania s'était immobilisée.

— Vous savez, j'ai l'impression de vous connaître, dit-elle.

— Ah oui ?

— Regardez bien mes tatouages, dit-elle en dégrafant en partie le haut de son vêtement.

Le docteur Fabre les balaya rapidement du regard, visiblement plus intéressé par le support que par le motif.

— Les tatouages sont très fréquents.

— Pas les miens. Vous le sauriez si vous vous y connaissiez un peu en Self-Art.

— Qu'ont-ils de si particulier ? demanda-t-il, légèrement agacé.

— Ils coûtent un rein.

Le docteur Fabre eut un léger tressaillement et parut décider de passer au stade supérieur. Il la prit par le bras, mais Titania résista, avec une force qui le surprit.

— Que fais-tu ? s'enquit-il avec humeur.

— Je prends mon temps, dit-elle.

Elle avait perdu son timbre de femme-enfant et parlait maintenant avec une intonation légèrement inquiétante.

— Tu veux jouer ? demanda-t-il en souriant à nouveau.

— C'est ça, minauda-t-elle encore. Je veux jouer. Dans quoi travaillez-vous ?

— Je suis chirurgien.

— Oh, fit-elle avec une admiration feinte. Ce doit être très difficile, ça, d'être chirurgien. Il faut faire beaucoup d'études.

Fabre retrouva son petit sourire satisfait. Son inquiétude était passée.

— Mais oui, tu as raison. Et toi, que voudrais-tu faire, plus tard ?

— Plus tard ? Mais j'ai déjà soixante ans, dit-elle très sérieusement.

Fabre cessa de sourire et eut même un bref mouvement de recul.

— Je plaisante, voyons. Je vous taquine, docteur.

Mais Fabre n'était plus aussi à l'aise. Il dévisagea un instant la jeune femme.

— C'est vrai qu'il me semble te connaître, murmura-t-il. Ta voix. Tes yeux.

— C'est parce que nous nous sommes déjà rencontrés, je vous l'ai dit.

— Où cela ? Il me semble que je m'en souviendrais…

— Il faut que vous alliez sur ce divan, pour le savoir.

Fabre hésita. Titania eut un geste difficile à décrypter pour le spectateur. Peut-être dénouait-elle ses cheveux. Il se dirigea comme à contrecœur vers le divan, et elle vint s'asseoir sur ses genoux, face à lui.

— Voilà, dit-elle. C'est parfait comme ça.

Elle regarda sa main et, dans un cliquetis sec, la griffe de quinze centimètres sortit. Elle la dirigea lentement vers le cou du docteur, dont on devinait la respiration saccadée. Alors seulement, elle leva les yeux et le visage de Fabre apparut en très gros plan à l'écran.

Loquart songeait que cet art de la mise en scène était vraiment magistral. Titania ne voulait pas seulement intimider son adversaire, elle l'humiliait littéralement, en exposant son désir, puis sa peur, au regard de tous, sans le moindre filtre.

— Tu ne te souviens pas ? susurra-t-elle encore. C'était dans ta clinique. Il n'y a pas si longtemps. Je n'étais pas très habillée non plus, alors.

Fabre déglutit péniblement.

— J'en référerai à la Direction, tu seras renvoyée, siffla-t-il.

— Mais bien sûr ! De toute façon, j'ai mieux à faire que de tenir la main à des milliardaires qui s'ennuient, crois-moi. Je n'étais là que pour toi.

Le regard de Fabre se voila. Il avait probablement peur de mourir, et c'était si veule que Loquart en était mal à l'aise.

— Tu étais nettement moins sensible quand il s'agissait de donner la mort, observa-t-elle d'un ton détaché. Tu étais très professionnel. Très digne. Très propre.

— Que veux-tu, à la fin ?

— Mais rien… te rafraîchir la mémoire. Tu ne te souviens pas ?

— Non, je ne comprends pas de quoi vous parlez.

— Ah, tu reprends le vouvoiement maintenant ?

— Qui êtes-vous ?

— Ça, c'est la question à mille crédits. Celle à laquelle tu dois répondre. Mais je peux me charger de toutes les autres… J'adore les devinettes. Veux-tu un indice ?

Fabre hocha la tête.

— Regarde mes yeux. Ils ont une couleur particulière.

— Violets. Enfin, mauves…

— As-tu déjà rencontré beaucoup de personnes avec des yeux de cette couleur ? Je te donne un second indice. Tu m'avais rasée, là.

Avec son doigt griffu, elle fit le tour du crâne, depuis la tempe droite jusqu'à la gauche. Des cheveux tombèrent par terre lorsque la lame aiguisée les trancha.

— Je ne comprends pas.

— Mais si, tu comprends. Tu te souviens très bien. Ces contrats-là, tu t'en souviens toujours. Alors ne fais pas l'enfant. Je te demande simplement de partager quelques souvenirs avec une vieille amie. Car nous nous connaissons depuis longtemps, n'est-ce pas ? Ça te revient, maintenant ?

— Oui, souffla-t-il.

— Quel est mon nom ?

— Daphné Morgovic.

— Alias ?

— Titania.

— Ah… nous y voilà. Et où m'as-tu rencontrée ?

— À quoi jouez-vous ?

Titania appuya très légèrement sa griffe contre le cou moite où une perle de sang jaillit et coula, mêlée de sueur.

— Chez Morgane Corporation, répondit-il précipitamment. Vous y aviez signé un contrat spécial, stipulant que vous donniez l'ensemble de vos organes à un riche américain.

— Et pourquoi aurais-je signé un contrat pareil ?

— Mais parce que nous vous avons payé une véritable fortune, dont vous avez joui sans entraves pendant trois ans ! s'emporta-t-il.

— C'est vrai. C'était amusant d'être aussi riche. Surtout en sachant que cela ne durerait pas. Je ne sais pas, mais j'ai l'impression que quand on est riche pour la vie, cela devient vite ennuyeux.

— Puis-je partir maintenant ?

— Presque, docteur. Presque. Raconte-moi un peu plus en détail ce que tu m'as fait, la dernière fois que nous nous sommes croisés.

— Je vous ai fait une piqûre d'anesthésique, voilà tout.

— Oui, c'est vrai, parce que mes amis ont eu la bonne idée de venir me chercher à temps. Ils t'envoient le bonjour, d'ailleurs. Je suis sûre que tu en gardes un bon souvenir. Mais que *devais-tu* me faire, au départ ?

— Je devais procéder à l'échange.

— L'échange ? Quel joli mot ! L'échange de quoi ?

— Je devais mettre le cerveau de mon client dans votre boîte crânienne…

— Préalablement vidée de son contenu initial, je suppose ?

— Eh bien, euh… oui, évidemment.

— En d'autres termes, dirais-tu que tu étais censé… me tuer ?

— Je ne l'ai jamais envisagé comme ça.

— Mais maintenant, docteur Fabre, maintenant que tu prends le temps d'y songer…

— Oui. J'étais censé vous tuer.

Titania marqua une pause et sortit de sa poche un petit paquet cadeau : un objet de forme irrégulière, qui semblait mou.

— C'est pour toi, docteur. Ouvre-le.

Fabre, hésitant, saisit l'objet dont il palpa le contenu avec un effroi presque comique.

— Allez, dit Titania. Nous n'avons pas beaucoup de temps.

Fabre s'exécuta et Titania saisit en gros plan l'objet qu'il venait de sortir du paquet. C'était un peu transparent, pigmenté de manière irrégulière, comme finement annelé. C'était plus long que large, souple : cela faisait penser à une gigantesque rognure d'ongle.

— Qu'est-ce que c'est ? murmura-t-il.

— Je te laisse y réfléchir. Mais je plaisantais, tu sais, ce n'est pas vraiment pour toi. Prends plutôt ça comme un indice, une sorte de signature.

Fabre, égaré, ne comprenait pas.

— C'est bien, docteur. C'est presque fini. Il va juste falloir me dire pour combien de contrats spéciaux tu as déjà opéré ce fameux « échange ».

— C'est une information confidentielle, je...

— Oui, oui. Ma griffe est confidentielle, elle aussi.

— Une soixantaine.

— En combien de temps ?

— En cinq ans.

— Un meurtre par mois, dis-donc, c'est une bonne moyenne ! Une moyenne très respectable ! Je suis impressionnée... Tu te souviens sans doute du nom de quelques victimes ?

— Non, se récria-t-il. La plupart sont des HR, qui n'ont même pas d'Identité Informatique...

— Quelle horreur ! s'écria Titania. Alors tu as raison, ils ne méritent pas de vivre.

— Je n'ai pas dit ça.

— Non, tu n'as pas dit ça. Mais qu'est-ce que cela change ? Tu es coupable d'une soixantaine de meurtres perpétrés illégalement sous le couvert de Morgane Corporation. Que peut-il y avoir de plus accablant ?

— Qu'allez-vous faire de moi ? gémit-il.

Des pas se firent entendre du côté des chemins ; Titania tourna la tête et aperçut l'un des managers qui s'avançait d'un air rude. Sans doute la caméra de surveillance avait-elle capté une expression inadéquate sur son visage ou celui de Fabre… Dans un geste félin, Titania rentra sa griffe, puis gifla le docteur.

— Je ne suis pas celle que vous croyez ! cria-t-elle. Liberton, cet homme m'a entraînée ici avec des intentions malhonnêtes !

— C'est faux ! cria Fabre, et Titania prit soin de filmer au plus près cette comédie grotesque.

Le manager, exaspéré, rudoya Titania pour la forcer à se lever du divan et l'entraîna à l'écart.

— Comment oses-tu porter la main sur un client de la Garden ? Tu n'es pas digne de cirer ses bottes ! Prends la porte !

Titania, dans le chaos de bourrades et les mouvements forcés qui accompagnaient sa retraite, parvint à se retourner et à fixer Fabre une dernière fois. Ce fut sur l'image de son visage inquiet et déconfit – sur celle de sa défaite – que la vidéo se conclut.

Stéphane Loquart, admiratif, méditait. Il venait d'assister au combat de David contre Goliath, au soulèvement de la proie contre son prédateur. Celui du patient contre son médecin, de l'enfant contre l'adulte, de la victime contre son bourreau. Il y avait là les virtualités d'un mythe. Le tout diffusé gratuitement, à la portée de tous, avec cette générosité inconsciente dont seule la jeunesse est capable.

C'était une mine d'or.

Les bœufs carottes

JAN, DANS SON COSTUME UN PEU RAIDE, se sentait mal à l'aise. Titania lui avait fait prendre un cocktail de pilules pour calmer son anxiété et, devant ses tremblements, Mytho lui avait même proposé de prendre sa place dans cette nouvelle mise en scène.

Jan le savait : il ne possédait pas la grâce aérienne de ses deux amis, leur talent d'improvisation, leur légèreté. Les performances les amusaient, eux : ils y prenaient un plaisir manifeste. Quand ils rentraient d'un happening, ils ruisselaient l'un comme l'autre d'adrénaline et de dopamine, excités et radieux. Mytho était pour ainsi dire un comédien professionnel, qui n'avait bien souvent dû sa survie qu'à ses talents d'acteur. Quant à Titania, elle avait changé de peau tant de fois qu'elle paraissait presque plus à l'aise dans la métamorphose que dans la permanence d'une identité. En cela, décidément, Jan n'était pas de leur espèce. Les simulations 3D lui avaient toujours donné la nausée. Et les déguisements, toujours paru vaguement effrayants.

Mais envoyer Mytho à sa place n'aurait eu aucun sens, et se dérober n'aurait fait qu'empirer les choses. Il fallait que ce soit lui, cette fois. Personne d'autre. C'est pourquoi il était là, savamment grimé à l'aide d'un onguent qui avait creusé quelques rides sur son visage et fait apparaître des taches sur sa peau. Titania avait pris les choses en main, avec la maestria un peu fébrile qu'elle mettait dans ces occasions et qui contrastait si douloureusement avec ses moments mélancoliques. Elle lui avait foncé les cheveux, les avait tirés en arrière. « Pour rappeler Elliot Ness », avait-elle précisé. Elle lui avait aussi ajouté une moustache, « façon Hercule Poirot ». Le choix de la moustache avait pris au moins une heure.

Jan s'était regardé longuement dans un miroir, de dos, de profil, de face. Il s'était concentré sur ce nouveau personnage : il était un cadre de la police, chargé des affaires internes. Il traquait les mauvais sujets et les remettait dans le droit chemin. Il n'était pas populaire, n'avait aucun ami au travail. Peut-être une femme, à qui il ne parlait pas beaucoup. Un chien, qui l'accompagnait dans ses promenades silencieuses. Il était du genre taiseux, méticuleux, obstiné, laborieux. C'était un bon flic.

En créant son personnage, il avait beaucoup pensé à sa mère. Lorsqu'il était plus jeune, il adorait se poster avec elle à une terrasse de café et regarder passer les gens.

Il s'agissait alors de deviner pourquoi cette femme était pressée, pourquoi ce type aux canines de vampire parlait tout seul ou ce que se disaient ces deux amoureux en pleine dispute. À ce petit jeu, sa mère était toujours la plus forte, mais il lui arrivait aussi d'inventer un détail croustillant qui la faisait rire.

Bien sûr, sa fiction semblait un peu anachronique. Au XXIIe siècle, la police était pour ainsi dire corrompue à la base. Les incorruptibles avaient vécu. Mais quelles que soient les règles du jeu, il y en a toujours pour les enfreindre, alors cela ne changeait pas grand-chose…

Il avait eu un mal de chien à fixer un rendez-vous officiel avec Karine Dubreuil, l'officier qui avait été en charge de l'enquête sur sa mère et très probablement responsable de sa « mort subite ». Il avait fallu hacker son RV et recopier la mise en page d'un message de la Direction. Cela leur avait coûté cher, car les Écumeurs ne travaillaient jamais pour rien. Mais le message avait été envoyé, en bonne et due forme, et reçu. Il n'y avait donc aucune raison pour que l'officier Dubreuil ne se présente pas à la convocation. Le problème, bien sûr, était qu'il n'avait pas pu avoir accès à son dossier. Si elle s'en était rendu compte, cela aurait compromis toute l'opération. Et puis, elle avait montré qu'elle pouvait être dangereuse. Il allait donc falloir jouer serré. « N'oublie pas que ce n'est pas toi qui dois parler, mais elle », avait conseillé Mytho. « Le silence passe toujours pour de la profondeur, n'aie pas peur d'en abuser. »

Le lieu du rendez-vous avait également posé problème : il était hors de question de la recevoir dans un vrai bureau des locaux de la police. Mytho avait suggéré un lieu public, mais cela aurait semblé étrange. Un domicile personnel aurait paru encore moins réglementaire. Ils avaient donc opté, faute de mieux, pour un appartement vide auquel un courtisan de Titania leur avait donné accès. Il avait fallu ensuite créer le décor… En achetant d'abord un lot de parois modulables. La première réalisation fut un box étroit, avec le matériel de base : bureau, sièges, écrans, caméra de surveillance, drone. Jan avait tenu à le personnaliser un peu, avec des citations de Confucius défilant sur un écran numérique : « Je ne cherche pas à connaître les réponses, je cherche à comprendre les questions », « Choisissez un travail que vous aimez, et vous n'aurez pas à travailler un seul jour de votre vie », « L'ouvrier qui veut bien faire son travail doit commencer par aiguiser ses instruments ». Il choisit également une fenêtre-hologramme représentant une vue diurne du Chicago des années 1920 et disposa, bien en évidence sur le bureau, la mue de serpent, à la façon d'un presse-papiers.

Ensuite, à l'aide d'autres boxes, on disposa des parois de manière à figurer un couloir et on se mit à la recherche d'une bande-son suffisamment crédible pour suggérer l'existence d'une activité professionnelle soutenue ailleurs dans les locaux. Il était convenu que Titania accueillerait Dubreuil pour la conduire au bureau de

Jan, pendant que Mytho se tiendrait discrètement à l'arrière.

Le rendez-vous avait été fixé à 17 heures. Depuis 16 h 30, tout était en place. Il avait fallu modifier plusieurs fois le volume de la bande-son, qui était assez convaincante. Et Jan, nerveux, essayait tant bien que mal de se mettre dans la peau de son personnage, le commissaire Rancière. Il répétait mentalement les principaux traits de son caractère, pour mieux s'en imprégner : « taciturne », « obstiné », « droit », « solitaire ». Il contempla la vue offerte depuis la fenêtre-hologramme : le ciel bleu et froid, les immeubles de quatre à sept étages portant des enseignes peintes, le logo familier de Coca-Cola sur le pignon d'en face. Au sol, le tramway, les hommes en borsalino, les femmes en chapeau-cloche. Les voitures magnifiques, hautes sur roues, avec leur long capot et leurs phares ronds… Ces images d'un autre lieu, d'une autre époque, lui donnèrent confiance. Il ne s'agissait après tout que de jouer un rôle, comme dans une pièce de théâtre. Comment pouvait bien se sentir le commissaire Rancière avant de recevoir un officier suspect qu'il avait convoqué ? Probablement un peu nerveux, lui aussi. Jan regarda le décor… Confucius, la sagesse orientale… Le commissaire Rancière, friand de maîtrise de soi, pourrait bien être adepte du yoga… Jan retira sa veste et réalisa une salutation au soleil. Cet exercice, qu'il pratiquait depuis son enfance lorsqu'il se sentait anxieux, lui apporta immédiatement un bien-être physique. Il enchaîna avec la posture de la montagne et celle de l'arbre. Et c'est ainsi, en pleine respiration profonde, qu'il fut surpris par l'intrusion de Titania. Elle s'était enlaidie autant que possible, portait une tenue très neutre et le visage nu.

— Commissaire Rancière ? demanda-t-elle une première fois.

Jan, qui était concentré dans son exercice, ne l'entendit pas tout d'abord.

— Commissaire Rancière ! dit-elle plus fort.

Cette fois, Jan fut rappelé à la réalité et quitta sa position.

— Votre rendez-vous, Commissaire. L'officier Dubreuil. Elle est arrivée.

— Un peu en avance, non ? demanda Jan. Il fut lui-même tout étonné par sa grosse voix, qui avait été rendue plus grave par un spray que Titania avait absolument tenu à lui pulvériser dans la gorge une heure auparavant.

— Un peu, acquiesça Titania. Est-ce que je la fais entrer ?

— Un instant.

Jan remit sa veste, et eut à peine le temps de s'asseoir que l'officier Dubreuil entra.

Jan se concentra alors pour se couler encore un peu plus avant dans son personnage. Il n'était plus Jan, le fils d'Élisabeth Corville que l'officier Dubreuil avait appréhendée, et qui était morte à la suite de cet interrogatoire. Il était le commissaire Rancière. Cet officier lui paraissait suspect, il avait des points à éclaircir avec elle. Il n'était pas là pour être aimable. Ni pour raconter sa vie. Mais pour la faire parler.

Il commença par la dévisager d'une manière un peu grossière qui contrastait avec les usages sociaux habituels. Dubreuil portait l'« uniforme » de la police : un âge apparent d'une trentaine d'années, une absence d'excentricité et une carrure athlétique. Mais de nombreux détails attiraient le regard. Son visage était assez juvénile mais ses implants jugulaires et maxillaires, destinés à la rajeunir, s'affaissaient un peu. Ses bras étaient secs et nerveux mais le dos de ses mains, passablement ridé. En un mot, elle ne dissimulait que partiellement son âge.

— Asseyez-vous, dit-il de sa voix grave.

— Je suis un peu surprise par le lieu de la convocation. D'habitude…

— Vous n'êtes pas ici pour me poser des questions, officier Dubreuil, articula calmement Jan. Mais pour m'apporter certains éclaircissements.

— Puis-je savoir sur quoi ?

Jan fit une moue et compulsa un faux dossier derrière l'écran de son RV, qu'elle ne pouvait pas voir. « Le silence passe toujours pour de la profondeur », avait dit Mytho. « N'aie pas peur d'en abuser. » Oui, mais il ne fallait pas non plus lui laisser le loisir de trop réfléchir aux bizarreries de la situation. Jan installa donc le drone en position stationnaire, à un point d'où il pouvait les filmer tous les deux, puis il commença l'entretien sans tarder :

— À votre avis, officier Dubreuil, pour quelle raison vous ai-je convoquée ?

— Ma foi, je ne vous cache pas que je me le demande.

— Allons… L'entretien s'engage mal. Vous semblez sur la défensive.

— Pas du tout.

Il fit à nouveau mine de chercher une information dans le dossier.

— Vous avez déjà de longues années de services derrière vous, on dirait…

— Quarante-sept, Commissaire.

— Eh bien ! Quarante-sept ans de service, ce n'est pas rien ! Ça fait un sacré bout de chemin. Vous devez bien avoir une petite idée de la raison pour laquelle je vous ai convoquée aujourd'hui ?

Dubreuil parut hésiter.

— Non, vraiment, je ne vois pas.

Elle était plus coriace que prévu. Il aurait dû s'y attendre.

— Alors prenons un autre chemin. Expliquez-moi les motivations qui vous ont poussée à vous engager dans cette brigade en particulier.

Dubreuil eut un soupir léger. Le terrain lui paraissait sans danger, et elle se détendit.

— Il m'est venu au bout de trente ans de carrière une certaine lassitude pour la forme que prenaient toujours les fins d'enquêtes. Le fait de déférer les gens à la justice n'est guère un moment gratifiant, pour un policier.

Surtout lorsque la « justice » en question roule pour son propre compte.

— Vous pensez à une affaire en particulier ?

— Oh, plusieurs ! Mais la dernière m'a fait l'effet d'un déclic. J'avais monté un dossier en béton contre un trader qui détournait des fonds. Et devinez quoi ? La justice l'a relaxé.

— Pour quelle raison ?

— Pour les raisons que vous connaissez : les entreprises qui commandent la police ne sont pas les mêmes que celles qui subventionnent la justice. Les détournements de fonds en gênent certains, et en arrangent d'autres. Nous ne sommes que des pions dans ce jeu.

— Je vois.

— C'est pourquoi j'ai demandé ma mutation dans la seule brigade qui fonctionne différemment. Les opérations spéciales offrent cet avantage d'une résolution rapide. On enquête, on traque, on trouve et on élimine. Cela a un côté intellectuellement plus satisfaisant.

— Intellectuellement, oui, mais moralement ?

Dubreuil éclata de rire, et ce fut à cet instant précis que Jan remarqua qu'elle n'avait, sur le visage, le cou, les bras, aucun poil. Ni cil, ni sourcil, ni duvet où que ce soit. C'était ce qui lui donnait ce regard si étrange.

— Vous pensez que je suis folle ?

— Je me demande simplement comment vous gérez l'aspect moral de votre engagement auprès de nos services.

— Vous parlez des éliminations ? Je les gère très bien.

— Oui, c'est ce que dit votre dossier. Pouvez-vous m'expliquer la manière dont vous procédez ?

— Certains de mes collègues aiment jouer au chat et à la souris, et font subir aux prévenus de véritables interrogatoires.

— Quand vous parlez d'interrogatoires, vous voulez dire : avec pressions physiques ?

— Oui.

— Et vous, vous ne le faites pas ?

— Non. Jamais.

Jan ressentit soudain une sorte de relâchement dans sa poitrine, presque une envie de pleurer. Sa mère avait certes été éliminée par cette femme froide, mais au moins elle n'avait pas été torturée avant.

— Pourquoi ?

— Cela me paraît parfaitement inutile. Notre tâche n'est pas une mission d'information, comme on me l'a très clairement expliqué à mon entrée dans la brigade. Nous sommes chargés de supprimer les gêneurs, c'est tout.

— Pourquoi vos collègues se livrent-ils, alors, à cette procédure inutile ?

— Je vous l'ai dit. De manière irrationnelle. Par plaisir sadique, j'imagine. Ce n'est pas mon cas.

— Soyez plus précise.

— Tout est dans le rapport.

— Officier Dubreuil, s'il suffisait de lire un rapport pour faire une enquête, nous gagnerions beaucoup en masse salariale, vous ne croyez pas ? Soyez plus précise.

— Une fois que j'ai localisé et arrêté le prévenu, je lui fais ingérer du cyanure de potassium, la plupart du temps dilué dans un verre d'eau.

Jan avait du mal à se maîtriser. Il imaginait sa mère, inquiète, peut-être un peu décoiffée, dans une salle d'attente, et le verre d'eau que l'officier lui tendait d'un air courtois. Les pulsations de son cœur s'accéléraient en imaginant la suite. Ses yeux se posèrent involontairement sur la mue du serpent, qui le rappela brutalement à sa mission présente. Il fallait qu'il change de peau. Qu'il abandonne la mue de Jan Corville. Il réussit à articuler :

— Pouvez-vous m'en décrire les effets ?

— Rien de plus simple : perte de conscience dans la minute, puis au bout de trois quarts d'heure, coma. Le décès intervient en deux heures, parfois au terme de quelques convulsions.

Jan eut besoin de revenir à un sujet plus neutre.

— Vous n'avez jamais souffert de syndrome post-traumatique ? Pas de cauchemars ? Pas de remords ?

— Non.

Les yeux clairs, dépourvus de cils, fixaient le commissaire avec assurance.

— Vous pensez donc être apte à ce service pour un temps indéfini.

— En effet.

— Bien. Revenons-en maintenant à ce qui nous occupe.

Dubreuil paraissait un peu plus en confiance.

— Je suppose que vous voulez me parler de l'affaire Bronski ?

Jan s'appliqua à ne rien laisser paraître : cette affaire lui était parfaitement inconnue, mais il prit un air entendu.

— Absolument.

— J'ai toujours pensé que cette affaire poserait problème, voyez-vous. Depuis le début. Comme vous le savez, Bronski était le gendre de l'un des directeurs commerciaux de LYD, le géant de l'industrie du divertissement. C'est pourquoi j'ai été très surprise lorsqu'on m'a confié cette enquête.

— Continuez.

— Bronski menaçait visiblement de lancer l'alerte sur la dernière génération de RV produits par LYD. Et l'enquête était classée prioritaire.

La curiosité de Jan était piquée… Quel défaut ou quel cheval de Troie pouvait donc contenir le dernier RV de chez LYD ?

— Cette enquête, vous l'avez menée à son terme entièrement seule ?

— Oui. Sur le terrain. J'ai éliminé Bronski à son domicile, dans les délais très brefs qu'on m'a impartis. Mais son épouse m'a vue et m'a prise en photo.

— Cruel dilemme, observa Jan, de manière neutre. Fallait-il l'éliminer elle aussi, ou pas ? Vous avez dû vous poser la question ?

Dubreuil paraissait légèrement agitée à ce souvenir.

— Je n'étais pas mandatée pour cela, voyez-vous. De plus, elle était la fille d'un directeur commercial. Je n'ai fait que suivre le règlement. Les officiers des opérations spéciales n'ont pas la licence double zéro.

Jan s'autorisa un sourire, qui lui coûta. Il ne cessait d'imaginer cette femme sèche et sans sourcils tendant le verre fatal à sa mère.

— Vous n'avez fait que suivre le règlement... répéta-t-il.

— Oui. Ce qui m'a valu les pires réprimandes de la part du commandant Lamielle.

Jan fit semblant de lire un rapport sur son RV, improvisant à voix haute :

— Qui a estimé, je cite que « l'officier Dubreuil a cruellement manqué de discernement et d'initiative, et n'a pas su anticiper les conséquences de la situation que présentait le terrain ».

— Je reconnais, dit Dubreuil, que les conséquences ont été désastreuses. Ma photo a circulé sur le Réseau et la thèse de la mort naturelle n'a pu être établie. L'assassinat de Bronski a fait beaucoup de vagues. Mais, comme je l'ai déjà dit pour ma défense, l'alerte n'a pas été lancée. L'objectif principal de ma mission a été atteint.

Jan hocha la tête d'un air dubitatif.

— Nous craignons cependant que vous ne soyez plus apte à ce genre de missions de terrain, qui demandent de s'adapter dans l'urgence. Peut-être quarante-sept années de service commencent-elles à peser un peu lourd.

— C'est vous qui prenez les décisions, dit froidement Dubreuil.

Jan fit semblant de noter quelques lignes sur son RV. Il se racla la gorge avant de prononcer la phrase qu'il attendait de placer depuis le début de l'entretien :

— J'aurais aussi quelques questions sur l'affaire Élisabeth Corville.

— L'affaire Corville ? Elle ne m'a jamais posé de problème, je suis surprise que…

— Nous ne vous faisons aucun reproche, dit Jan. Cette affaire semble cependant liée à des événements plus récents.

Dubreuil, qui s'était un peu refermée sur elle-même, attendit sans rien dire. Jan comprit qu'elle n'allait plus rien dévoiler d'elle-même et qu'il allait falloir lui arracher ses réponses au forceps.

— Vous dites que l'affaire Corville ne vous a jamais posé de problème. Et c'est en effet ce qui est inscrit dans votre rapport. Cette personne a-t-elle été éliminée selon votre mode opératoire habituel ?

— Oui. Cyanure de potassium.

— Combien de temps l'enquête vous a-t-elle pris ?

— Très peu, à vrai dire, il s'agissait d'une affaire de routine. Six à huit semaines en tout. Le temps de l'identifier, de la trouver et de l'éliminer.

— Rien de particulier ?

— Non.

— Savez-vous que peu de temps après cette affaire, une autre enquête a concerné le propre fils d'Élisabeth Corville, Jan Corville ?

— Oui, l'officier chargé de l'enquête m'avait passé un coup de fil, à l'époque. L'officier Létourneau. Il désirait savoir si Élisabeth Corville possédait un appartement ou un bien familial qui ne serait pas apparu dans l'héritage.

— Et ?

— Je l'ai orienté sur une vieille bâtisse abandonnée sur une île de la Seine. Mais il m'a confirmé par la suite que cela n'avait rien donné.

— S'était-il rendu sur place ?

— Oui, c'est ce qu'il m'a dit.

— Savez-vous à quel moment ?

— Ce ne pouvait être qu'entre le moment où on lui a confié l'enquête et celui où on la lui a retirée.

Jan essayait de cacher sa surprise. Létourneau avait donc visité leur refuge ? Et cependant, ils étaient restés deux mois là sans se faire inquiéter…

— Je suis surpris par le détail que vous m'apprenez, dit Jan. L'officier Létourneau n'a jamais mentionné cette partie de l'enquête à ses supérieurs.

— C'est peut-être parce qu'il a été viré le lendemain, dit Dubreuil d'un air agacé.

Jan ne répondit rien et se réfugia quelques secondes dans la lecture imaginaire d'un dossier.

— Pas d'informations particulières sur ce Jan Corville ?

— Non. À ma connaissance, il ignorait tout des activités de sa mère.

— Ce n'est pas ce que nous pensons aujourd'hui. Une erreur de jugement de votre part, peut-être ?

Dubreuil, les yeux baissés, ne répondit pas.

— Ce sera tout, officier Dubreuil. Il m'apparaît que, ainsi que le souligne très justement le commandant Lamielle, vous n'avez plus tout à fait les capacités qui ont fait de vous un officier exemplaire pendant quarante-sept ans. Je vais donc devoir vous demander de laisser le terrain à des officiers à l'esprit plus alerte, pendant que vous continuerez à servir des missions moins exposées. Cette décision vous sera notifiée officiellement par votre supérieur direct et prendra effet dans une quinzaine. Vous pouvez disposer.

L'officier Dubreuil, en se levant, tomba sur les citations de Confucius. Elle prit quelques secondes pour les parcourir puis en lut une à voix haute :

— « L'ouvrier qui veut bien faire son travail doit commencer par aiguiser ses instruments », articula-t-elle avec amertume.

— La sagesse orientale n'est décidément jamais mise en défaut. Il se trouve que vous n'êtes plus un instrument suffisamment aiguisé, officier Dubreuil.

Elle sortit et Jan entendit Titania lui adresser quelques mots, puis la raccompagner à l'extérieur. Son amie réapparut au bout de quelques secondes, accompagnée de Mytho.

— Jan, ça va ?

Leurs voix semblaient provenir d'un autre monde. Jan dut s'asseoir, assailli de sueurs froides, le souffle court.

— Tu as été magistral ! dit Mytho. Je n'aurais pas fait mieux ! La vidéo est parfaite !

Jan arracha sa moustache dans un geste brusque et douloureux, qui le sortit de sa torpeur.

— Vous pouvez tout remballer sans moi ? J'ai besoin de prendre l'air…

Titania et Mytho échangèrent un regard et acquiescèrent, puis ils se mirent à s'activer tandis que Jan, chancelant, sortait sur le balcon de l'appartement, où le bruit familier de la rue le rasséréna.

L'officier Dubreuil se rendrait compte de la supercherie très rapidement. Peut-être était-elle déjà en train de relever les nombreuses incohérences de la scène qu'elle venait de vivre. Alors elle remonterait ici. Il fallait donc vider l'appartement au plus vite. Les parois modulables et les meubles ne pouvaient être emportés, ils décidèrent de les laisser. Mais ils emportèrent tout le reste : la fenêtre-hologramme, l'écran diffusant les phrases de Confucius, le drone, le RV, la caméra de surveillance…

— Qu'est-ce qu'on fait de la mue de serpent ? demanda Mytho.

— Laisse-la sur le bureau, bien en évidence.

— Tu crois qu'elle va revenir ?

— Elle doit déjà être en chemin, si tu veux mon avis.

***

Lorsque l'officier Dubreuil, essoufflée, essaya d'ouvrir la porte, les prétendus bureaux étaient non seulement totalement silencieux, mais fermés. Son RV était doté d'un système de craquage des codes-serrures et en moins d'une minute, la porte céda.

Elle se demanda un instant si elle ne s'était pas trompée d'étage, car le lieu avait radicalement changé… Ces bureaux qui lui avaient paru pleins de monde et d'activité n'étaient en réalité qu'un appartement désert avec de pauvres parois modulables. Comment avait-elle pu être aussi stupide ? Comment avait-elle pu seulement se rendre à cette convocation si suspecte ? En fureur, elle fit le tour des lieux, remarqua la fenêtre du balcon ouverte, et se rendit dans le box où elle venait de subir l'une des plus cinglantes humiliations de sa carrière.

Il n'y avait plus d'hologramme, plus de commissaire Rancière, plus de matériel d'enregistrement. Il n'y avait plus rien sur le bureau, hormis un objet. Enroulée sur elle-même à la manière d'une corde, une peau de serpent la narguait. Alvéolée, presque friable, c'était une mue complète, qui comprenait même la tête. À l'extrémité, tandis que s'élargissaient les écailles, deux trous ronds, qui paraissaient la regarder, figuraient une espèce de masque. Dubreuil se prit à imaginer l'animal qui avait laissé derrière lui cette enveloppe vide : un être neuf, aux couleurs étincelantes, souple, rapide, insaisissable.

Elle poussa alors un cri de rage dont le vain écho lui revint en pleine figure.

Rencontre au sommet

Charles Blandion était très confortablement assis dans le salon du restaurant « La Petite Monnaie ». C'était, avec « Le Rocher de Cancale », l'un de ses favoris. L'établissement était situé au troisième étage d'un immeuble haussmannien, dont les fenêtres traditionnelles avaient cédé la place à une baie vitrée au design étudié. À travers les grandes vitres à l'impeccable transparence, la Seine coulait paisiblement, avec ses péniches à énergie solaire, ses drones fluviaux et ses amours oubliées. Où qu'il portât les yeux, Charles Blandion ne voyait qu'une image de la pérennité. C'était cela, le vrai secret de la bourgeoisie : cette absence de prise au temps. Un maître d'hôtel ganté de blanc accomplissait depuis quatre siècles les mêmes rites. La Seine coulait, tranquille. Les lourds tapis, faits main, étouffaient le moindre son. Les clients, de génération en génération, adoptaient le même ton de voix feutré, la même élégance. Rien de fâcheux ne pouvait décidément se passer en ce lieu : il y avait trop de cuir, trop de cristal, trop de boiseries rares, trop de porcelaine fine. Tout était trop ancien pour laisser place au désordre.

Blandion consulta son RV dernier cri. Irina Morgovic était en retard, comme le sont toujours les femmes de sa caste. Il ne s'en inquiétait pas, confiant dans le fait qu'elle allait probablement arriver dans les prochaines minutes. Sur l'authentique Steinway, la valse de Chopin était interprétée par une nouvelle sorte de Musibot que Blandion venait juste de commercialiser : en l'occurrence, une paire de mains volantes, autonomes, probablement guidées par celles d'un pianiste sans le sou à l'autre bout de la planète. Ces mains cybernétiques étaient féminines, chargées de lourdes bagues, avec des ongles peints. Au niveau du poignet sectionné, l'extrémité avait été conçue pour ressembler au bout d'un gant vide ; Blandion, l'œil critique, jaugeait l'effet produit. Cela fonctionnait très bien, certes, mais n'était-ce pas une faute de goût dans un lieu comme celui-ci ? Un pianiste humain eût été plus agréable à regarder… Quoique. Ces mains fantomatiques n'étaient pas dénuées d'un certain charme étrange.

— Charles ! dit Irina avec amusement. Vous êtes plongé dans la contemplation de votre petit dernier ?

— Contemplation… Le mot est peut-être un peu excessif, répliqua-t-il en se levant, en vrai gentleman, afin de ne pas être assis alors qu'elle était debout.

Presque aussitôt, et sans pourtant avoir eu l'air de les surveiller, le maître d'hôtel s'approcha d'eux. Il s'agissait d'un homme d'âge mûr, multiracial : sous sa chevelure afro blonde, ses yeux bleus étaient bridés ; il portait une moustache digne d'un lord anglais du XIXᵉ siècle et sa peau offrait, du front jusqu'à ses mains, un très subtil dégradé, allant de la pâleur la plus transparente à la teinte cannelle la plus cuivrée.

— Mes hommages, madame Morgovic, salua-t-il.

Il inclina la tête avec respect, puis s'adressa à Charles :

— Monsieur Blandion, souhaitez-vous un service humain ou un service cybernétique ?

Blandion s'apprêtait à répondre lorsque Irina le coupa :

— Un Servibot fera l'affaire, dit-elle.

— Fort bien, madame. Je vous invite en ce cas à gagner votre table.

— J'espère qu'il s'agit de la table n° 1 ?

— Bien sûr, monsieur Blandion.

Avec un air de componction, le maître d'hôtel prit le manteau de fourrure d'Irina, qui répandit un parfum musqué. Elle s'avança au côté de Charles Blandion et nul n'eût deviné qu'il s'agissait là d'un octogénaire et d'une sexagénaire, car ils arboraient tous deux la grâce insolente d'une éternelle jeunesse.

« C'est bien là le secret de la bourgeoisie », se répéta Blandion. « Pas de prise au temps. »

— C'est amusant, de s'entendre appeler « monsieur » et « madame », plaisanta Irina. Le mot « liberton » est tellement terne !

Leur table, dissimulée au reste de la salle par une rangée d'arbustes en pots, donnait directement sur la Seine, et ils admirèrent un instant la vue. Ainsi le voulait le code social qu'ils respectaient tous deux avec une exactitude scrupuleuse : ils admireraient la vue, puis ils choisiraient leur repas ; ensuite, ils échangeraient quelques réflexions générales sur la vie ; enfin, seulement, ils en viendraient au fait. Aucun contrat, aucune alliance, aucune déclaration de guerre ne se signait jamais autrement.

Irina paraissait absorbée par la lecture du menu, avec ce sérieux affecté qui était la marque de son style. Charles l'observait à la dérobée. Ses longs cheveux lisses ne semblaient pas prendre ni perdre un centimètre. Son hâle, la qualité supérieure de ses bijoux discrets, la ligne ferme de son visage, étaient les points cardinaux entre lesquels seuls quelques détails variaient parfois très légèrement : la couleur crème de son corsage aurait pu être vieux rose ou beige tendre, tout au plus. Ses chaussures, seule concession qu'elle fît jamais à la mode, étaient toujours différentes, changeant de forme et de couleur, mais sans jamais rien perdre de leur élégance haut de gamme. Comment cette femme si parfaitement identique à elle-même avait-elle pu faire endosser à sa propre fille tant d'identités changeantes ? Cela restait, et resterait, un mystère, et même une faute impardonnable. Cette fantaisie rejaillissait sur eux tous, à présent.

— « Nuée de canard en robe d'or, traversée d'un arc-en-pot d'oranges confites », lut-elle d'un air rêveur.

— Hmm, fit poliment Blandion. Et pourquoi pas une « souris d'agneau d'Orient dans son écrin de nougat et de poires de terre épicées » ?

— Ce menu est un vrai poème ! Mais je vais opter pour le « foie de vierge cuit à cœur et sa couronne d'asperges fines et de marguerites glacées, sauce Saturne ».

— De la viande humaine ? dit Charles, surpris.

Ces mots contrastaient violemment – désagréablement sembla-t-il à Irina – avec les accords délicats de Chopin.

— Je n'en ai jamais goûté. Je suppose qu'on ne peut trouver meilleur endroit pour l'accommoder ?

L'air dégoûté de Charles n'échappa pas à Irina, qui tordit sa bouche en une moue capricieuse.

— Et que diriez-vous pour commencer d'une entrée ludo-gastronomique ? demanda-t-elle pour changer de sujet. Un « jeu de l'oie des saveurs », par exemple ?

Charles acquiesça. Ils relevèrent tous deux la tête et le Servibot s'approcha aussitôt de la table dans un mouvement fluide et complètement silencieux. Il s'agissait d'un robot androïde, vêtu d'une livrée stricte, avec une tête un peu longue et des gestes extraordinairement précis.

— Puis-je me permettre de vous demander si vous avez choisi ? récita le Servibot d'une voix d'acteur shakespearien.

— Absolument. Nous prendrons un jeu de l'oie, pour commencer, dit Charles. Puis un canard, pour moi. Et pour vous, très chère ?

Irina hésita.

— Un foie de vierge, finit-elle par dire.

— Excellent choix, si je puis me permettre un commentaire, dit le Servibot. Désirez-vous boire quelque chose pour accompagner votre entrée ? Un peu de vin de Champagne ?

— Oui, répondit Charles Blandion. Mais du synthétique, si vous en avez. Je ne supporte plus le vrai vin.

Le Servibot se tourna vers Irina.

— Ce sera très bien, oui.

Après un hochement de tête poli et un demi-tour, le Servibot s'éloigna.

— Vous n'êtes pas du genre à renoncer à votre caprice parce que j'ai pris un air dégoûté, observa Charles d'un air amusé.

— Non, en effet, dit-elle en souriant.

— Que voulez-vous ? Je me fais vieux, au-dedans. Les nouveautés parfois me déconcertent. J'ai beau ne pas changer en apparence, les choses changent, elles ! Et il viendra bien un moment où mon monde à moi aura disparu.

— Mais vous lui survivrez, dit résolument Irina. Encore et toujours.

— N'éprouvez-vous pas aussi ce... vieillissement intérieur ?

La question était intime, presque déplacée. Irina cependant ne pouvait pas se permettre de répondre à Charles Blandion sur le ton sec qu'elle avait l'habitude d'adopter avec la plupart de ses interlocuteurs. C'était l'un des hommes les plus riches d'Europe. Sa fortune dépassait largement la sienne.

— Puis-je vous rappeler, sans impertinence, que j'ai vingt ans de moins que vous ? dit-elle.

— Ce qui ne suffit pas à faire de vous une jeune femme...

Elle reçut l'affront sans sourciller et le Servibot leur apporta le jeu de l'oie. Sur un grand plateau tactile, muni d'une imprimante 3D intégrée, un parcours sinueux avait été figuré. Sur chaque case, s'agitait une petite image.

— Lequel d'entre vous voudra commencer ? demanda le Servibot.

— Les dames d'abord, bien sûr.

— Mais non, objecta Irina. Honneur aux cheveux blancs.

Blandion plissa les yeux et, sans relever la pique, saisit le dé que lui tendait le robot.

— Que gagne-t-on si l'on remporte la partie ?

Le Servibot, qui avait identifié la phrase comme une question relevant de ses compétences, se mit à débiter :

— Une bouchée particulièrement savoureuse, appelée « Nirvana des papilles ».

— De quoi est-elle composée ?

— Il s'agit d'une recette secrète du chef lui-même, spécialement conçue pour l'imprimante 3D. Et maintenant, si vous voulez bien me permettre, je vais procéder à une analyse très rapide de votre sang afin d'ajuster les réglages et de m'assurer que votre repas ne présente pour vous aucune contre-indication médicale.

Charles et Irina prêtèrent leur doigt, nonchalamment, à la micro-prise de sang qui leur était faite. Puis le Servibot s'éloigna et Charles lança le dé, qui tomba sur le 4.

Aussitôt, la quatrième case du plateau se mit en surbrillance et l'imprimante 3D ultra-rapide confectionna, couche après couche, un amuse-bouche feuilleté qui répandit un agréable fumet.

Blandion mordit dans sa bouchée, à belles dents.

— Voyez-vous, Irina, si nous avions véritablement l'âge que nous paraissons avoir, j'essaierais probablement de vous séduire, et quelque chose me dit que vous auriez envie que je le fasse.

Irina avait lancé son dé et son amuse-bouche triangulaire prenait de plus en plus d'épaisseur sous les efforts saccadés de l'imprimante.

— Vous avez gagné, dit-elle. Je n'en ai pas envie, et vous non plus, parce que nous avons passé l'âge de nous laisser emporter par des sottises.

— Parce que nous sommes vieux, Irina.

— Si vous voulez.

Charles avait enregistré une petite victoire et se sentait d'humeur plus affable. La conversation se poursuivit sans heurts, entre les bulles du champagne synthétique, les mélodies mélancoliques de Chopin et les petits rires que leur arrachaient la forme et le goût toujours surprenants de leurs amuse-bouches. Puis le Servibot débarrassa leurs assiettes avec des gestes obséquieux, et Irina soupira en plantant son regard dans celui de Blandion.

— Pourquoi ce déjeuner, Charles ? Nous ne sommes pas amis, et nous n'avons pas d'affaire en cours.

Les yeux de Charles devinrent perçants. Irina ne s'y était pas trompée un seul instant ; ils étaient entre prédateurs, et connaissaient la valeur toute relative de leur amabilité réciproque.

— J'ai quelques amis au conseil d'administration de Morgane, dit-il d'une voix posée. Je sais que vous vous étiez engagée à nettoyer votre… désordre.

Elle le regardait sans ciller, un sourire supérieur flottant sur ses lèvres minces.

— Vous voulez parler de ma fille, sans doute ?

— En effet.

— J'ai nettoyé mon « désordre », comme vous dites. Ma fille est désormais présentable à tous les galas et sur tous les plateaux du Réseau. Elle m'accompagne dans mes déplacements, docile ambassadrice de la famille. J'ai sauvé l'image de la corporation.

Irina faisait référence au subterfuge qu'elle avait utilisé quelques mois auparavant. Pour éviter le scandale, elle avait produit, sur le plateau de Stéphane Loquart, une jeune fille ressemblant trait pour trait à Daphné. Cette inconnue avait joué à la perfection le rôle de la bonne enfant soumise et repentante. Titania avait été publiquement accusée d'imposture et l'honneur était désormais sauf.

— Vous avez limité les dégâts avec l'ingéniosité que tout le monde vous reconnaît, Irina. Mais non, vous n'avez pas nettoyé votre désordre. Votre fille – la vraie, l'autre, cette Titania – continue à nous nuire et vous le savez pertinemment. Avec son prétendu collectif, « Debout dans le Temps »…

Irina éclata de rire.

— Voyons, Charles, tout cela est ridicule… Ces vidéos-amateur, ces mues de serpents… Ce sont des enfantillages !

— Je n'ai guère apprécié que l'on vienne me narguer en pleine fête d'anniversaire, Irina. Et vos associés de Morgane Corporation ont encore moins été sensibles aux aveux publics du docteur Fabre. Nos amis de Healness m'ont confié qu'ils s'inquiétaient à nouveau de l'affaire du Panacor… L'officier chargé d'étouffer l'affaire a été inquiété. Si la responsabilité d'Healness dans la mise en circulation du virus éclate à nouveau, ils risquent une nouvelle baisse de la cotation en Bourse…

Irina savait tout cela, mieux que personne, mais elle écarquilla les yeux comme si elle venait de l'apprendre.

— Qu'un client du contrat spécial finisse par se retourner contre nous, que les activistes étatistes nous attaquent, cela n'est-il pas dans l'ordre des choses ? Je ne vois pas en quoi ma responsabilité est engagée.

— C'est un point de vue fort intéressant, Irina, mais je crains qu'il ne soit pas partagé par l'ensemble de vos associés. Si j'ai bien compris, ils vous accusent plutôt d'avoir créé cette situation délicate par imprudence, sans rien faire pour y remédier. C'est vous qui avez été négligente dans la signature du contrat spécial, et qui avez laissé des dissensions familiales interférer avec les affaires.

Blandion marqua un temps.

— Ils vont vous débarquer, Irina. Purement et simplement. Vous allez perdre des millions.

Irina Morgovic, la tête haute, balaya la salle du regard :

— Faut-il que j'envoie Regenville ?

— Votre brute ?

— Mon avocat. Maître Regenville est diplômé de la Sorbonne. Il parle couramment six langues.

— Ce qui fait de lui une brute cultivée... Oui, vous devriez y songer.

— Soit, dit-elle. Je lui demanderai de régler ça rapidement.

Charles l'observa. Si elle était inquiète, elle le cachait bien. Cette femme paraissait si sûre d'elle qu'elle en devenait vraiment impénétrable. Il ouvrait la bouche pour ajouter quelque chose quand il se ravisa : le Servibot, avec une expression ravie et gourmande sur son visage de silicone, apportait la suite. L'assiette de Charles, comme cela se faisait depuis quelque temps, était en relief ; les sculptures culinaires s'étageaient comme un flanc de montagne. Celle d'Irina, très classique, était ronde ; la portion de foie, d'un brun riche, formait le cœur d'une superbe fleur aux pétales blancs. La sauce Saturne, rouge, semblait une éclaboussure de sang sur un bouquet de mariage.

— Bon appétit, ma chère.

Il commença à découper un morceau de son canard, puis suspendit son mouvement.

— M'expliquerez-vous pourquoi vous en êtes arrivée là, avec Daphné ?

La question avait été posée sur un ton plus intime.

— Cette question fait-elle partie de votre mandat diplomatique, ou vous intéresse-t-elle à titre personnel ?

— À titre personnel, bien sûr.

Irina goûta une asperge et émit un gloussement d'aise.

— Que voulez-vous savoir ?

— Eh bien, nous vous avons tous connue avec cette délicieuse enfant. Si fraîche dans ses réparties, si profonde dans ce monde superficiel où elle régnait… Nous n'avons jamais posé de questions sur son père, bien entendu.

— Il n'y en a pas. J'ai sélectionné les meilleurs gènes et je l'ai faite seule.

— Superbe cas de parthénogénèse, commenta Charles. Mais que s'est-il passé après ? À l'adolescence ?

— Rien que de très commun. Daphné est devenue très difficile. Très ingrate. Dans tous les sens du terme.

— Vous vous êtes lassée de votre jouet.

Irina leva un de ses sourcils parfaitement dessinés :

— C'est une situation que vous connaissez bien, je crois ?

— Jamais avec mes enfants biologiques, dit-il avec lenteur. Elle est donc partie ?

— Oui. Sans laisser d'adresse. Je l'ai fait rechercher par la police, mais sans succès. Il semble qu'elle ait alors basculé dans la spirale de la construction personnelle.

— Vous l'avez fait rechercher… activement ?

— Eh bien, oui, au début. Et puis, la vie a repris ses droits. J'ai fait mon deuil de cette petite. Sa trajectoire et la mienne étaient parallèles, puis elles se sont disjointes. Il n'y avait pas de quoi en faire une histoire. J'avais bien d'autres chats à fouetter.

— Je vois.

Charles versa en haut de son assiette, d'un petit saucier en porcelaine de Saxe, une sauce dorée qui se mit à couler lentement, comme une lave paresseuse, sur le petit paysage de viande et d'oranges confites.

— Et, pour le contrat spécial ?

— J'ignorais totalement au départ qu'il s'agissait de Daphné. Elle s'est présentée sous son pseudonyme et elle était parfaitement méconnaissable.

— Mais vous l'avez su, tout de même, à un moment donné.

— Oui. Les contrats spéciaux font l'objet d'une enquête particulière. Quand j'ai compris qu'il s'agissait d'elle, j'ai été abasourdie, pensez-vous ! Mais il était trop tard. Cela représentait une somme considérable et le client qui l'avait achetée, un de ses courtisans, ne voulait pas entendre parler d'une substitution. Il la voulait, elle. C'était pour elle et pour elle seulement qu'il avait signé le contrat, et la clause de résiliation était exorbitante.

— Alors vous avez laissé couler, dit-il en regardant la sauce.

— Oui. Que pouvais-je faire d'autre ?

— Vous ne vous êtes jamais dit : « Il s'agit de ma fille » ?

— Personne ne l'aurait jamais appris si elle n'avait pas eu l'idée saugrenue de toute cette mise en scène. Tout cela devait se passer de manière feutrée, entre les quatre murs aseptisés d'une clinique, sans douleur, avec son consentement. Daphné avait disparu depuis longtemps, il n'était pas si difficile de rendre sa disparition définitive !

Charles engouffra une bouchée de canard, dont la sauce relevait le goût de manière exquise. Tout en laissant fondre le morceau dans sa bouche, il observa Irina. Avec un geste très élégant, elle entamait enfin le morceau de foie. Charles s'attendait à ce qu'elle en coupe d'abord un tout petit bout, mais elle n'eut pas cette délicatesse et trancha au contraire un large morceau qu'elle mit dans sa bouche sans la moindre hésitation.

— Vous êtes fascinante, dit-il.

— Vous ne me demandez pas quel goût ça a ?

— J'ai trop peur de votre réponse.

Elle continua à mastiquer, impassible. Il finit par lui demander :

— Quel goût cela a-t-il ?

Avec une certaine malice dans les yeux, elle lui sourit.

— Vous le savez déjà, Charles. Nous mangeons nos concitoyens tous les jours : c'est ce qui nous permet de déjeuner dans un lieu comme celui-ci. Ce foie de vierge n'est pas plus amer que la plupart de nos transactions commerciales. Son goût est peut-être un peu fort. Mais avec un peu d'art – un peu de sauce, un peu de Chopin, une jolie vue sur la Seine… –, que ne serions-nous pas capables d'avaler ?

Rendez-vous virtuel

Lorsqu'ils arrivèrent à la porte de Montreuil, Jan, Titania et Mytho étaient nettement en avance.

— Si on allait faire un tour aux Puces ? proposa Titania.

Les deux autres acquiescèrent. Le marché aux Puces avait des airs de brocante intergalactique et représentait sans doute l'un des lieux les moins codifiés de la capitale. Dans cet immense marché à ciel ouvert, on pouvait tout trouver, à parts égales : des Nantis et des HR, des objets du passé et d'autres dernier cri, des transactions informatisées et du troc, des bonimenteurs et des receleurs discrets, du légal et de l'underground. Parmi les perruques et les étuis de RV à un crédit, on trouvait des puces 3D de toutes sortes.

— Je n'ai jamais compris pourquoi on appelait ça le marché aux puces, dit Titania. Ce n'est pas la marchandise la plus répandue…

— Il ne s'agit pas de ces puces-là, dit Jan en souriant. Au début du XXe siècle, ces marchés existaient déjà, on y vendait des vieux vêtements, des chiffons. Des choses abîmées et infestées de puces…

— Aaaah ! fit Titania en riant.

— Eh, quand votre cours d'histoire sera terminé, jetez un œil là-dessus.

Mytho avait déniché un étal qui vendait de vraies puces : des souvenirs 3D personnels. Il y en avait des centaines, des milliers, en vrac, dans un grand bac.

— Qu'est-ce que c'est que ces trucs ? demanda Mytho d'un air dégoûté.

Le vendeur, bariolé des pieds à la tête, avec des cheveux arc-en-ciel et un rouge à lèvres fluorescent, commença son boniment :

— Ce que c'est que ces trucs ? De la joie, dit-il, de la vie. Tout ça, c'est des petites capsules de bonheur qui ont voyagé dans le temps. Des petits morceaux d'histoires.

Jan et Titania, amusés, assistaient silencieusement au spectacle.

— Combien vous les revendez ?

— Cent crédits la puce, mille crédits les quinze. Dépaysement garanti.

— Mais qu'est-ce qu'il y a dedans ?

— Des fêtes d'anniversaire, des rendez-vous galants, des journées à la mer… De quoi vous voudriez garder le souvenir, vous ? Tous les libertons sont pareils.

— Et vous trouvez des acheteurs pour ces clichés ?

— Je veux, que j'en trouve ! Y'en a qu'adorent ça, mettre leur nez dans les souvenirs des autres. Y'paraît que ça s'appelle le complexe de l'antiquaire.

Mytho fit tomber une pluie de puces entre ses doigts.

— Doucement, dit Titania. C'est fragile.

Mytho lui lança un regard à la dérobée.

— Pardon, princesse. J'oubliais que tu faisais partie des adeptes de ce genre de trucs.

— Mes souvenirs à moi sont peut-être bradés à cent crédits la pièce, dit-elle, quelque part par là...

— Mais même pour tes beaux yeux, je ne vais pas tous les acheter et tous les lire pour vérifier. Tes souvenirs sont passés par pertes et profits, ma belle, et c'est aussi bien comme ça.

Titania haussa les épaules et se dirigea vers un étal qui proposait des bijoux anciens. Jan, depuis un moment, n'écoutait le bavardage de Mytho et de Titania que d'une oreille distraite. Il se sentait observé. Il y avait une foule dense, bruyante, où il était facile de perdre quelqu'un... Ou de le suivre, sans être repéré, si l'on était assez habile.

— Je pense qu'il vaudrait mieux aller au cybercafé, dit-il soudain.

— On a encore le temps, protesta Titania.

— Mais j'ai l'impression qu'on est suivi.

Titania se raidit, reposa la bague en argent en forme de serpent qu'elle était en train d'essayer.

— Tu as vu quelqu'un ?

— Je ne suis pas sûr, mais je ne voudrais pas qu'on traîne dans cette foule.

Sur un regard, ils avertirent Mytho, qui leur emboîta le pas, et se dirigèrent vers le lieu où ils avaient décidé de se connecter pour leur rendez-vous virtuel : la cabine privée d'un cybercafé désert de la porte de Montreuil, nommé « Le Buzz ». Ils avaient choisi cette adresse pour le cas où quelque chose viendrait à mal tourner dans le monde réel : ils n'étaient qu'à quelques enjambées du Périph, où il leur était toujours possible de disparaître. La cabine était fermée à clé, insonorisée, aveugle, et toutes les données y transitaient par un tunnel de cryptage. L'endroit avait été recommandé par Ginger.

Les trois jeunes gens commandèrent des nutriments, agrémentés d'un soda de synthèse, et s'enfermèrent, aux aguets. Ils n'avaient vu personne derrière eux et Jan commença à se détendre. Ils allumèrent leurs RV et préparèrent leurs avatars. Ces derniers leur avaient été fournis avec la fausse Identité Informatique de leurs RV ; ils avaient dû les conserver sans les modifier. L'avatar de Mytho était une créature à tête de renard ; celui de Jan faisait penser à un Arlequin. Titania se plaignait du sien à chaque fois qu'elle devait l'utiliser : une vamp pulpeuse aux yeux mi-clos, aux longs cils recourbés et à la taille de guêpe.

Le rendez-vous sur le compte Oh My Self de Stéphane Loquart n'était prévu que dans quelques minutes.

— Tu es sûre qu'on peut lui faire confiance ? demanda Jan, toujours un peu anxieux.

— Je ne peux pas être sûre, mais je le crois, dit patiemment Titania.

Mytho les observait silencieusement, comme souvent. Son bagout, alors, cédait la place à une drôle d'expression, à la fois perçante et mélancolique. Il observait la ligne parfaite du profil de Titania, la riche texture de sa lèvre, la grâce de son cou. Rien ne lui échappait, dans ces moments-là. Pas le plus petit détail de leur complicité discrète. Pas le plus petit geste de contrariété de la part de l'un ou de l'autre. Pas la plus infime modulation dans leurs intonations. Il était comme prisonnier de ce rôle de spectateur et hésitait de plus en plus à leur donner la réplique. Il lui semblait être une sorte d'esprit extérieur, extralucide. Titania lui apparaissait dans un nimbe surnaturel. Chacun de ses regards, chacun de ses gestes paraissait avoir une signification particulière, une puissance mystérieuse.

— Il n'a pas été tendre avec ma mère, lors de l'émission. Je pense qu'il n'est pas de son côté.

Mytho la suivait du regard, dans l'espoir de la trouver banale, ou égoïste, ou stupide. Mais rien ne pouvait défigurer sa beauté, et tout ce qui sortait de sa bouche lui paraissait empreint de cette élégance désespérée qui l'avait tant séduit chez elle. Il l'aimait, irrémédiablement, contre sa volonté. Et il la soupçonnait, par instants, de le savoir. À un regard inquiet qu'elle lui jetait parfois quand elle se rendait compte qu'il la fixait depuis trop longtemps. À un sourire d'encouragement lorsqu'ils se quittaient.

Cela était toujours trop bref pour être significatif, et ce qu'elle lui donnait alors n'était jamais une promesse, mais plutôt – et il détestait cela – une forme de pitié.

Jan, quant à lui, ne se rendait compte de rien. Mytho continuait à voir en lui le bon Samaritain qui lui avait donné un peu de soutien, pendant des mois, sans rien attendre en échange. Le poète décalé qui ne collerait jamais aux standards. Il lui portait une amitié réelle, et pourtant, à un autre niveau, il en était douloureusement jaloux. Il se berçait de l'idée que Titania ne l'aimait pas vraiment, mais restait attachée à lui par devoir. Il imaginait son amour partagé, mais rendu impossible par la présence de Jan... Et puis, brutalement, la réalité se chargeait de le faire redescendre de son rêve, en lui rappelant que Titania n'avait d'yeux que pour Jan.

Il rentrait alors en lui-même, se maudissait. Comme un enfant buté qui ne retire pas sa main de la flamme pour voir jusqu'où il tiendra, Mytho observait ses amis, relevait leurs allusions, traquait leurs effleurements invisibles. Pour savoir jusqu'à quand il pouvait supporter la vérité avant de prendre le large.

— Peux-tu nous transférer les coordonnées ? demanda Jan à Titania.

— Voilà, c'est en cours. Je pense qu'on peut y aller.

Tous les trois chaussèrent leurs casques d'immersion virtuelle et la petite cabine nue et crasseuse laissa place à l'espace étrange du réseau. Un espace sans pesanteur, sans résistance, où la vitesse atteignait celle de la lumière. Un espace avec une logique propre, parfois sans logique du tout. Là, tout pouvait arriver. Ils jetèrent mutuellement un œil sur leurs avatars, puis autour d'eux. Il faisait actuellement nuit sur le Réseau, et un firmament féerique les environnait de toutes parts. Ils gagnèrent instantanément la porte du compte OMS de Stéphane Loquart, dont ils venaient de programmer l'adresse : une porte monumentale, à deux vantaux, ornée de ferronneries complexes. Selon la manipulation qu'ils faisaient avec leur RV, ils pouvaient changer d'orientation et voir la porte soit de façon verticale, soit du dessus, comme si elle était dessinée sur un plan. Parmi toutes les icônes figurées par les motifs du fer forgé et représentant les différentes parties du compte, ils se dirigèrent vers celle qui indiquait l'entrée du palais et furent projetés dans un espace virtuel de meilleure qualité. Là, l'illusion de la réalité était travaillée en tant que telle ; on ne se déplaçait pas en suivant des nœuds et des flux, ou en activant une adresse résellaire, mais en avançant dans un espace en trois dimensions, au design soigné. Parmi des colonnes infiniment torsadées, des plafonds aux convexités surprenantes, des trompe-l'œil numériques, des nuées de dorures et de boiseries, on pouvait voir des niches, des chapelles, des coffres en marqueterie, qui contenaient des données innombrables. Il y avait là tout un bric-à-brac de films, de tableaux, des manuscrits scannés dont on pouvait tourner les pages, des albums de photographies animées. Des personnages en images de synthèse déambulaient, communiquaient, actionnaient les tiroirs, les éclairages, les animations 3D.

— T'a-t-il donné un lieu précis ? demanda le renard.

— Il m'a parlé d'un salon privé, au centre du labyrinthe, répondit la vamp.

— Ce doit être dans le jardin.

Et en effet, la salle où ils avançaient donnait, par deux grandes fenêtres, sur un superbe jardin à la française. Un petit labyrinthe de buis, taillé à hauteur d'épaule, attira leur attention. Alors qu'ils circulaient entre les allées, Stéphane Loquart apparut, comme un fantôme surgissant, au centre du labyrinthe. Il ne s'agissait pas exactement de Stéphane Loquart cependant mais de sa version animée, stylisée et très ressemblante.

— Voilà un avatar digne de ce nom, grogna Titania. Il a été dessiné par l'un des plus grands programmeurs.

Lorsqu'ils arrivèrent à sa hauteur, l'avatar de Stéphane Loquart claqua des doigts et une petite cascade apparut, charmante, dissimulant l'entrée d'une grotte.

— Si vous voulez bien me suivre, dit-il. Le salon privé est juste ici.

L'Arlequin, la vamp et le renard traversèrent le rideau d'eau sans se faire mouiller le moins du monde. Il n'existait que deux sens dans le Réseau : la vue et l'ouïe. Le toucher pouvait parfois faire illusion, car l'avatar était conçu pour manipuler son environnement. Mais il n'y avait jamais ni chaleur, ni douleur, ni humidité, ni véritable sensation tactile.

La grotte dans laquelle ils débouchèrent était digne des *Mille et Une Nuits*, mais ils n'y prêtèrent pas attention.

— Lequel d'entre vous est Titania ? demanda le Loquart de synthèse.

— C'est moi, bien sûr, répondit la vamp. Je n'aime pas changer de sexe.

— Vous avez déjà essayé ?

— Une fois, il y a longtemps. Mais je n'ai pas supporté.

La vamp parlait avec une voix très grave, un peu éraillée, une voix de chanteuse de jazz. Les visages des avatars restaient globalement inexpressifs, mais, s'il l'avait pu, Jan aurait laissé éclater sa surprise. Titania, en homme ? L'idée le désarçonna plus qu'il n'aurait su l'exprimer.

— Que nous vaut l'honneur de ce rendez-vous ? demanda Mytho.

— Je suis extrêmement impressionné par le travail que vous accomplissez, avec votre collectif. Je suis un fan absolu de Debout dans le Temps.

— Je suppose, continua Mytho, que vous ne nous avez pas fait venir uniquement pour nous passer la brosse à reluire.

— Rentre tes griffes, tu veux ? le tança Titania.

Jan n'avait pas l'habitude des rendez-vous virtuels, et il dut se forcer à participer à la conversation. Son avatar, moins perfectionné que celui de ses compagnons, ne possédait pas de synthèse vocale, et ses paroles apparaissaient sous la forme de bulles colorées dans lesquels le message était écrit.

— Vous êtes un personnage riche et puissant… Qu'avons-nous à vous apporter ?

Le message flotta un moment puis éclata comme une bulle de savon.

— Riche et puissant, c'est vrai, dit Stéphane Loquart. Mais je suis surtout un homme de spectacle. Un passionné de théâtre. « Je tiens le monde pour ce qu'il est », récita-t-il, « un théâtre où chacun doit jouer son rôle ».

— « *The show must go on* », renchérit Titania de sa voix chaude et enveloppante. Mais Jan a raison : rien n'est gratuit en ce bas monde, et avant d'être un homme de théâtre, vous êtes un homme d'affaires.

L'avatar haut de gamme de Stéphane Loquart eut une expression triste, un peu forcée. Jan trouvait la conversation malaisée ; le sentiment d'un artifice technique permanent entravait toute spontanéité. Le fait qu'il ne puisse prononcer aucun mot ne le dérangeait même pas. Entendre les autres parler avec des voix d'emprunt, regarder leurs ridicules avatars, même celui de Stéphane Loquart, lui donnait envie de raccrocher immédiatement son RV et de revenir à un vrai échange humain, avec un visage à toucher, un regard à sonder, un parfum dans lequel se perdre… Cette féerie de pacotille l'écœurait.

— Pouvons-nous en venir au fait ? demanda-t-il abruptement, et ses mots bleus et scintillants flottèrent dans l'air quelques instants.

— Bien sûr, cher ami. Bien sûr. Je conçois que vous soyez tous un peu défiants. Permettez-moi tout d'abord de vous offrir un gage de ma bonne volonté. Vous ne devriez pas y être insensibles.

Son avatar tendit un petit cube d'argent à la vamp de Titania. Il s'agissait d'un fichier de données. La vamp saisit le cube et sa main l'absorba. Jan savait que Titania prenait connaissance de son contenu à ce moment même ; dans l'instant, elle transféra les données et Jan s'absenta un moment de son avatar pour consulter le fichier sur son RV. Il s'agissait d'une vidéo amateur, plutôt d'une vidéo de caméra de surveillance. On y voyait distinctement quelqu'un pénétrer dans un lieu sombre, tendu de rouge, illuminé par des écrans muraux qui diffusaient des clips. Cette personne, un homme, portait une chemise blanche, une cravate sombre et un costume noir. Jan ne le reconnut pas, mais il lui sembla cependant familier. Où avait-il bien pu l'apercevoir ? Il traversait le couloir pour pénétrer dans une salle que la caméra ne balayait pas. On entendait, distinctement également, des coups de feu, des cris, des tables renversées. Au bout de quelques interminables minutes, le même homme ressortait, et le fichier vidéo s'arrêtait sur une image où sa chemise blanche apparaissait mouchetée de rouge. Le visage de l'homme était plus net et Jan eut un déclic. Ne venait-il pas de le croiser parmi la foule du marché aux Puces ?

— L'avocat de ma mère, dit la vamp… Maître Regenville !

— Ce n'est pas tout, ajouta Stéphane Loquart. Le lieu d'où provient cette vidéo... C'est précisément le bar un peu louche où on a retrouvé le corps du juge Malfini.

— Celui qui enquêtait sur l'affaire du Panacor, ajouta Mytho.

— Tout juste.

Jan envoya une requête privée à Titania pour lui demander de revenir quelques instants dans le monde réel.

— Nous avons besoin de nous concerter un moment, liberton Loquart, dit Titania.

Et, instantanément, ils retirèrent leurs casques et se retrouvèrent dans la cabine sécurisée du Buzz.

— J'ai l'impression d'avoir croisé ce type, là, dehors... articula Jan, hors d'haleine.

— Ce n'est pas une bonne nouvelle, dit Titania d'un air sombre. Tu viens de voir de quoi il est capable. Il n'est pas seulement l'avocat de ma mère, mais aussi son garde du corps et son homme de main. S'il est à nos trousses, nous devons le semer.

— Changement de piaule ce soir, fit Mytho.

— Et on repart d'ici par le Périph, ajouta Titania. Il ne pourra pas nous suivre.

— Cette vidéo, dit Jan, c'est ce que ma mère recherchait au moment où elle s'est fait arrêter. C'est énorme.

— Il nous l'a réellement donnée. Nous pourrions tout à fait nous déconnecter maintenant et la conserver, il ne nous a rien demandé en échange.

— Attendez, dit Mytho. Ça, c'est l'appât, le marché vient après... Je ne crois pas que Stéphane Loquart soit un philanthrope ou un étatiste acharné. J'ai déjà été dans cette situation, quand Blandion m'a sorti de la rue, fasciné par ma voix... Je peux vous assurer que je l'ai payé très cher. Cette proposition, c'est trop beau pour être vrai.

— Il veut du spectacle, murmura Jan.

— Il veut nous récupérer, siffla Mytho.

— Nous *médiatiser*, corrigea Titania.

— Quelle différence ?

— Nous pourrions toucher un plus large public. Notre vengeance pourrait être complète.

— Et ce serait beaucoup plus dangereux, signala Mytho. Si nous rentrons dans la cour des grands, il va falloir s'attendre à de vraies représailles. Je ne suis pas pour.

— Tu crois qu'il serait prêt à diffuser nos vidéos sur Happenings ?

— Peut-être, dit Jan.

Leurs trois cœurs battaient plus vite.

— Il est très riche et très puissant, comme tu l'as dit au début, répéta Titania.

— Il est donc très dangereux, insista Mytho.

— Et aussi très utile, rétorqua Titania. Il peut nous protéger.

D'un même mouvement, Titania et Mytho se retournèrent vers Jan. D'eux trois, c'était lui le moins emporté, le plus réfléchi et sans doute le plus sage. Il jouait souvent les arbitres de leur trio.

— J'essaie de voir au-delà de notre vengeance, dit-il. Il est peut-être assez riche pour nous donner un nouveau départ.

— Un nouveau visage ? murmura Titania.

— Une Identité Informatique définitive ? fit Mytho.

— Un retour en douceur dans le Réseau, continua Jan. Une fois notre vengeance consommée, une fois que nous aurons tapé un grand coup médiatique, nous pourrions peut-être nous retirer.

— Et vivre, enfin, dit Titania en souriant.

Mytho éprouva un pincement au cœur. Il savait qu'au-delà des actions du collectif, il n'y aurait pas de place pour lui dans la « vie » qu'imaginaient Jan et Titania. Leur trio était un assemblage temporaire, qui tenait en équilibre, par miracle, dans le grand vent de leur histoire. Debout dans le Temps.

— Je vous préviens, si on s'engage dans cette voie, il faudra faire les choses en grand, dit Mytho. Prendre des risques. Faire flamber un grand feu avant de s'éteindre. Le collectif Debout dans le Temps devra briller plus fort s'il brille moins longtemps.

Jan et Titania, sourire aux lèvres, acquiescèrent, et ils se reconnectèrent aussitôt. Leurs avatars les avaient attendus, en veille, apathiques et silencieux, autour de celui de Loquart.

— Avez-vous réfléchi ? demanda ce dernier.

Ce fut Jan qui répondit, l'arlequin faisant sortir de sa bouche des bulles de mots bariolées.

— Nous vous remercions pour ces données qui nous sont particulièrement précieuses. Et nous sommes prêts à travailler avec vous, si vous le souhaitez, mais à quelques conditions.

L'expression de l'avatar, d'inexpressive, devint soudain rieuse. Exactement, pensa Jan, comme s'il avait enfilé un masque.

— Je m'en réjouis, dit Loquart. Travailler avec vous serait un véritable challenge pour moi. Je suis curieux de savoir comment vous envisagez vos prochaines actions, et dans quelle mesure je peux vous aider à les diffuser plus largement...

— Vous ne nous demandez pas les conditions ? demanda le renard-avatar de Mytho.

— Quelles sont vos conditions ?

— Nous voudrions un nouveau départ, dit Titania avec la voix traînante et chantante de la vamp. Un genre de passeport pour un avenir meilleur.

— Des Identités Informatiques stables, définitives, comme des vraies, ajouta le renard.

— Je peux vous procurer tout ça et plus encore. Je peux vous donner l'Identité Informatique que vous souhaitez, avec le nom que vous souhaitez, et même, ajouta-t-il en s'adressant plus particulièrement à Titania, un nouveau corps. Mais je peux surtout vous donner du travail. Un vrai travail, à la hauteur de vos capacités.

— Un travail dans quel genre ? demanda-t-elle d'un air suspicieux.

Jan eut envie de sourire. Cet avatar de vamp avait quelque chose de désuet ; il donnait à la transaction l'allure d'un contrat de dupes dans une série noire.

— Infiltration. Reportages. Enquêtes. Un travail de journaliste.

— À tous les trois ? demanda Mytho.

— Et pourquoi pas ? Ne suis-je pas le patron de la plus grande chaîne d'information de France ?

— Je voudrais qu'on quitte Paris, écrivit Jan subitement.

Les mots, bleus, blancs et rouges, flottaient paisiblement, mais ils étaient une bombe à retardement. La vamp demeurait sans réaction. Mais, derrière ce masque, qu'en pensait Titania ?

— Happenings a des reporters dans tous les pays du monde, ou presque… Je peux vous installer à Tokyo, à Moscou, à Londres ?

Des images de voyage fleurissaient dans l'esprit de Jan et son cœur se gonflait d'un espoir vague. Il serait possible après tout de partir, de tout recommencer. De se débarrasser de cet arrière-goût tragique qui empoisonnait leur amour depuis la première heure.

— Mais cela, ce sera pour plus tard, reprit la vamp. En attendant, il nous faut faire de l'audience. Avec une grande manifestation.

— Vous avez déjà une idée ?

Mytho se tint silencieux. La lutte dans laquelle il s'était engagé avait pris ces dernières semaines une importance capitale pour lui : au-delà d'une revanche personnelle sur Blandion, qui lui avait volé son enfance, c'était aussi une revanche sur l'ensemble de la société qui l'avait relégué Hors-Réseau. Une manière de prouver sa valeur. Alors, l'idée de donner à tout cela une dimension supplémentaire lui plaisait, à lui aussi. Faire le plus de bruit possible, et puis disparaître. Puisque leur vie de saltimbanques ne pouvait pas durer éternellement, mieux valait la faire brûler, du feu le plus intense possible. Il s'engagerait, avec toute l'énergie de sa rage et toute celle de son amour à sens unique. Il ferait de cette action le point culminant de cette partie de sa vie. Après quoi, sans rien dire, il prendrait la tangente. Invisible. Solitaire.

— Nous avons bien une idée, écrivit Jan, mais elle nous a toujours semblé irréalisable jusqu'ici. Remarquez, elle risque de vous plaire : elle est spectaculaire et suicidaire.

— Spectaculaire et suicidaire ? C'est votre marque de fabrique, Titania.

Préparatifs

Un grand vent s'est levé dans ton âme inquiète,
Balaie les souvenirs, agite tes pensées,
Trouble le pur silence des choses muettes
D'un mouvement désordonné.

Plus je te vois, reine de guerre et de vertige,
Nager dans le courant des révolutions,
Tourner dans le manège où tes idées voltigent,
Plus me torturent mes questions.

Où finit-il, ce grand rapide qui t'emporte ?
Vers quelle chute majestueuse et fatale ?
Te verrai-je apaisée avant que d'être morte ?

Reine exaltée, malgré l'amour que je te porte,
Il me vient le désir d'une île, d'une escale,
Et le regret poignant de nos amours banales.

En écrivant le dernier mot, Jan hésita. Ses amours avec Titania n'avaient jamais été *banales*. Mais il y avait eu leurs deux mois dans la maison de l'île de Lormais, comme une sorte d'acte fondateur d'une autre vie possible. Certes, il était tombé amoureux d'elle à Paris. Il se souvenait avec intensité de ces premiers jours incandescents. Ils avaient été brefs, comme le passage d'un météore, et avaient bouleversé définitivement sa vie. Marquée par sa mort prochaine, Titania avait alors un calme souverain, une propension à la contemplation. Elle se taisait souvent, écoutait religieusement de la musique, disait des mots surprenants et profonds. Dans la maison sur l'île, ils s'étaient découverts, dans la lenteur et l'immobilité, dans cet espace circulaire et resserré comme un cocon. Leur amour n'avait pas éclos là, mais il y avait grandi, dans une gestation lente et sublime. Leur retour à Paris avait été nécessaire, sans doute, et tout ce qu'ils faisaient depuis avait du sens. Jan croyait au collectif Debout dans le Temps ; il espérait que leurs actions ouvriraient des yeux, libéreraient des pensées. Mais il était avant tout amoureux et cette vie les consumait. Il ne rêvait que d'emmener Titania ailleurs. De retrouver la lenteur et l'immobilité.

Titania semblait s'être adonnée, à nouveau, à ses démons. Elle n'avait plus les moyens de s'offrir des modifications corporelles, mais elle s'étourdissait au carnaval permanent de ses déguisements et de ses rôles. Bien sûr, elle avait pour cela une merveilleuse justification : il fallait agir pour le collectif, publier des vidéos, et Jan reconnaissait qu'elle avait un génie pour la métamorphose. Il était surprenant de la voir sans cesse disparaître et renaître dans l'alternance magique de ses perruques et de ses accessoires. Mais cela l'emplissait d'un frisson malade, provoquait une excitation permanente de ses nerfs. Elle préparait ses performances avec une application maniaque et se regardait après coup, d'innombrables fois. Les déménagements incessants, encore plus fréquents depuis qu'ils avaient eu l'impression d'être suivis, la réjouissaient plutôt. Même l'idée qu'ils puissent être suivis l'amusait. Elle jouait dans chaque nouveau lieu à la dînette. Mais lorsque par hasard ils restaient plusieurs jours au même endroit, ou lorsqu'elle n'avait pas de rôle à préparer, elle devenait taciturne et s'ennuyait.

Mytho la suivait, comme une ombre, dans tous ses excès. Il était capable de regarder les vidéos de Titania cent fois, de l'aider à ajouter un détail infime à son déguisement. Il était volubile comme elle, sautillant et toujours sur le départ, épousant les dents de scie de ses humeurs capricieuses. Cela faisait déjà plusieurs semaines que Jan avait pris conscience des sentiments qu'il lui portait. Cela l'avait irrité au départ, et puis il avait réfléchi. Il était bien placé pour savoir combien il était facile de tomber amoureux de Titania. En fait, le contraire l'eût plutôt étonné. Elle était si belle et si captivante, comment un homme exposé à cette radiation de manière quotidienne pouvait-il ne pas succomber ? Jan n'en voulait pas à Mytho.

Il observait sa lutte intérieure, surprenait ses regards vite détournés, ses soupirs à peine audibles. Il voyait que Mytho se retirait, souvent, pour lui laisser la place. Jan n'était pas du genre à rivaliser. Il croyait au grand amour de Titania, et s'il se trompait, alors, plus rien ne valait la peine. Il se formulait cependant de plus en plus nettement que cette situation ne pouvait pas durer. Titania devenait de plus en plus instable ; Mytho se consumait de cet amour interdit. Et lui, Jan, conscient de tout mais ne pouvant parler de rien, ne pouvant agir sur rien, se sentait captif d'un destin qu'il n'était pas sûr de comprendre.

Debout dans le Temps leur offrait beaucoup de choses : des moyens de subsistance, un sens à leur existence. Le collectif leur permettait à tous les trois de prendre leur revanche sur ce monde corrompu qui leur avait ôté ce qu'ils avaient de plus précieux. Les institutions qu'ils combattaient avaient tué la mère de Jan, contraint Mytho à une vie de prostitution puis de mendicité, mené Titania jusqu'à une table d'opération où une infirmière lui avait injecté la première dose d'une piqûre létale. Il n'y avait pas d'engagement plus sincère, plus vital, que le leur. Mais Jan était un solitaire, et cette existence ne le comblait pas. Il désirait partager sa solitude avec Titania, de manière exclusive. Il avait aussi besoin de moments de recueillement et de silence et il s'échappait de plus en plus souvent, mû par un besoin profond de prendre des bouffées de solitude sans lesquelles il s'asphyxiait. C'était ce qu'il était allé faire, aujourd'hui, laissant Titania dormir après une nuit d'insomnie, et Mytho plongé dans le montage d'une vidéo. Il était retourné au marché aux Puces, et avait acheté la bague ancienne en forme de serpent spiralé. Il en avait profité aussi pour demander des renseignements au marchand de souvenirs 3D. Il aurait aimé, par-dessus tout, retrouver ceux de Titania et les lui rendre. Ce cadeau, irremplaçable, aurait été la plus belle preuve de son amour. Titania, délestée de ses souvenirs, paraissait de plus en plus légère et volatile ; son identité se perdait dans son mouvement. Il semblait à Jan qu'il fallait trouver quelque chose pour l'amarrer à son propre passé.

Le marchand ne lui avait pas appris grand-chose, à part que des collectionneurs passionnés dépensaient des fortunes pour ce genre de produits.

Jan l'avait remercié, puis dans le métro, il avait composé son poème sur son RV.

Te verrai-je apaisée avant que d'être morte ?
Reine exaltée, malgré l'amour que je te porte,
Il me vient le désir d'une île, d'une escale,
Et le regret poignant de nos amours banales.

Pouvait-il le lui lire ? Il laissa la question en suspens et prit la direction de l'appartement à vendre dont un courtisan leur laissait la jouissance depuis près d'une semaine. Il serait plus prudent de changer de base.

Jan soupira à l'idée de reprendre la route.

Quand il rentra, Titania dormait encore et Mytho n'avait pas décollé de son écran.

— Regarde ! J'ai fini le montage des deux vidéos.

Jan s'approcha. Ils respectaient, tacitement, une entente parfaitement cordiale. Mais ils ne parvenaient à communiquer que lorsque Titania était là, ou, comme à présent, lorsqu'il y avait une bonne raison de le faire. La première vidéo ne durait pas longtemps. Elle avait été conçue pour être montée en parallèle avec celle de Regenville prise par la caméra de surveillance, destinée à établir de manière confondante l'origine de cette dernière. On y voyait Mytho, filmé par un drone, qui se faisait admettre dans le couloir du club, après quelques mots au videur.

— Comment as-tu réussi à entrer avec ton drone ?

Mytho mit la vidéo sur pause :

— J'ai dit que je faisais un reportage sur les lieux du crime à Paris et que ça lui rapporterait de nombreux clients déjantés.

— Et il t'a cru ?

Loquart m'a donné un programme à installer sur mon RV. Une espèce de carte de presse informatique.

— Je ne savais pas qu'il nous avait proposé ça.

— Tu en as une aussi, tu n'as qu'à la demander à Titania. C'est elle que Loquart a contactée, il y a trois ou quatre jours. Tu devais être en train de dormir.

Jan hocha la tête, et Mytho redémarra la lecture.

Le drone vint se placer exactement au niveau de la caméra de surveillance et Mytho fit à dessein les mêmes gestes que Regenville sur la vidéo. L'angle, l'éclairage, les tentures rouges, les écrans qui passaient des clips, tout était identique…

— Ça fait longtemps que ce crime a eu lieu ? demandait Mytho au videur qui avait refermé la porte et quitté son poste pour le rejoindre dans le couloir.

L'homme, qui faisait plus de deux mètres de haut, content d'être valorisé pour autre chose que pour ses muscles – au demeurant fort impressionnants – s'était montré causant :

— Environ deux ans. Vous avez dû en entendre parler ? Le Réseau n'a causé que de ça pendant des jours. L'affaire du juge Malfini.

— Aaaah… fit Mytho. Je me souviens. C'est vous qui étiez de service, ce soir-là ?

— Non, un collègue.

— Que s'est-il passé ?

— Une orgie qui a mal tourné. Des pratiques extrêmes… On a retrouvé tout le monde mort.

— Ils se sont entretués ?

— On pense plutôt que c'est l'un d'entre eux qui aurait pété les plombs et qui aurait descendu tous les autres.

— Avant de se donner la mort ?

— C'est ça.

— Avec une arme à feu ?

— Oui.

— Ça arrive souvent, que les gens viennent aux orgies avec des armes ?

— Vous savez, le club est privé, on ne sait pas trop ce qui se passe quand les portes sont fermées. Et puis, les clients ne sont pas tous des enfants de chœur. Dites, je vais passer sur le Réseau ?

— Ça se pourrait, l'ami. Je peux voir l'intérieur de la salle ?

Le videur avait acquiescé.

— Il n'y a personne, alors, pourquoi pas ?

Et c'est ainsi que Mytho avait pu filmer le lieu du crime. Tandis que les images défilaient, on entendait la voix de Mytho qui commentait, un peu théâtral :

— J'aimerais vous dire que le crime a laissé ici une empreinte, qu'un parfum de carnage, une trace sinistre demeure. Mais le trou dans l'eau s'est refermé. La salle du « Rouge Lutèce » est un lieu aussi ordinaire que possible.

Les tables basses, les canapés pourpres douteux, les tapis aux motifs démodés confirmaient cette sentence. Mytho s'arrangea pour déposer une petite mue de serpent sur une table transparente, et la vidéo s'arrêtait sur cette image.

— Il t'a laissé déposer ça ?

— Je l'ai reprise après, elle pourra nous resservir… Qu'est-ce que tu penses du montage ?

Jan savait que son avis ne lui importait guère : Mytho ne parlait technique qu'avec Titania. Mais il s'efforça de faire comme si de rien n'était.

— C'est bien. Propre et efficace. Et la deuxième ?

— La deuxième est plus longue. C'est Titania avec la veuve.

— L'opération d'hier ? demanda Jan avec étonnement. Tu as déjà fini le montage ?

— Oui, je n'ai pas beaucoup dormi.

Jan prit un siège et s'installa sans rien dire.

— Le début est un peu longuet, prévint Mytho. Mais je n'ai pas voulu le couper.

Titania filmait, une fois de plus, avec ses lentilles-caméra. Elle déambulait dans le jardin du Luxembourg, qui respirait comme à chaque fois l'ordre et le luxe. L'entrée du jardin était payante depuis plus d'un siècle, et aucun HR ne venait en troubler le calme paysage. Elle était entrée par le haut du boulevard Saint-Michel et arrivait à proximité du palais. À la vue du bâtiment classique, auquel un toit réfléchissant donnait seul une allure de modernité, Jan se souvint des paroles de sa mère : « Il y avait là l'une des institutions majeures de l'État, Jan, qui s'appelait le Sénat. Une docte assemblée de vieillards austères, qui méditaient sur la Loi. Et à quoi cela a-t-il fait place ? À ce "palais des Caprices", où nos enfants sont étourdis de jouissances et de consommation. » Au fur et à mesure que Titania s'approchait, on pouvait voir des fumées multicolores, des bulles de savon, des balles flottantes, s'envoler des fenêtres et des portes. Des cris de surprise et de joie, des rires perlés, s'échappaient également du bâtiment monumental. À l'entrée du palais, des parents pressés laissaient leur progéniture avec des recommandations bien singulières :

— Mange tout ce que tu peux !

— Ne reste pas trop longtemps sur chaque jeu !

— Essaie de rentabiliser l'entrée !

Les enfants, hypnotisés par les mystères chantants, sucrés et colorés qui les attendaient à l'intérieur de l'auguste bâtiment où s'étaient jadis murmurées les Lois, partaient alors sans dire au revoir, aussitôt le RV de leurs parents délesté de quelques centaines de crédits.

Les yeux de Titania changèrent de direction et s'attardèrent sur une pelouse où quelques adultes s'essayaient à la lévitation. Des installations électromagnétiques recouvertes d'un gazon anglais permettaient en effet à certains endroits, moyennant finance, de s'élever à quelques mètres. Des femmes en tenue de sport prenaient, dans les airs, des postures de yogi, sous l'œil admiratif des passants. Deux jeunes gens jouaient à s'élever puis à sauter hors du champ électromagnétique.

— C'est drôle, murmura Jan. Parfois, on ne reconnaît pas Titania lorsqu'on la voit. Mais on la reconnaît toujours lorsqu'on observe le monde à travers ses yeux.

— C'est vrai, acquiesça Mytho. Mais je ne saurais pas définir en quoi son regard est si particulier.

— C'est comme… On dirait qu'elle est ambiguë, à la fois fascinée et critique. Sensible à la beauté de ce qu'elle voit, mais consciente du mal qui se cache derrière.

Mytho considéra Jan, saisi par la vérité de ce qu'il disait et qu'il n'aurait pas su exprimer lui-même.

— Elle est la grande spécialiste des féeries mortifères, continua Jan.

Mytho ne répondit pas.

La femme que Titania avait rejointe portait une chevelure d'un noir corbeau qui lui tombait jusqu'aux chevilles. Elle avait un aspect étrange, un peu Self-Art. Elle évoquait à la fois une danseuse de flamenco, une veuve sicilienne et une princesse arabe : intéressant mélange. Elle n'était pas très belle, mais racée, d'une imperfection calculée et infiniment expressive.

— Vous devez être Titania, dit-elle.

— Oui, je vous remercie à nouveau de m'accorder cette entrevue.

— Sera-t-elle filmée ?

— Elle est *déjà* filmée, mais si vous le voulez bien, je souhaite installer un drone afin d'améliorer la qualité de l'image.

— Faites, dit-elle simplement.

À partir de cette minute, le montage de Mytho devenait plus complexe, puisqu'il alternait entre les plans subjectifs des lentilles-caméra et le plan d'ensemble saisi par le drone. Jan, comme à chaque fois qu'il voyait Titania apparaître, en vrai ou sur un écran, eut un petit choc. Elle était aussi blanche et vaporeuse que l'autre était brune et volcanique. Sa beauté de poupée, si délicate et si parfaite, paraissait cependant moins intense que le visage magnétique de son interlocutrice.

— Vous êtes le liberton Laura Malfini ? demanda Titania.

— Oui. Je suis la veuve du juge. Et c'est moi qui vous remercie de me donner la parole, après tout ce que l'on a raconté sur le Réseau.

— Êtes-vous en colère contre les médias ?

— Oui. Ils ont couvert la mort de mon mari avec un sensationnalisme de bas étage.

— Pour quelle raison, d'après vous ?

— Pour les mêmes qui ont poussé la police à conclure, absurdement, à une affaire de mœurs.

— Pouvez-vous nous expliquer cela ?

Laura Malfini lança sur Titania un regard de braise.

— J'accuse la société Healness d'avoir fait pression, de je ne sais quelle manière, sur la police et sur les médias afin que l'affaire que suivait mon mari soit étouffée, son enquête, arrêtée, et son nom, discrédité.

— Il s'agit là de très lourdes accusations, Laura. Avez-vous des preuves de ce que vous avancez là ?

— Malheureusement, non. Mais une intime conviction. La certitude que mon mari a été piégé. Il a beaucoup hésité avant de se lancer dans l'instruction de cette affaire. Il connaissait les risques et m'en avait parlé à plusieurs reprises.

— À votre avis, qu'est-ce qui l'a poussé à s'en occuper malgré tout ?

— Je pense qu'il estimait de son devoir d'éviter que cette pratique se renouvelle à l'avenir.

— De quelle pratique parlez-vous ?

— De celle qui consiste à créer un virus pour pouvoir vendre le vaccin.

— Vous accusez la société Healness d'avoir créé un virus ?

— Oui.

— Lequel ?

— Le V14. Celui que seule la société Healness parvenait à guérir avec son antiviral miracle, le Panacor.

— Sur quoi fondez-vous cette accusation ?

— Sur de nombreuses conversations avec mon mari. Contrairement à son habitude, il souhaitait partager avec moi les informations relatives à ce dossier.

— Pourquoi ?

— Peut-être parce qu'il se sentait menacé.

— Avez-vous essayé de communiquer, après sa mort, sur cette intime conviction ?

— J'ai tapé à toutes les portes, mais personne n'a voulu diffuser ma voix. Vous êtes la première à m'offrir cette possibilité.

— Connaissez-vous notre collectif, Debout dans le Temps ?

— Non. J'avoue que je n'en ai jamais entendu parler.

— Nous essayons de faire la lumière sur un certain nombre d'affaires. Parmi lesquelles le meurtre de votre mari. Saviez-vous que d'autres gens sont morts, en enquêtant sur le Panacor ?

— Non, je l'ignorais.

— Nous avons des preuves, Laura. Des preuves qui incriminent indirectement Healness pour la mort de votre époux.

Laura Malfini risqua un sourire, qui exprimait à la fois la surprise, le soulagement, la douleur et la colère. C'était une femme que son mari avait dû beaucoup aimer.

— Qu'allez-vous faire de ces preuves ?

— Ce qui aurait dû être fait depuis longtemps. Nous allons les rendre publiques. Nous allons porter des accusations. Nous allons organiser un procès.

Laura Malfini semblait avoir vibré à ces mots, mais elle soupira, déçue.

— Vous êtes jeune, vous croyez que tout est possible. Mais vous n'y arriverez jamais.

— Oh, mais je ne parlais pas d'un tribunal régulier, comme celui pour lequel travaillait votre mari. Je parlais d'un tribunal populaire et médiatique. Le genre qu'on ne peut pas empêcher de se tenir.

La braise se ralluma dans les yeux charbonneux de Laura.

— Alors la vérité sera dite, au moins une fois.

— Toute la vérité, rien que la vérité, prononça Titania sentencieusement. Je le jure.

La vidéo s'achevait sur le regard scintillant de la veuve Malfini.

— Le teaser à la fin est vraiment réussi, commenta Mytho. Tous les courtisans vont attendre le procès, maintenant.

— Oui, c'est très fort.

Un doux parfum familier leur fit tourner la tête à tous les deux : Titania, toute chaude encore de sommeil, les cheveux ébouriffés, sortait de la chambre.

— Mais, j'y pense, dit-elle en jetant un œil à la vidéo, on a complètement oublié la mue de serpent, cette fois !

— Je sais, dit Mytho. Mais cette vidéo est un peu particulière, parce que tu n'es pas déguisée.

Titania paraissait ennuyée, et regarda Jan.

— Ça n'a pas d'importance, la rassura-t-il. Et puis, à propos de serpent…

Il sortit de sa poche une boule-cadeau. Ces petits emballages avaient vu le jour depuis peu : leur plastique, avec lequel on pouvait imprimer n'importe quelle forme, était ultrasensible à la chaleur et fondait à 37 °C. Titania s'en saisit, la fit rouler entre ses mains et, comme par magie, la boule se déplia et s'affaissa, pour laisser voir dans ses replis la petite bague d'argent.

Titania semblait ravie. Elle était touchée par l'attention plus encore que par l'objet.

— Quand es-tu allé la chercher ?

— Ce matin.

— Merci !

Amoureuse et reconnaissante, elle enfila la bague et se pendit à son cou. Jan la serra dans ses bras, et enfouit le visage dans ses cheveux, dans son parfum, s'oubliant dans cette merveilleuse douceur.

Toujours assis à côté de l'écran, Mytho les regarda un instant puis détourna les yeux. Comment une chose qu'il savait déjà pouvait-elle à chaque fois le blesser à ce point ? Sur le doigt fin de Titania, à l'ongle finement nacré, le petit serpent d'argent s'enroulait sur trois tours, dans une étreinte étroite qui paraissait ne jamais devoir finir.

Quai de la Mégisserie

BERNARD REGENVILLE MARCHAIT le long de la Seine, où des péniches à énergie solaire avançaient avec difficulté. L'eau avait jadis été verte, à ce qu'on racontait, mais le fleuve charriait maintenant depuis de longues années une encre plus noire que le pétrole. Regenville fixa le cours opaque de l'eau, qui semblait avoir perdu sa fluidité. Les péniches avançaient lentement parce qu'elles rencontraient cette résistance accrue. Le cours de la Seine était ralenti, morbide, et prenait sous les ponts anciens des airs de Styx. Que dissimulait cette surface miroitante où tremblotaient les reflets des monuments ? Des larcins compromettants, des victimes jetées nuitamment, des suicidés pensifs. Mais tout le monde préférait l'ignorer. Choses et gens s'engloutissaient dans les ténèbres liquides, dans un clapotement immonde, et rien ne refaisait jamais surface.

Avec un soupir satisfait, Bernard Regenville aperçut de loin sa destination : les commerces d'animaux qui, à touche-touche, rivalisaient d'inventivité et de charme pour appâter les clients. Il se demanda depuis combien de temps il n'était pas venu ici et conclut qu'il avait dû accompagner Irina et Daphné, dix ou douze ans auparavant. Irina voulait des plumes authentiques pour l'un de ces costumes excentriques qu'elle faisait porter à Daphné ; Daphné, quant à elle, voulait voir les animaux et il avait fallu supporter les chamailleries de la mère et de la fille pendant des heures. Il était amusant que ce fût Daphné, à nouveau, qui l'amenât ici. La traque jusqu'alors n'était pas concluante – ces trois oiseaux vivaient sur la branche, et ils étaient toujours envolés lorsque Regenville se rapprochait d'eux. L'analyse des vidéos, les tentatives de pistage informatique, la recherche systématique sur les lieux qu'ils avaient fréquentés n'avaient rien donné. Irina Morgovic, cependant, ne plaisantait pas. Elle lui avait parlé avec ce ton de commandement glacial qui vous faisait comprendre qu'un échec ou un refus vous serait infiniment plus préjudiciable qu'à elle. Regenville adorait qu'elle lui parlât ainsi ; il en éprouvait à chaque fois un ineffable frisson d'excitation. La peur de lui déplaire aiguillonnait son désir, et il devenait un instrument tendu, une arme docile et mortelle dans les mains de sa patronne. Les raisons des requêtes d'Irina, il les connaissait, bien sûr. Elle avait reçu des pressions des actionnaires ; la cotation en Bourse de Morgane Corp. baissait dangereusement depuis que ce collectif ridicule faisait circuler des rumeurs. Mais la véritable raison de son obéissance ne se trouvait pas dans une communauté d'intérêts. Elle se trouvait dans sa dévotion à elle, à sa personne. Il était sa chose, son esclave, son âme damnée. Il arrivait rarement qu'elle lui demandât de faire usage de violence physique mais, lorsque c'était le cas quelque chose se libérait en lui. Elle avait ce pouvoir de réveiller en lui à la fois l'agneau soumis et la Bête.

C'était à force d'observer les vidéos et de lire les rapports de Charles Blandion, du docteur Fabre et de l'officier Dubreuil, que son attention avait été attirée par les mues de serpents. Ce n'étaient pas des objets courants, et le collectif en avait déjà utilisé un certain nombre. Une rapide analyse biologique confirma qu'il s'agissait d'une matière organique, et non artificielle. Il fit une recherche sur le Réseau qui confirma qu'il était possible de se faire livrer une mue de serpent, mais pas sans laisser de traces. Il était fort probable que les enfants (car c'est ainsi qu'il les considérait) aient préféré acheter ces articles directement au magasin. Et il n'y avait à Paris qu'une seule adresse pour ce genre d'achats : le quai de la Mégisserie. Avec, dans son RV, une quantité de photos de Jan Corville, de Daphné/Titania et du troisième larron dont ils ignoraient le nom, il pénétra dans la première boutique. Des décors holographiques simulaient, au fond de chaque cage magnétique, la savane, la forêt tropicale ou le désert. Les animaux étaient confinés par le champ électromagnétique, mais on pouvait les admirer sans l'obstacle visuel des barreaux. Dans la cage « savane », où régnait une atmosphère surchauffée, une girafe, un zèbre et un rhinocéros, tous miniaturisés à la taille d'un chat, paraissaient écrasés d'ennui et dégageaient une odeur forte. Dans celle d'à côté, des grenouilles énormes, des perroquets et un petit singe s'agitaient dans l'air humide.

— Liberton, je dois vous informer que nous avons également une remarquable collection d'animaux artificiels, de l'autre côté.

— Ceux-là ne sont pas artificiels ? demanda Regenville.

Le marchand, dont le visage était tatoué, désigna son nez d'un air fin.

— Vous reconnaissez les vrais à l'odeur… Les animaux artificiels ont été conçus pour éviter les nuisances : pas d'odeur corporelle, pas de venin, un organe vocal diminué, pas de griffes…

— Ce zèbre de quarante centimètres n'est pas artificiel ? répéta Regenville, buté.

— Évidemment, il n'est pas conçu de manière entièrement naturelle. Il est génétiquement modifié. Mais il s'agit d'un organisme vivant : entièrement original, avec un comportement imprévisible, sujet à la maladie et à la mort.

Regenville risqua un regard de l'autre côté.

— Et qu'est-ce qui se vend le mieux ?

— Oh, il y en a pour tous les goûts et pour tous les budgets… L'un de nos produits phares est sans conteste la chimère que vous voyez là-bas. Le sphinx, aussi, se vend bien.

Parmi les animaux artificiels, à côté de perroquets bavards, de singes acrobates et de licornes aux crinières colorées, adaptées à la hauteur d'un enfant, se trouvaient les monstres. La chimère, de la taille d'un chien moyen, était vraiment fascinante : la tête de lion, auréolée d'une crinière épaisse, se tournait de temps à autre, avec un petit rugissement. Le rose humide, veiné de noir, de l'intérieur de sa gueule, était particulièrement saisissant. Au niveau de la naissance des pattes avant, une paire d'ailes d'aigle, aux plumes fines et colorées, se déployait à intervalles irréguliers, tandis que la queue aux écailles émeraude s'enroulait et se déroulait comme un serpent constricteur. C'était une merveille de cybernétique. Regenville eut une soudaine envie de l'offrir à sa maîtresse.

— Combien, la chimère ?

— Douze mille crédits.

Douze mille crédits. C'était le prix qu'on offrait aux clients de Morgane Corp. pour leur prélever un organe. Cet objet incroyablement beau et inutile valait-il le prix d'un organe humain ? Que signifiait cette « équivalence » ? Regenville chassa cette question importune et remit l'achat à plus tard.

— Est-ce que vous vendez des serpents ?

— Non, vous trouverez ça chez mon collègue, deux boutiques plus loin : il a le plus grand terrarium.

Regenville le remercia et quitta le magasin pour pénétrer dans celui qu'on venait de lui indiquer. Il y avait moins de monde dans cette boutique, qui était étroite et profonde. Sur les deux côtés, les terrariums étaient fermés magnétiquement, de sorte que les reptiles paraissaient, au premier coup d'œil, en liberté. Regenville s'attarda un instant sur des tortues de terre dont les carapaces avaient été serties de pierreries et de fils d'or. Les iguanes et les caméléons, en tête de gondole, arboraient des couleurs chatoyantes et changeantes. Le caméléon artificiel était accompagné d'un texte publicitaire : « Ce caméléon dernier cri, idéal pour une compagnie discrète, s'adapte à son environnement en moins d'une demi-seconde. Ses yeux sont aussi des caméras multidirectionnelles, qui peuvent émettre 24 heures sur 24 vers votre RV, le rendant indispensable pour surveiller votre appartement. L'essayer, c'est l'adopter. » Une jeune femme juchée sur des talons très hauts le manipulait tranquillement. Le caméléon, roulant ses yeux étranges, prit la couleur de sa main, puis celle de son manteau et enfin, lorsqu'elle le fit poser en l'air devant le ciel, à l'entrée de la boutique, imita le gris perle incertain du ciel parisien.

Alors que la jeune femme s'extasiait bruyamment, Regenville s'adressa au vendeur :

— Vous vendez des serpents organiques ?

— Oui, tous ceux du fond, là-bas.

— Est-ce que vous conservez leurs mues ?

Le vendeur, un petit homme d'un certain âge, qui paraissait peu enclin à la transformation personnelle, parut surpris. Il hésita :

— C'est étrange que vous me demandiez ça. Je n'aurais jamais cru qu'il y aurait un jour un tel engouement pour les mues.

— On vous a déjà posé cette question récemment ?

— Oui.

Regenville sortit son RV et fit défiler les photos.

— Vous reconnaissez l'un de ces libertons ?

Le petit vieux jeta un œil inquiet sur les portraits.

— Je ne veux pas d'histoires, moi.

— Vous n'en aurez pas. Je vous propose un simple deal : la prochaine fois que quelqu'un vous demande une mue de serpent, vous m'alertez. Immédiatement. Et je vous créditerai de… douze mille crédits.

Le petit vieux ouvrit de grands yeux.

— Et comment je vous alerte ?

— Je vais vous laisser mes coordonnées. Vous les entrez dans votre RV et vous m'envoyez une notification dès qu'ils se pointent dans votre magasin. L'air de rien. Puis vous les retenez pendant, disons, une quinzaine de minutes.

— Je vous poke et c'est tout ?

— Oui. Gardez-vous une trace de vos transactions ?

— Il est impossible de ne pas en garder.

— Vous pourriez remonter au dernier achat ? Me donner un numéro d'Identité Informatique, peut-être ?

— Ça devrait pouvoir se faire, dit le vieil homme, sans allumer son RV.

— Moyennant finance, bien entendu.

— Si vous pouviez être plus précis, liberton…

Regenville regarda rapidement autour de lui, comme s'il cherchait quelque chose. Il tomba sur un présentoir de petits serpents artificiels, de diverses couleurs, qui s'enroulaient gracieusement autour d'un bras de femme cybernétique.

— Vos serpents-bracelets, là, vous les vendez combien ?

— Trois cents crédits.

— Eh bien je vais vous en acheter un. Et je vais vous l'acheter trois mille.

Le petit vieux parut réfléchir une seconde, puis il se précipita vers le présentoir.

— Lequel vous ferait plaisir, liberton ?

Regenville songea aux vêtements crème d'Irina Morgovic, à ses ongles nacrés, à ses lèvres rouges. Il opta pour un serpent très fin, d'une trentaine de centimètres, de couleur fauve, avec des rayures noires.

— Celui-ci.

— Très bon choix, liberton. Très élégant. Vous désirez un paquet cadeau ?

— Oui, s'il vous plaît.

Le vieil homme prit le serpent qui se déroula docilement et pénétra sans opposer de résistance dans un étui métallique aux reflets cuivrés.

— Les bijoux vivants sont très simples d'utilisation et nécessitent peu d'entretien. La notice est à l'intérieur. Si vous avez le moindre problème n'hésitez pas à revenir me voir.

— Je n'hésiterai pas, dit Regenville en plantant des yeux inflexibles dans ceux, hésitants, du vieil homme.

Ils scellèrent la transaction, puis Regenville attendit, tandis que le marchand recherchait l'information demandée dans son RV.

— J'ai votre renseignement, dit-il. Je vous l'envoie ? Sur les coordonnées de votre I.I. ?

— Je vous en prie.

Regenville reçut, presque immédiatement, sur son RV, un numéro d'I.I., assorti d'un avatar. Un ridicule homme-renard, d'un goût plus que douteux.

— À quelle fréquence viennent-ils vous voir ?

— C'est très irrégulier. Mais… Ils m'ont passé une importante commande il y a quelques jours.

— Ah oui ?

— Oui. Ils en voulaient sept. Mais je ne les avais pas ; les serpents ne muent pas sur commande, malheureusement. Ils doivent repasser.

— Quand cela ?

— Je ne sais pas exactement. Bientôt. Avant le 13 en tout cas.

— Que se passe-t-il, le 13 ?

— Je n'en sais rien, liberton. Je ne fais que leur livrer des mues de serpents. Je ne leur demande pas à quoi elles servent.

Regenville hocha la tête. On était le 4, et il allait falloir mettre quelqu'un en planque à proximité immédiate pendant les neuf prochains jours. En sortant, il bouscula involontairement la jeune femme à hauts talons qui s'approchait, la mine béate, pour acheter son caméléon.

***

— Bernard, j'étais sûre que vous trouveriez quelque chose... murmura distraitement Irina, en laissant le petit serpent s'enrouler autour de son poignet.

Regenville savait qu'il n'obtiendrait pas d'autre remerciement, ni pour le serpent ni pour l'information. Elle se contentait de laisser l'animal ramper sur sa peau et s'y fixer ; elle se contentait de lui apparaître en déshabillé vaporeux, qui laissait par transparence apercevoir sa nudité. Elle se contentait de l'appeler Bernard. Et cette récompense était largement suffisante.

— Il va donc se passer quelque chose le 13, continua-t-elle. Une action de grande ampleur, impliquant plusieurs victimes, probablement sept.

— Avez-vous une idée de l'identité de ces victimes ?

— On peut supposer qu'il s'agit de Charles, de Fabre, de cette policière demeurée, et sûrement de moi... Il y en a peut-être une pour vous aussi, Bernard. Vous avez trempé dans l'affaire du Panacor, dont ils s'occupent.

— Il en manque deux.

— Quelqu'un de chez Healness, j'imagine...

— Comment peuvent-ils espérer monter une action impliquant tous ces gens en même temps ? Ils ne sont que trois.

— Et nous sommes sur nos gardes... C'est un mystère, je dois l'avouer. Mais nous leur ferons rendre gorge. Nous sommes beaucoup plus puissants qu'eux.

Regenville, fasciné, regardait l'avant-bras d'Irina.

— Vous me faites penser à Cléopâtre, dit-il.

— Tsss... fit-elle, agacée. Reprenez-vous, Regenville. Vous avez du pain sur la planche. Ce n'est pas le moment de devenir sentimental.

Regenville se redressa immédiatement.

— Je vais organiser la planque et commencer des recherches approfondies sur les activités de l'homme-renard et de son Identité Informatique, dit-il d'un ton très professionnel.

Irina lui passa la main sur le visage, le flattant comme un chien. Puis, primesautière, elle se tourna vers son vaste miroir en pied.

— Je me demande si le septième ne serait pas Loquart, dit-elle comme pour elle-même.

— Loquart ? pourquoi cela ? Il s'est toujours montré plutôt du côté de votre fille.

— Mais il a fait presque autant d'argent que moi sur ce contrat spécial, et elle n'est pas assez sotte pour ne pas l'avoir compris.

Regenville n'avait pas l'habitude de contredire sa patronne, il garda donc le silence. Son regard s'attarda un peu trop longtemps sur Irina, qui lui tournait le dos. Mais son reflet dans le miroir le trahit.

— Arrêtez de me regarder ainsi, maître. C'est fatigant et pathétique. Vous pouvez disposer.

Regenville s'inclina et quitta la pièce sans discuter.

Avec une sombre excitation, il songeait au moment où on allait retrouver ces trois gamins. Irina lui demanderait probablement d'aller jusqu'au bout, comme pour le juge Malfini. Il se remémora le jour où il s'était rendu, de sa part, auprès du docteur Fabre, le jour où Titania devait mourir. Irina aurait pu user de son crédit pour la sauver, mais elle n'avait pas failli, sa main n'avait pas tremblé. Elle avait laissé sa fille aux mains de Morgane Corp., tirant un simple trait sur elle. Un trait propre et net. Quand on avait franchi ce cap, on ne pouvait pas revenir en arrière. Et il savait confusément que, lorsque sa filature donnerait des résultats – et c'était une question de jours – ce serait à lui que reviendrait le funèbre honneur de liquider les trois gamins. Il tuerait les garçons d'abord, rapidement.

Puis il prendrait son temps pour la petite. Il fallait toujours garder le meilleur pour la fin.

En attendant le 13

PENDANT PLUSIEURS JOURS, les jeunes gens durent demeurer dans la même planque ; en l'occurrence, un atelier d'artiste sur l'un des Nouveaux Boulevards. L'immeuble n'avait été que partiellement construit, au moment où la Désétatisation avait fait exploser les secteurs de l'immobilier et du bâtiment. Une sorte d'effervescence effrénée avait pris les propriétaires qui, ravis de ne plus payer de taxes, s'étaient lancés dans une activité compulsive. En quelques mois cependant, la loi du marché avait eu raison de cet optimisme artificiel ; les prix avaient gonflé et beaucoup de projets étaient restés en plan. Jamais terminés et jamais démolis, des squelettes de bâtiments se dressaient de loin en loin. Ils étaient devenus la cible privilégiée des marginaux en tout genre ; arènes en trois dimensions pour des combats de HR, sur lesquels certains Nantis pariaient gros au marché noir.

Les Écumeurs avaient leur Tour, bien qu'ils préférassent les stations désaffectées du métro. Des militants écologistes livraient parfois une véritable guerre aux divers squatters pour transformer ces espaces en zones agricoles urbaines ; on voyait fleurir des façades végétalisées qui la plupart du temps fanaient sur pied, étouffées par l'atmosphère acide de la capitale.

L'immeuble dans lequel Jan, Titania et Mytho avaient atterri était une structure de cinq étages dans laquelle il n'y avait quasiment que les sols et les poutres porteuses ; le dernier étage n'avait pas de toit et les poutres métalliques qui s'y dressaient paraissaient soutenir le ciel. Pas d'escalier non plus, ni d'ascenseur, dans ce dédale où l'on passait les niveaux par des toboggans, des échelles ou des barres de passage de pompiers. Des cloisons avaient été disposées çà et là : parois amovibles, tentures indiennes, gigantesques panneaux ornés de graphes, murs de briques. Des artistes de tout poil s'y côtoyaient, parlant fort, se disputant sur des théories artistiques, vantant les mérites de telle ou telle performance. On ne cherchait pas à gagner de l'argent, dans ce milieu, mais des vues sur les comptes OMS, des commentaires élogieux, une petite place visible dans l'océan du Réseau.

C'était par le milieu du Self-Art que Titania avait réussi à leur dénicher cet espace, parce qu'ils avaient besoin de place et de matériel pour mettre au point leur décor, stocker leurs costumes, faire leurs répétitions. Ils devaient partager le morceau d'étage qui leur était alloué avec une vidéaste et un acrobate qui se disputaient sans cesse. La première, une jeune femme qui s'était fait refaire les yeux pour les rendre aussi grands que dans les mangas du xxe siècle, avait besoin de calme et vivait le nez dans son RV ; le second, un artiste de rue anti-Réseau, que Mytho reconnut au premier coup d'œil comme HR, avait besoin de s'entraîner et passait un temps considérable à rouler, sauter, cracher du feu et essayer de nouveaux numéros. Il avait fallu négocier, partager l'espace, assurer qu'ils ne resteraient pas au-delà du 13.

— Qu'est-ce que vous allez faire, le 13 ? avait demandé la vidéaste.

— Une performance. Un genre de faux procès.

— C'est supra-intéressant, comme idée. Vous allez intégrer des vidéos ?

— Non, la performance sera plutôt théâtrale.

— Pas d'enregistrement ?

— Si, si. Mais quelqu'un s'en occupe déjà.

La vidéaste, dès lors qu'elle avait compris qu'ils déclinaient ses services, s'était désintéressée d'eux, et, si l'on exceptait ses moues exaspérées et ses grands yeux levés au ciel lorsqu'ils faisaient du bruit, elle les laissa tranquilles. L'acrobate, lui, se montra plus insistant pour « travailler » avec eux. Après une discussion un peu tendue avec Mytho, dont Jan et Titania n'entendirent pas la teneur, il se tint cependant plus en retrait. Jan avait un gros travail d'écriture : il devait concevoir tout le déroulement de la performance, puis rédiger toutes les plaidoiries et surtout les réquisitoires. Ces textes devraient être à la fois forts, percutants, parfois drôles, un rien absurdes. Ce n'était pas un genre auquel il était habitué, et le travail l'absorbait plusieurs heures par jour. À quelques pas de la vidéaste, mais sans communiquer du tout avec elle, il était, lui aussi, plongé dans son RV. Titania passait quant à elle une grande partie de la journée à faire des courses : la fabrication des sept mannequins et la mise en scène des six exécutions demandaient beaucoup de matériel. Il fallait aussi un marteau, un déguisement de juge (elle ne trouva qu'un costume anglais), des robes d'avocat. Il y avait longtemps que ce décorum avait été abandonné dans les Cours, mais ces accessoires restaient gravés dans l'imaginaire des gens et c'était bien à l'imaginaire qu'ils cherchaient d'abord à s'adresser. L'achat était une partie délicate car il fallait choisir les articles, en fonction de l'ensemble des paramètres esthétiques et pratiques qu'ils avaient retenus. Mytho collait, cousait, assemblait, faisait naître les objets sous ses doigts. Quand il avait besoin d'un matériau particulier, il faisait un tour au deuxième étage où il avait repéré des plasticiens et des sculpteurs. Son bagout lui permettait alors généralement de rapporter ce dont il avait besoin.

Le soir, toute cette bohème se dispersait. Certains ne dormaient pas là et ne venaient que pour exercer leur art ; d'autres passaient la nuit à même le sol ou sur des lits de fortune. Presque tous partageaient des nutriments, des chants, des discussions animées. Il y avait des îlots de lumière dans l'obscurité de ce labyrinthe. Ce n'était pas sécurisé, aussi Jan et Mytho, tacitement, se relayaient-ils pour monter la garde. Le procès avait été annoncé sur le compte OMS et un *trailer* circulait même sur la chaîne Happenings ; certains courtisans, avec lesquels ils avaient eu des relations privilégiées, avaient été invités à tenir le rôle des jurés, ou à former le public. Seul le lieu était tenu secret, et il en serait ainsi jusqu'au bout. Même Stéphane Loquart ne le découvrirait qu'au dernier moment : il était beaucoup trop dangereux de vendre la mèche auparavant.

— Nous ne sommes vraiment que trois à connaître le lieu ? demanda Jan à Mytho, un soir, à mi-voix, alors que Titania était en train d'écouter de la musique, allongée à côté d'eux.

— Oui.

— L'information n'a pas circulé sur le Réseau ? Tu ne t'es pas servi de ton RV ?

— Je ne m'en sers pas souvent ces jours-ci, dit Mytho en montrant la somme d'objets qu'il avait fabriqués. Je fais plus dans le manuel…

— Avec un certain talent, on dirait ! remarqua amicalement Jan.

Mytho essaya de discerner son expression à travers la pénombre, mais c'était difficile.

— Tu m'avais dit que tu me montrerais le texte final, dit-il.

— Le réquisitoire contre la société ?

— Oui, c'est par ça qu'on termine, non ? C'est bien notre septième accusée ?

— Tout à fait, dit Jan.

Il fit une rapide recherche sur son RV et le tendit à Mytho, qui lut à mi-voix :

« Mesdames et Messieurs les Jurés, Votre Honneur, Mesdames et Messieurs de la Cour… C'est à présent le sort de la société que nous allons devoir trancher. Cette société qui se comporte en mère dénaturée, qui dévore ses propres membres et en pousse d'autres à la perversion. Cette société où les enfants ne sont plus protégés des adultes, où les proies ne sont plus protégées des prédateurs. Cette société dont la justice et la police ne sont que les bras armés des grandes corporations. Cette société, enfin, qui dans le seul but d'accumuler du profit a provoqué la mort des 3 512 victimes du V14, dont les noms défilent derrière moi, la mort des soixante signataires d'un contrat spécial, malheureusement anonymes, la mort du juge Malfini, la mort d'Élisabeth Corville, et de combien d'autres ? Moi, l'avocat général, je réclame la transformation immédiate et radicale de la société, l'abandon total de la logique du profit, et l'instauration d'une démocratie à visage humain ! »

— Et c'est là que tu lances l'exécution de ton dernier mannequin.

— Grandiose ! Il faut absolument que demain, on cherche de la musique. C'est très important, la musique.

— Il ne nous manque rien d'autre ?

— Si. Il faut que je retourne quai de la Mégisserie. Nous n'avons pas encore les mues.

***

Depuis le 4, Claude Haddad, le propriétaire du magasin « Reptiles en vrac », quai de la Mégisserie, se sentait mal à l'aise. L'homme qui était venu lui demander des renseignements ne lui disait rien qui vaille, et il regrettait amèrement de les lui avoir donnés. Il avait peut-être déjà mis ce jeune homme dans l'embarras en divulguant son Identité Informatique. Ces mafieux avaient certainement des moyens de retrouver les gens à partir de leur RV. Cette inquiétude avait été renforcée par la présence, dès le 5, de clients un peu louches, toujours les mêmes, qui restaient plusieurs heures dans le magasin, les yeux fixés sur des cages. Certes, l'homme lui avait demandé de donner l'alerte, et n'était pas censé le surveiller, mais il était persuadé qu'en réalité, ses sbires étaient déjà dans la place, ou à proximité immédiate. Ils n'avaient pas l'air de plaisanter. Et puis, il avait déboursé rubis sur l'ongle trois mille crédits pour un simple numéro d'I.I.

Aussi, lorsqu'il reconnut Mytho sur la caméra de surveillance à l'entrée du magasin, Claude Haddad se montra-t-il très réactif. Le sbire, dont il supposait qu'il était en train d'espionner la boutique, était en arrêt depuis près d'une heure dans la partie gauche de la salle, et

Haddad quitta son comptoir pour accueillir le nouveau venu et l'entraîner dans la partie droite.

— Cher liberton, je crois que j'ai justement les bébés crocodiles que vous m'avez commandés.

Mytho eut un moment de saisissement et une lueur d'incompréhension passa fugitivement dans son regard. Mais il était habitué aux mensonges et comprit vite qu'il lui fallait jouer le jeu.

— Comme vous y allez ! Je n'en veux pas plusieurs, un seul suffira amplement !

— Regardez comme il est mignon ! Il a déjà toutes ses dents qui se chevauchent.

— Adorable, fit Mytho. Quelle taille va-t-il atteindre à l'âge adulte ?

— Environ deux mètres, deux mètres cinquante. Vous avez la place ?

— Ça devrait aller.

— C'est pour offrir ?

— Eh bien... Oui, tout à fait. C'est pour ma femme.

Mytho, tout en jouant le jeu, s'impatientait, et roulait des yeux furieux.

— Si je peux me permettre un conseil, dit Haddad en baissant la voix, je vous recommande de jeter aussi un œil à la cage des boas. C'est un article très vendeur, qui intéresse *beaucoup* de monde, en ce moment.

Mytho, qui commençait à se sentir nerveux, remarqua un homme planté en face de la cage des boas. Un homme qui n'avait pas l'air d'un chaland, ni d'un passionné des reptiles.

— Et puis vous savez, c'est très divertissant d'organiser des petits combats. Les boas sont imbattables avec les mammifères de taille moyenne. Tenez par exemple, les boas gagnent toujours contre les chats, les chiens. Ou… les *renards.*

Mytho essayait de penser assez vite. Claude Haddad en faisait trop et allait finir par se faire remarquer, mais il venait, indubitablement, de le mettre en garde contre cet homme qui le surveillait. En un instant, Mytho comprit que quelqu'un était sur la piste des mues de serpents, et était remonté jusqu'à cette boutique. Cette brèche dans leur sécurité était évidente. Il se maudit de ne pas y avoir songé plus tôt. Il allait falloir renoncer aux mues de serpents. Titania ne serait pas contente, mais ils n'avaient pas le choix. Il fallait aussi se débarrasser au plus vite de son RV.

— Je vous en prie, dit-il sèchement. Inutile de me vendre toute la boutique. Je vous prends le bébé crocodile comme convenu. Avec des doses de nourriture pour deux semaines, et un paquet cadeau.

L'homme aux boas s'était retourné et le dévisageait à présent. Claude Haddad paraissait de plus en plus nerveux ; il fit tomber le bébé crocodile par terre en le saisissant.

— Quel maladroit ! fit Mytho. Vous avez certainement gâché la marchandise, donnez-m'en un autre.

— Mais l'autre est une femelle et vous vouliez un mâle… Je n'ai que celui-ci.

— Prenez le temps de l'examiner, s'il vous plaît. Je ne suis pas pressé, je veux un animal en parfait état. Vous avez de la chance que j'aie déjà payé.

À ces mots, l'homme se retourna à nouveau vers les boas. Mytho fit un clin d'œil à Haddad, dont la sueur commençait à perler sur son front. Il savait exactement ce que le type aux aguets attendait : soit quelqu'un qui demanderait naïvement les mues de serpents, soit quelqu'un qui aurait un comportement suspect, hâtif. Quelqu'un qui raserait les murs et se dépêcherait de sortir. Les mots « Je ne suis pas pressé » avaient déjoué sa vigilance. Malgré son envie compulsive de courir hors du magasin et de jeter son RV dans la Seine, Mytho fit donc durer la scène autant qu'il le put. Quand il sortit enfin du magasin, le crocodile sous le bras, Claude Haddad n'était plus que l'ombre de lui-même. Jamais cet aimable commerçant n'avait fait preuve d'autant de courage de toute son existence.

Mytho se paya le luxe d'observer encore la vitrine du magasin d'à côté, puis il flâna jusqu'au pont des Arts. Une sculpture mobile avait été érigée au centre de la passerelle : un cadenas géant, stylisé, avec une clé ailée qui tournait dans un sens et dans l'autre. Le cadenas s'ouvrait et se refermait dans un mouvement perpétuel et envoûtant. Jan lui avait expliqué que c'était en souvenir des milliers de cadenas que les amoureux, à une époque plus romantique, avaient scellés sur les rambardes. Le poids de tout ce métal ayant menacé la structure du pont, on les avait retirés. Mytho s'accouda un instant à la balustrade et s'assura que personne ne le regardait. Il jeta d'abord le crocodile, après avoir ouvert son étui, en se demandant s'il atteindrait jamais les deux mètres cinquante dans cette eau noire. Puis, avec un pincement beaucoup plus douloureux au cœur, il fit disparaître son RV. Le clapotis fut plus sonore et il y eut une petite vague noire.

Plus de RV, cela signifiait retourner hors du Réseau. Une angoisse sourde lui comprima la poitrine. Certes, Loquart leur avait promis un retour au Réseau en première classe… Il n'avait plus qu'à lui faire confiance, à présent, car s'il les trahissait, il se retrouverait à la case départ. Cessant de regarder le mouvement régulier de la Seine, Mytho se retourna. La sculpture monumentale s'ouvrait et se refermait toujours, dans un cliquetis rassurant. Les amoureux qui avaient jadis accroché ces cadenas, et probablement jeté la clé, y avaient vu la marque d'une éternité, d'un lien indissoluble. C'était une époque où l'on croyait encore à ce genre de choses. Aujourd'hui, on avait le symbole qu'on méritait : le cadenas s'ouvrait et se refermait, l'amour allait et venait, aucun lien n'était indissoluble. Était-ce rassurant ? Était-ce triste ? Sur le pont des Arts, subitement, le sentiment aigu de l'impermanence de toute chose lui fit venir les larmes aux yeux.

***

Stéphane Loquart était, lui aussi, très préoccupé par le procès. Malgré son insistance, Jan avait absolument refusé de lui communiquer le lieu du tournage. Il avait dû se contenter d'expliquer à ses équipes qu'il s'agirait d'une sorte de pièce de théâtre en forme de parodie de procès, et que la chose aurait lieu de nuit, dans un lieu inconnu, où il faudrait prévoir un éclairage artificiel. Sa secrétaire ne cessait de le harceler pour relayer les mille et une questions des techniciens : de combien de temps disposerait-on entre l'annonce du lieu et le début du tournage ? Le lieu en question était-il équipé en électricité ? S'agissait-il d'un intérieur ou d'un extérieur ? Combien de temps faudrait-il aux équipes pour se rendre de la tour Happenings jusqu'au lieu du tournage ? Quelle était la hauteur sous plafond ? Y aurait-il un public ? De quelles couleurs seraient vêtus les acteurs ? Connaissait-on les dimensions approximatives du décor ? C'était un feu qui roulait, incessant, depuis trois jours… On n'était que le 10, et ce cauchemar allait encore s'intensifier pendant trois jours de plus.

Dans la solitude relative (car il était lui aussi souvent dérangé) de son bureau tendu de pourpre, Loquart alluma son RV pour se présenter au rendez-vous virtuel que lui avait donné Titania. Il la retrouva sans difficulté dans le salon privé de son palais OMS, et constata sans beaucoup de surprise que la vamp, cette fois, était seule.

— Merci d'avoir répondu à l'appel, dit-elle de sa voix chaude et sensuelle, qui semblait toujours pleine de sous-entendus, même lorsqu'elle ne le voulait pas.

— Je vous en prie, Titania. C'est un plaisir. Vous souhaitiez que nous ayons un entretien… seule à seul ?

— Oui. Mes amis sont très occupés et ce que j'ai à vous dire ne concerne que moi.

— Je suis tout ouïe.

— Lorsque le procès aura eu lieu, vous nous avez dit que vous nous offririez une opération afin de changer d'apparence.

— Oui, c'est exact.

— Je voulais m'assurer qu'il vous serait possible… d'insister auprès de ceux que vous aurez payés afin qu'ils me rendent mon vrai visage. C'est très important pour moi.

— En avez-vous seulement un « vrai », Titania ? Vous en avez changé si souvent…

— Vous avez raison, je me suis mal exprimée. Je ne voulais pas dire : qu'ils me *rendent* mon vrai visage. Mais plutôt qu'ils me le *donnent.* J'ai déjà extrapolé, avec un logiciel, le visage que j'aurais dû avoir, à mon âge, à partir des photos de moi quand j'étais enfant. Je vous l'envoie.

La vamp lui tendit sa main gantée, dans laquelle se trouvait un petit cube de données. Il jeta un œil sur l'image et fut heureux de se trouver dans le monde virtuel, qui lui facilitait beaucoup les choses en ce qui concernait la maîtrise de son expression. Il observa un long silence, qui fut interrompu par l'intrusion de sa secrétaire dans son bureau.

— Liberton Loquart, le chef accessoiriste demande quel type de matériel il faut prévoir.

— Je n'en sais rien, Adèle, et je suis en pleine communication.

La vamp, qui n'avait pas accès à ce qui se passait dans le bureau, parlait toute seule.

— Vous pensez que ce n'est pas une bonne idée ? C'est ça ? Pourquoi gardez-vous le silence ?

— Excusez-moi, chère Titania, j'ai été dérangé dans le monde réel. Je suis à vous. Il en sera fait selon vos désirs, bien évidemment. Je n'y vois aucune difficulté technique particulière.

— Vous vous abstenez de tout commentaire.

— C'est un choix courageux et plein de sens. Je ne peux que louer votre sagesse.

La vamp ouvrit la bouche à plusieurs reprises puis la referma.

— Je voudrais garder ce visage pour le reste de ma vie, vous comprenez, finit-elle par dire.

La porte du bureau s'ouvrit à nouveau.

— Adèle ! Je vous ai dit que j'étais en communication !

— J'ai pensé que c'était important, liberton Loquart. J'ai là le maître Regenville, qui vient de la part d'Irina Morgovic.

— Titania, je dois vous laisser, fit-il dans son salon virtuel. J'ai une visite, disons… imprévue. Pouvez-vous rester là et m'attendre ?

Il se déconnecta aussitôt, faisant disparaître brusquement son avatar comme par un tour de prestidigitation.

La présence de Regenville, quelles que soient les circonstances, n'était jamais une bonne nouvelle. Il demanda à sa secrétaire de le faire entrer et profita du délai pour rajuster sa fraise, qui, depuis le matin l'irritait désagréablement au niveau du menton.

— Liberton Loquart, je vous remercie de me recevoir avec une telle promptitude, dit Regenville en entrant.

— Faites attention, je ne serai peut-être pas aussi diligent pour satisfaire à vos demandes, maître. Si vous pensez que l'entretien doit durer plus de quelques minutes, je vous invite à vous asseoir.

Regenville hésita, puis, avec affectation et lenteur, il s'installa dans le fauteuil qui faisait face à celui de Loquart.

— Très joli bureau, admira-t-il.

— Trêve de politesses.

— J'espère que je ne vous dérange pas ?

— Vous me dérangez toujours. Je n'aime ni votre patronne ni vos méthodes, et, pour être tout à fait honnête avec vous, votre tête ne me revient pas.

— Pourquoi alors accepter de me recevoir ?

Stéphane Loquart se leva et s'assit, désinvolte, sur le bureau, à hauteur de Regenville. Il se pencha vers lui pour lui répondre :

— L'information d'abord, maître. Je fais toujours passer mes sentiments personnels en second.

— Je suis heureux de l'entendre, et cela va peut-être vous aider plus tôt que vous ne pensez.

Regenville se tut et laissa errer son regard sur la multitude de tableaux qui ornaient le bureau.

— Très joli Dürer, observa-t-il.

— En effet. Si vous le souhaitez, nous pouvons passer quelques heures à parler d'art. Ou bien vous pouvez me raconter votre vie. Ce n'est pas comme si vous et moi étions des gens occupés. Cherchons un sujet de bavardage… Vous êtes marié, maître ?

— Vous êtes en contact avec Daphné.

— Daphné ? Cette charmante jeune personne dotée d'un délicieux accent polonais, récemment entrée dans la famille d'Irina ? Je ne l'ai vue qu'une seule fois, pendant le direct de l'émission.

— Je ne parlais pas de cette Daphné-là.

— Il y en a plusieurs ?

— Cette conversation part mal.

— C'est ce que je vous dis depuis le départ : trêve de politesses. Vous n'êtes pas en visite de courtoisie, et je n'ai pas de thé à vous offrir. Venez-en au fait.

Regenville planta son regard froid dans celui de Loquart, qui irradiait la colère.

— Le *trailer* du procès organisé par Debout dans le Temps est diffusé en boucle sur Happenings. Il y aura probablement des millions de spectateurs. Irina veut que vous lui donniez le lieu du tournage.

— Pourquoi ferais-je une chose pareille ? Et, je vais même plus loin, pourquoi lui donnerais-je quoi que ce soit ?

— Parce que vous n'aurez plus de spectacle si nous intervenons.

Stéphane Loquart le regardait toujours de ses yeux flamboyants, mais ne répondit pas.

— Voici comment nous voyons les choses, poursuivit Regenville : nous laissons les enfants faire une petite demi-heure de leur performance. Puis nous intervenons. Il y a un peu d'action, un peu de Buzz… Ce sont les beautés du direct…

— « Les beautés du direct », répéta Loquart avec mépris. Je pense que vous avez présumé de la longueur de l'entretien en vous asseyant.

— Nous avons songé à plusieurs scénarios différents, prenez au moins la peine de les écouter. Vous serez peut-être tentés de leur donner vie.

Loquart prit une inspiration profonde et retourna s'asseoir.

— Dans le premier scénario, le procès est attaqué par un groupe d'activistes anti Self-Art. Titania déchaîne aussi la haine, d'après la littérature des quelques groupuscules engagés dans cette noble lutte… Nous pensions à une opération coup de poing, peut-être l'enlèvement de Titania, et la lecture d'un petit manifeste. Dans le genre

« Au nom de la nature humaine, nous condamnons la construction personnelle comme une hérésie dangereuse », patati patata...

— Vous m'avez bien regardé ? gronda Loquart entre ses dents.

Regenville marqua une pause.

— Il est vrai que vous êtes un peu concerné. Mon premier scénario ne vous plaît pas ?

— Pas du tout.

— Dans un autre scénario possible, il s'agit d'un groupe de nihilistes ultra-violents. Là, le spectacle serait sans doute un peu moins familial... On ne pourrait peut-être pas échapper à une ou deux morts en direct.

— Dont celle de Titania, je suppose ?

Regenville haussa les épaules.

— Que voulez-vous ? C'est l'héroïne de tous les scénarios, il faut bien qu'il lui arrive quelque chose...

— Ce scénario-ci me plaît encore moins que l'autre. Et mon petit doigt me dit que les suivants ne rencontreront pas plus de succès.

— Un effondrement spontané du bâtiment ? Une explosion d'origine indéterminée qui vous permettrait de mener l'enquête par la suite ? Un tireur solitaire, peut-être un courtisan éconduit par Titania ? Un aliéné évadé de Sainte-Anne ? Ou bien un fauve échappé d'un cirque ? Nous sommes extrêmement ouverts, comme vous pouvez le constater. Et vous avez votre mot à dire. Après tout, c'est vous, le professionnel du storytelling.

— Écoutez-moi bien, maître. La seule histoire que j'ai envie de raconter, c'est celle de la survie de ces jeunes effrontés. Je ferai tout pour leur offrir un *happy end.*

— Votre admirable bienveillance cèderait-elle pour un demi-million de crédits ?

— Non.

— Irina ne souhaite pas aller au-delà de cinq cent mille crédits. C'est le budget qu'elle a fixé une fois pour toutes. Elle ne dépensera pas un crédit de plus, mais pas non plus un de moins. Elle m'a chargé de vous dire qu'en cas de refus, elle dépensera l'intégralité de cette somme, d'abord pour acheter l'information à quelqu'un d'autre, puis pour vous nuire par tous les moyens possibles.

— Je suppose que là aussi, vous avez quelques options en tête ?

— Désolé, liberton Loquart. Vous n'avez pas votre mot à dire sur ces scénarios-là. Mais autant que vous le sachiez, ils ne vous plairont pas.

— Nous allons donc nous quitter en très mauvais termes. Et cela me fait espérer que je n'aurai plus à supporter vos visites.

Regenville, toujours aussi imperturbable, se leva et défroissa son costume.

— Il n'est pas impossible que vous me revoyiez, cher Stéphane. Une unique et dernière fois.

Loquart appuya sur un bouton de son RV et la porte du bureau s'ouvrit.

— Adèle, cria-t-il. Veuillez raccompagner maître Regenville.

Les deux hommes s'affrontèrent du regard. Regenville avec une ironie glaciale, et Loquart suffoquant presque d'indignation. Lorsque la porte du bureau se referma, Loquart eut un petit cri de rage étouffé. La fureur et la peur l'empêchaient de penser correctement. Il dirigea sa main tremblante vers une petite bonbonnière dorée qui ornait son bureau et attrapa plusieurs pilules, qu'il engouffra dans sa bouche. Puis il attendit quelques minutes que son corps se détende et que sa respiration devienne plus calme.

Sa première idée claire fut de prévenir Titania, qui l'attendait encore dans son palais virtuel. Il fut content de trouver la vamp à la place où il l'avait laissée.

— Titania, vous êtes là ?

— Oui, je vous attendais.

— Je viens de recevoir la visite de Regenville. Votre mère est furieuse, elle veut vous abattre. Vous devez vous attendre à un assaut lors du procès. Même si j'ai déjà engagé beaucoup de fonds dans l'affaire, je dois vous conseiller de tout laisser tomber.

La vamp se figea et Loquart ne sut deviner la réaction de Titania. C'était ce qu'il y avait de plus frustrant, dans ces conversations virtuelles : les moments les plus cruciaux perdaient toute saveur, toute intensité dramatique. Exactement comme si un spectacle de théâtre tournait court au moment de la meilleure réplique. Cela heurtait régulièrement son sens aigu de la mise en scène. Au bout de quelques minutes d'immobilité, pendant lesquelles Loquart se demanda si le collectif allait ou non maintenir le show, la vamp, sans crier gare, s'évanouit.

De retour dans son bureau réel, Loquart se trouva nez à nez avec sa secrétaire, qui attendait patiemment sa déconnexion.

— Adèle, préparez un courrier à tous les employés. Ils vont être approchés par quelqu'un qui voudra leur soutirer des informations sur le procès du 13. Dites-leur que ces gens ne reculent devant aucune violence mais que si l'information reste secrète, si le procès se passe bien, ils auront tous une prime de cinq mille crédits.

Les yeux de la secrétaire s'agrandirent.

— Tous ?

— Oui, Adèle. Et si vous arrêtez d'écarquiller les yeux, il se peut qu'il y ait même une prime pour vous aussi.

— Que se passe-t-il, liberton Loquart ? Quelque chose de grave ?

Loquart soupira. Des morceaux de poèmes et de chansons fusaient dans sa tête agitée.

— « Le temps est hors de ses gonds », articula-t-il. Voici le temps des assassins.

Le procès

Les écrans virtuels affichaient le spot publicitaire annonçant le procès à intervalles réguliers. Sur une musique de Vivaldi, des photos de Titania, de Jan et de Mytho, des extraits mystérieux de leurs vidéos et la voix savamment amplifiée de Stéphane Loquart, défilaient comme en un manège infernal.

Jan cependant n'y prêtait pas attention. Il fit le tour de la chapelle circulaire pour la dixième fois. Tout était conforme à sa visite précédente : depuis le puits de lumière qui ne laissait filtrer que la rougeâtre nuit parisienne, jusqu'aux bas-reliefs indistincts qui se perdaient dans les hauteurs, en passant par les niches vides et les dalles froides qui imprégnaient l'espace de leur odeur de cimetière. Cette chapelle portait le nom de « chapelle expiatoire » et c'est en partie pour cela qu'ils l'avaient choisie parmi les centaines d'édifices religieux abandonnés de la capitale. Pour cela, et parce qu'elle restait associée au régicide de Louis XVI. Quel endroit aurait pu mieux célébrer la portée politique de leur action ? Depuis que la mafia avait racheté le Vatican à la fin du XXIe siècle, et après la Désétatisation, les églises avaient périclité. Difficiles à chauffer, extrêmement chères à restaurer, ces bâtiments n'étaient plus rentables pour personne. Les plus belles avaient été rachetées par LYD, pour l'industrie du cinéma. Les autres tombaient doucement en ruine et il n'était pas difficile de s'y introduire.

Il vérifia l'extérieur : la chapelle était enclose dans les murs d'une sorte de jardin où un service d'ordre de Happenings avait pris ses quartiers. Loquart s'était montré très prudent sur la sécurité et n'avait rien lâché sur la localisation de l'événement. Mais, malgré ses précautions, il semblait certain qu'un assaut serait lancé pendant la manifestation. Il avait loué les services de ces mercenaires cyber-armés, qui hantaient les couloirs de cet étage souterrain de l'Identitemple qu'on surnommait « l'Enfer ». « Des démons dans une chapelle », songea Jan. Les techniciens étaient en train d'achever leurs réglages et se plaignaient notamment des conditions de lumière. Après un regard aux projecteurs professionnels qui illuminaient l'autel comme un plein jour, Jan les ignora et se tourna vers les deux douzaines de courtisans qui avaient été autorisés à former le jury du procès. Ils étaient pour la plupart vêtus de tenues extravagantes, au sommet de leur Self-Art, et échangeaient dans la pénombre des murmures pleins d'excitation.

Puis il ouvrit la porte de la sacristie et trouva Titania et Mytho, qui paraissaient en grande conversation.

— Jan, qu'est-ce que tu fais ? Il faut t'habiller ! On commence dans trois minutes !

Titania avait revêtu la robe rouge et noire du procureur et Mytho, la tenue noire et blanche de l'avocat. Jan, qui jouerait le rôle du juge et du président de la Cour, n'avait qu'à enfiler un manteau bordé d'hermine et à se saisir du marteau géant que Titania lui avait déniché : un marteau digne d'un cartoon qu'on aurait volontiers imaginé aplatissant quelque animal facétieux. Les poupées, entassées dans la sacristie, faisaient le même effet burlesque ; mais la potence, la guillotine, le sabre, le pistolet, malgré leurs couleurs criardes et leurs proportions stylisées, apportaient une note grinçante au décor.

— Par qui on commence, déjà ?

— Par l'agent Létourneau, répondit Jan en enfilant le manteau bordé de fausse fourrure. J'aime autant vous dire que nous allons avoir chaud là-dedans !

— Et ce sera tant mieux, parce que cette chapelle est froide comme un tombeau, dit Titania.

Mytho prit la poupée figurant Létourneau et la tint tout contre lui, à la façon d'un ventriloque. Elle avait la taille d'un grand enfant. Un képi des temps anciens et un uniforme qui n'avait plus cours depuis longtemps l'identifiaient comme un policier.

— Ça va, Jan ?

Titania, dans cette robe rouge et noire qui rehaussait la blancheur de ses cheveux et le violet éclatant de ses yeux, semblait presque électrique. Son excitation était sensible, palpable.

— Je suis anxieux, mais ça va, répondit-il.

— Il *faut* être anxieux, déclara Mytho. Le trac, il n'y a que ça de vrai.

Le signal qu'ils attendaient, un son d'horloge lugubre, se répandit dans toute l'église, et ils entrèrent solennellement. Tandis que Titania et Mytho se disposaient à droite et à gauche de l'autel, Jan s'assit derrière. Les trois premiers rangs étaient occupés par les courtisans, qui semblaient à la fois impressionnés par la présence du service d'ordre et très excités à l'idée de faire partie de la vidéo. Lorsque Titania était entrée en scène, il y avait eu un murmure d'admiration jusque dans les rangs des techniciens, qui se trouvaient derrière, non loin de l'entrée principale, avec leurs drones et leurs écrans de montage. Derrière la porte, Jan savait que le service d'ordre veillait, même s'il ne pouvait pas le voir. À sa droite, une petite porte latérale donnait dans la sacristie où Mytho avait rangé les poupées, et, au-delà, vers une issue de secours.

Jan tapa de son marteau sur le marbre de multiples fois, puis, par une inspiration subite, finit par les trois coups du théâtre.

— Silence dans la salle ! ordonna-t-il.

Malgré plusieurs tentatives, il n'avait jamais réussi à faire porter sa voix suffisamment, et Mytho l'avait forcé à porter un micro dermique. Il lui en fut reconnaissant lorsqu'il entendit sa voix puissante et caverneuse résonner sous la voûte.

— Nous sommes ici pour juger sept accusés. Et vous allez, Mesdames et Messieurs les Courtisans, examiner les preuves et entendre les arguments de la défense comme de l'accusation. Nous commençons par le premier accusé, l'agent Létourneau. Accusé, levez-vous.

Mytho brandit la poupée en képi et lui fit faire une petite révérence qui fit fuser quelques rires.

— Les chefs d'accusation sont : participation à une association de malfaiteurs, coups et blessures volontaires par voyage en armoire roulante, harcèlement de libertons innocents. Vous êtes également accusé de certains délits mineurs, notamment d'avoir accablé le liberton Jan Corville de votre perfection plastique, de votre dentition parfaite et de votre haleine citronnée. Ainsi que d'avoir osé proférer des blagues de mauvais goût. La parole est à l'accusation.

Titania fit quelques pas en avant. Elle avait le menton très droit et les yeux pétillants.

— Mesdames et Messieurs de la Cour, l'homme qui est devant vous, ne vous méprenez pas, est un triste sire. Lorsque Morgane Corp., qui fait partie du conseil d'administration de la police, lui a demandé de veiller sur son investissement, en l'occurrence moi, au mépris de toute déontologie, il s'est empressé d'obéir. Il n'a pas cherché à savoir s'il était juste ou non de s'assurer que je mourrais bien à l'heure convenue. Il s'est montré obéissant, comme un chien de garde. Un chien du pouvoir.

— Objection, Votre Honneur ! intervint Mytho.

Jan commençait à se relâcher en voyant les réactions amusées des courtisans.

— Maître ?

Mytho fit une grimace comique.

— Mon client n'est pas très intelligent, regardez-le. Il sait à peine parler. Il n'a pas les idées claires. Et en plus, il se bourre de pilules d'amphétamines.

— Objection rejetée.

— L'agent Létourneau ne s'est pas contenté d'obéir : il a aussi pris des initiatives. Il a exercé un odieux chantage sur le liberton Jan Corville afin de le forcer à espionner pour le compte de la police.

— Quelle sorte de chantage ? demanda Jan.

— Il l'a menacé de le poursuivre pour entrave à la bonne marche de la justice. Oui, mesdames et messieurs, cet agent abuse de son pouvoir. Il a également extorqué des informations au célèbre liberton Stéphane Loquart en usant des mêmes arguments.

Un murmure s'élevait dans la salle tandis que la face de l'autel se transformait en écran : Stéphane Loquart, dans une interview, racontait avec force détails son voyage forcé en Sécuribot.

Jan, pendant la diffusion de la vidéo, regarda Titania, qui rayonnait. Ils échangèrent un coup d'œil complice, puis il reprit la parole.

— Quelle est la réquisition de l'accusation ?

— Je réclame un voyage forcé dans un Sécuribot pendant une durée d'une semaine, ainsi qu'un grossissement de cinquante kilos.

— Maître Mytho, nous écouterons votre plaidoirie.

Mytho se racla la gorge et fit durer l'attente.

— Excusez-moi, je dois me concerter avec mon client.

Il fit semblant de parler à l'oreille de la poupée et d'écouter ce qu'elle avait à dire, puis, avec un air satisfait, il commença :

— Mon client est un pauvre type, messieurs-dames. Il n'est pas vraiment méchant, au fond. J'en veux pour preuve un simple fait : alors qu'il connaissait l'endroit où Titania et Jan s'étaient cachés, il n'en a pas fait état à ses supérieurs.

— Vous voulez dire qu'il a retenu délibérément une information qui aurait pu conduire à notre perte ? demanda Titania.

— Tout à fait, chère consœur. Et j'insiste également sur un autre point : mon client a été licencié de l'association de malfaiteurs à laquelle il adhérait. C'est un policier repenti.

Jan, solennellement, s'adressa à la poupée.

— Agent Létourneau, votre repentir est-il sincère ?

Mytho prit une petite voix et prononça sans bouger les lèvres :

— Oui, Votre Honneur.

— Jurez-vous d'abjurer la logique du profit ?

— Oui, Votre Honneur.

— De ne jamais servir de bras armé à un crime ?

— Oui, Votre Honneur.

— De toujours faire passer l'amour, la vie et le bonheur avant tout ?

— Oui, Votre Honneur.

— Entendez-vous, Mesdames et Messieurs de la Cour ? L'agent Létourneau a abjuré son hérésie ! Nous allons nous montrer cléments. Agent Létourneau, vous êtes acquitté.

À ces mots, Mytho sortit une couronne de fleurs de derrière l'autel et la passa au cou de la poupée. Puis il l'assit sur une chaise dans l'assemblée. Il se dirigea ensuite vers la sacristie, dont il revint bientôt avec une poupée gonflable déguisée en policier.

— Le second accusé, ou plutôt la seconde accusée, fait également partie de la police. Il s'agit de l'officier Karine Dubreuil. Chefs d'accusation : participation à une association de malfaiteurs, meurtres au premier degré sur Élisabeth Corville et sur Édouard Bronski.

Des photos des victimes défilèrent sur l'écran. Titania s'avança et tout, dans sa tenue, indiquait que la mascarade devenait sérieuse.

— Contrairement à l'agent Létourneau qui a obéi pour ainsi dire passivement aux ordres qu'il a reçus, l'agent

Dubreuil s'est montrée, quant à elle, particulièrement volontaire et active. Et tout d'abord en demandant son incorporation dans une unité spéciale où la police tue des gens.

— Êtes-vous en train de dire qu'une unité pareille existe vraiment ?

— Oui, Votre Honneur. Elle est dirigée par le commandant Lamielle et explicitement dédiée aux liquidations.

— Par « liquidation »... vous entendez « meurtre » ?

— Oui, Votre Honneur. Meurtre avec préméditation, assassinat.

Titania laissa un silence assez lourd. Puis la vidéo qui incriminait Dubreuil fut diffusée, et l'on entendit la voix modifiée de Jan :

« Officier Dubreuil, s'il suffisait de lire un rapport pour faire une enquête, nous gagnerions beaucoup en masse salariale, vous ne croyez pas ? Soyez plus précise. »

« Une fois que j'ai localisé et arrêté le prévenu, je lui fais ingérer du cyanure de potassium. »

« Pouvez-vous me décrire les effets ? »

« Rien de plus simple : perte de conscience dans la minute, puis au bout de trois quarts d'heure, coma. Le décès intervient en deux heures, parfois au terme de quelques convulsions. »

« ... Continuez. »

« Bronski menaçait visiblement de lancer l'alerte sur la dernière génération de RV produits par LYD. Et l'enquête était classée prioritaire. »

« Cette enquête, vous l'avez menée à son terme entièrement seule ? »

« Oui. Sur le terrain. J'ai éliminé Bronski à son domicile, dans les délais très brefs qu'on m'a impartis. »

« … J'aurais aussi quelques questions sur l'affaire Élisabeth Corville. »

« L'affaire Corville ? Elle ne m'a jamais posé aucun problème, je suis surprise que… »

« Nous ne vous faisons aucun reproche, dit Jan. Cette affaire semble cependant liée à des événements plus récents. Vous dites que l'affaire Corville ne vous a posé aucun problème. Et c'est en effet ce qui est inscrit dans votre rapport. cette personne a-t-elle été éliminée selon votre mode opératoire habituel ? »

« Oui. Cyanure de potassium. »

La vidéo s'arrêta sur le visage froid et sans sourcils de Karine Dubreuil. Et la voix de Titania retentit dans la salle :

— Pour l'assassinat d'Édouard Bronski sous les yeux de sa femme, pour le meurtre infâme d'Élisabeth Corville, dont le seul crime était d'avoir cherché la vérité, je requiers la mort.

Jan, pris par l'émotion de cet instant qui, malgré les déguisements burlesques, était devenu solennel, articula :

— La parole est à la défense.

— Ma cliente est indéfendable, clama Mytho. J'ai beau chercher, je ne trouve aucun argument. Je renonce à la défendre.

— Officier Dubreuil, nous vous condamnons à avoir la tête tranchée.

Une musique funèbre retentit, tandis que Mytho sortait de la sacristie une guillotine grand-guignolesque montée sur roulettes. Il y plaça, non sans difficulté, la poupée, et actionna le couperet. La poupée, avec un chuintement de ballon qui éclate, se dégonfla. Pendant une minute, Jan fut incapable de parler : c'était idiot, de se sentir vengé par cette mise en scène. Mais quelque chose venait de se dénouer en lui.

— Le troisième accusé occupe lui aussi une noble fonction, finit-il par dire. Il exerce le beau métier de médecin. J'ai nommé le docteur Fabre.

Virevoltant comme un clown, Mytho était déjà devant l'autel, tenant entre ses bras une poupée de papier mâché affublée d'une blouse blanche et d'un stéthoscope.

— Chefs d'accusation : participation à une association de malfaiteurs pour crime organisé, homicide volontaire à répétition sur des inconnus, tentative d'homicide sur la personne de Titania.

— Votre Honneur, puis-je me permettre de dire encore quelque chose ? demanda Titania.

— Je vous en prie.

— J'ajouterai : délit d'attitude machiste, mépris de classe, mauvaise foi.

— Très bien. La parole est à la défense.

— Comme vous le savez, mesdames et messieurs, le docteur Fabre est un éminent chirurgien. Il a donc, presque nécessairement au cours de sa carrière, sauvé des vies, même si ces dernières années ont malheureusement porté à son crédit plus de morts que de guérisons. J'aimerais aussi vous rappeler, et c'est un point capital, que les victimes de mon client étaient toutes consentantes.

— Objection, Votre Honneur.

— Allez-y.

— Un HR au bout du rouleau est-il vraiment consentant ? A-t-il conscience de ce qu'il fait ? A-t-il vraiment le choix ?

— Tous les clients du docteur Fabre n'étaient pas des HR.

— Nous retiendrons cette objection, dit Jan, et prierons les jurés de garder en tête cette circonstance atténuante : contrairement à la précédente accusée, le docteur Fabre n'a pas ôté la vie à des gens contre leur gré.

— De plus, reprit Mytho, il a agi dans le cadre de son travail. C'est donc la société Morgane Corp. dont il faudrait faire le procès, car il n'est pas directement responsable de son fonctionnement.

— Nous pourrions dire la même chose de l'officier Dubreuil.

— Certes. Mais le docteur Fabre n'est pas convaincu d'avoir recherché spécifiquement cette fonction d'euthanasie. Il se peut qu'on lui ait imposé ce type de travail progressivement.

— Admettons. Que faites-vous du nombre de victimes ? Une soixantaine en cinq ans ?

— Nous retiendrons également, dit Jan, ce facteur aggravant. Mesdames et Messieurs les jurés, vous devez maintenant juger sur pièce.

Le visage du docteur Fabre apparut à l'écran, mais c'était la voix de Titania qui résonnait :

« Mais que devais-*tu me faire, au départ ? »*

« Je devais procéder à l'échange. »

« L'échange ? Quel joli mot ! L'échange de quoi ? »

« Je devais mettre le cerveau de mon client dans votre boîte crânienne… »

« Préalablement vidée de son contenu initial, je suppose ? »

« Eh bien, euh… oui, évidemment. »

« En d'autres termes, dirais-tu que tu étais censé… me tuer ? »

« Je ne l'ai jamais envisagé comme ça. »

« Mais maintenant, docteur Fabre, maintenant que tu prends le temps d'y songer… »

« Oui. J'étais censé vous tuer. »

« C'est bien, docteur. C'est presque fini. Il va juste falloir me dire pour combien de contrats spéciaux tu as déjà opéré ce fameux "échange". »

« C'est une information confidentielle, je… »

« Oui, oui. Ma griffe est confidentielle, elle aussi. »

« Une soixantaine. »

« En combien de temps ? »

« En cinq ans. »

« Un meurtre par mois, dis-donc, c'est une bonne moyenne. Une moyenne très respectable. Je suis impressionnée. Tu te souviens sans doute du nom de quelques victimes ? »

« Non. La plupart sont des HR, qui n'ont même pas d'Identité Informatique… »

— Je demande l'aide du jury pour m'aider à trancher dans cette ténébreuse affaire, dit Jan. Le docteur Fabre est-il coupable des chefs d'accusation mentionnés ?

Les courtisans qui formaient le jury, ravis d'être filmés, se prêtèrent au jeu avec le plus grand sérieux. Ils se concertèrent quelques minutes puis leur rapporteur se leva. C'était un grand jeune homme vêtu à la mode des années 2090, tout en effets de métal et de transparence.

— Les aveux sont accablants. À l'unanimité, le docteur Fabre est déclaré coupable.

— Quelle peine requérez-vous, procureur ?

— La mort.

— Et vous, maître ?

— La mort est un bien vilain mot, dit Mytho d'un air narquois… L'ablation du cerveau devrait suffire.

— Mesdames et Messieurs les jurés ?

— La mort.

— Le sort en est jeté. Accusé, levez-vous.

Mytho brandit la poupée vêtue de blanc.

— Cette Cour vous condamne à être fusillé sur-le-champ.

Mytho, cérémonieusement, alla attacher la poupée à une colonne. Puis il sortit de sa poche un pistolet pour enfants, lumineux et fluorescent.

— Souhaitez-vous dire une dernière parole, docteur ?

« J'étais bien payé », dit Mytho avec une petite voix qui déclencha quelques rires. Puis il s'avança vers la poupée, la mit en joue et tira. Un jet puissant de bulles de savon colorées sortit du pistolet et Mytho ajouta : « Paix à son âme de médecin ! »

La marche funèbre de Chopin, massacrée par une fanfare, retentit.

Il régnait dans la salle une certaine tension, en partie due à la présence des caméras, mais également à quelque chose de plus indéfinissable. Derrière cette pacotille, cette parodie enfantine et délirante, on percevait un accent grinçant et terriblement grave. Le procès était une farce, oui, mais les crimes, eux, étaient vrais et auraient mérité, en d'autres temps, une justice incorruptible.

La voix de Stéphane Loquart retentit dans la salle, comme s'il en était l'esprit invisible :

« *Chers Réseaunautes, il est temps de marquer une courte pause publicitaire…* »

Tandis que l'écran diffusait des publicités choisies – une pour Morgane Corp., une pour Healness, une pour la police de Paris – Stéphane Loquart surgit soudain du fond de la salle en grande tenue de direct, et vint se placer entre les trois jeunes gens.

— Pour le moment rien à signaler dehors, souffla-t-il à l'intention de Titania. Mais votre mère ne va pas tarder à agir.

— La chapelle est reconnaissable ? Vous pensez qu'elle a pu l'identifier depuis le début du procès ?

— Oui, ce n'est qu'une question de minutes. Je me demande s'il ne vaudrait pas mieux changer l'ordre de succession des accusés.

— Pas question, dit Jan, il faut conserver le crescendo.

Titania se mordit la lèvre.

— Mais, Jan, si les hommes de ma mère arrivent, nous n'aurons pas le temps de faire son jugement à elle…

Jan n'eut pas le temps de répondre, car le technicien annonçait que le direct reprenait, et Loquart se mit à parler face caméra.

— Chers Réseaunautes, c'est avec beaucoup d'émotion que j'accompagne ce soir, en direct, le collectif Debout dans le Temps, qui n'a de cesse de nous enchanter depuis sa formation. Irrévérence, fantaisie, art de la métamorphose… Debout dans le Temps nous offre à chaque vidéo un condensé de révolte incandescente. Restez à l'antenne pour voir jusqu'où l'audace portera nos jeunes insurgés : car ce ne sont plus des criminels anonymes, mais de grands noms du gotha que vous allez voir ce soir traînés devant leur tribunal ! Des aigles habitués à planer très au-dessus des lois et dont la chute vertigineuse vous procurera une indicible sensation de justice… Titania, avez-vous quelque chose à dire à vos centaines de milliers de courtisans ?

— Je suis heureuse d'avoir pu mener à bien ce projet. D'être debout ce soir.

— Votre mère, Irina Morgovic, sera-t-elle mise au banc des accusés ?

— Vous le découvrirez bientôt, dit Titania.

— Alors je vous laisse travailler, bien sûr, pour notre plus grand plaisir… Car ce soir, chers Réseaunautes, la réalité dépasse encore une fois la fiction !

Loquart fit un petit signe de tête à Jan, qui enchaîna tandis qu'il rejoignait le fond de la salle. Son intervention terminée, il devait attendre la fin de la manifestation à bord de son véhicule personnel.

— Le quatrième accusé est un confrère, dit Jan. Et, plus étrange encore, sa victime l'est également. Greffier, allez chercher maître Bernard Regenville !

La poupée de Regenville ne portait pas la robe d'avocat, mais des lunettes noires. Des armes à feu dépassaient de toutes les poches.

— Les chefs d'accusation : meurtre au premier degré sur la personne du juge Malfini et de quatre autres personnes. La parole est à l'accusation.

Des photographies officielles de Bernard Regenville défilèrent sur l'écran, afin que tout le monde fût bien familier de son visage.

— Maître Bernard Regenville a plusieurs cordes à son arc, dit Titania. Avocat et tueur à gages, il est l'homme à tout faire de ma mère, Irina Morgovic. Cette dernière a protégé les intérêts de ses partenaires commerciaux, les dirigeants de la société Healness, en envoyant son chien de garde dévorer le juge Malfini.

— Objection, Votre Honneur ! Il n'y a pas de procès en cours sur la société Healness. Je demande donc qu'on n'évoque pas cette corporation dans le procès de mon client.

— Nous n'avons pas de preuve formelle les impliquant personnellement, rétorqua Titania. Mais il suffit de se demander à qui profite le crime. Regenville a agi sur ordre de sa patronne, qui elle-même est en relation commerciale avec les dirigeants de Healness.

— En quoi cela regarde-t-il mon client ?

— Il s'agit du mobile de son crime, cher Maître. Le juge Malfini a été éliminé afin d'étouffer l'affaire du Panacor.

Sur la vidéo qui commençait, les yeux de braise de Laura Malfini captèrent toute l'attention des spectateurs.

« J'accuse la société Healness d'avoir fait pression, de je ne sais quelle manière, sur la police et sur les médias, afin que l'affaire que suivait mon mari soit étouffée, son enquête, arrêtée, et son nom, discrédité. »

« Il s'agit là d'une très lourde accusation, Laura. Avez-vous des preuves de ce que vous avancez là ? »

« Malheureusement, non. Mais une intime conviction. La certitude que mon mari a été piégé. Il a beaucoup hésité avant de se lancer dans l'instruction de cette affaire. Il connaissait les risques et m'en a parlé à plusieurs reprises. »

« À votre avis, qu'est-ce qui l'a poussé à s'en occuper malgré tout ? »

« Je pense qu'il estimait de son devoir d'éviter que cette pratique se renouvelle à l'avenir. »

« De quelle pratique parlez-vous ? »

« De la pratique qui consiste à créer un virus pour pouvoir vendre le vaccin. »

« Vous accusez la société Healness d'avoir créé un virus ? »

« Oui. »

« Lequel ? »

« Le V14. Celui que seule la société Healness parvenait à guérir avec son antiviral miracle, le Panacor. »

— Objection, Votre Honneur ! cria Mytho. Ce ne sont que des racontars, des on-dit ! L'intime conviction de cette femme n'a aucune valeur !

— Objection rejetée, maître. Car nous avons des preuves.

Ce furent les vidéos de surveillance du « Rouge Lutèce » qui furent diffusées ensuite, accablantes. L'image du tueur à la chemise mouchetée et celle de Regenville posant sur un bateau de croisière se superposèrent à la fin, dans un montage habile qui ne laissait planer aucun doute sur l'identité du meurtrier du juge.

— Maître Regenville, prononça Jan avec une mine sévère, vous serez pendu haut et court pour cet acte barbare, qui se double d'une entrave à la justice.

Dans le moment de flottement qui suivit, alors qu'on installait la potence sur laquelle la poupée devait être pendue, l'attention de Jan fut attirée par des cris, des bruits de moteurs et ce qui ressemblait à des coups de feu qui provenaient du dehors.

— Ils sont là, dit-il à Titania. Cache-toi !

— Non, on continue d'émettre jusqu'au dernier moment ! lança-t-elle, à la fois pour Jan et pour les techniciens qui ne savaient pas s'ils devaient continuer.

Jan n'avait pas le temps de réfléchir. Les bruits le terrifiaient. Le crime qu'ils avaient convoqué, sous forme symbolique, à travers ces poupées, était à leur porte. Il y avait encore le jugement de Blandion et celui d'Irina à mettre en scène, et ils n'auraient jamais le temps de faire les deux.

— Votre Honneur, donnez-nous les chefs d'accusation d'Irina Morgovic, réclama Titania d'une voix forte.

Des photos d'Irina, seule ou avec sa fille, défilèrent aussitôt sur l'écran. Mais au lieu de la musique électronique qui devait accompagner les images, on entendait surtout des bruits de moteurs, des claquements, des ordres vociférés et des détonations sèches.

— Chefs d'accusation, dit Jan d'une voix plus forte pour couvrir les bruits inquiétants du dehors… Il fut coupé par l'un des courtisans qui s'esclaffa :

— C'est d'un réalisme é-pous-touf-flant, les enfants ! J'ai presque peur !

D'autres courtisans, assis au dernier rang, lui demandèrent de se taire et Jan en entendit un qui lançait :

— Ça ne fait pas partie du spectacle, imbécile !

Mytho, depuis quelques minutes, regardait dans tous les sens. La confusion régnait aussi bien parmi les techniciens que parmi les courtisans ; Jan et Titania échangeaient des regards désespérés… Le spectacle était en train de partir en fumée.

— Mesdames et messieurs, veuillez garder votre calme. La chaîne Happenings a mis à notre disposition un service d'ordre particulièrement compétent qui semble actuellement essuyer une tentative d'intrusion. Nous avons pleine confiance dans leur capacité. Je vous prie donc de bien vouloir vous rasseoir et de vous taire, afin de laisser place au spectacle qui nous rassemble ici ce soir… *The show must go on* !

— Chefs d'accusation, enchaîna Jan en portant la voix : Irina Morgovic est accusée d'avoir maltraité son enfant Daphné, d'avoir porté un faux témoignage public en présentant comme sa fille une parfaite inconnue, d'avoir dirigé une association de malfaiteurs, d'avoir commandité plusieurs assassinats : celui de soixante HR anonymes, de sa propre fille Daphné Morgovic, du juge Malfini et de ses quatre compagnons, notamment. Je l'accuse aussi de vouloir forcer en ce moment précis la porte de la chapelle expiatoire afin de faire interrompre ce procès !

La poupée représentant Irina Morgovic était en porcelaine précieuse, avec de longs cheveux qui semblaient vrais et des cils soyeux.

— La parole est à la déf…

Mais Jan ne put terminer sa phrase, car les portes venaient de s'ouvrir avec fracas. Des hommes d'armes s'engouffrèrent dans la chapelle et tirèrent d'abord sur les caméras et le matériel technique. Puis ils firent sortir les techniciens et les courtisans, qui pour beaucoup se firent molester au passage.

— C'est inadmissible ! cria le courtisan à la mode des années 2090. Vous bafouez la liberté d'expression !

— Et aussi la liberté de circulation, grogna un homme d'armes. Déguerpissez.

Titania, hagarde, se dévêtit de son costume et Jan et Mytho l'imitèrent. S'ils devaient prendre la fuite, mieux valait ne pas s'empêtrer dans leurs robes. Jan ne cessait de regarder Titania, observant sur son visage le progrès d'une panique intense, presque animale. Il s'approcha d'elle, ainsi que Mytho, et ils firent face à la colonne paramilitaire qui avançait comme une marée.

Depuis le fond, juchée sur des talons hauts qui la forçaient à se déhancher comme sur le tapis d'un défilé de mode, Irina Morgovic s'approchait. Lente, venimeuse, un sourire de triomphe sur ses lèvres fines, elle paraissait presque flotter.

— Que va-t-il se passer, maintenant ? demanda Jan à mi-voix.

— Elle va vous tuer et me capturer. Si vous en doutez une seule seconde c'est parce que vous ne la connaissez pas.

— Et c'est quoi, notre plan ? fit Mytho.

— Adossez-vous à la porte. Je vais jouer la comédie, murmura Titania entre ses dents. Je vais m'approcher d'elle. Et quand j'agirai, il faudra que vous soyez très rapides.

— On sort par la sacristie ? demanda Jan.

Il n'eut pas l'occasion d'attendre la réponse, car les mercenaires s'étaient alignés pour bloquer leur passage par la sortie principale. Titania s'avança de quelques pas.

— Maman ! Je savais que tu viendrais…

Irina parut hésiter un instant sur le ton à adopter, puis elle fut prise au piège de sa propre théâtralité.

— Daphné, ma chérie… J'ai failli ne pas te reconnaître, avec ce vilain visage lunaire !

Un garde fit mine de s'emparer de Titania, et celle-ci le toisa avec mépris.

— Dis à tes molosses de ne pas mettre la patte sur moi, gronda Titania.

Irina fit un geste imperceptible, et l'homme s'écarta.

Titania s'arrêta prudemment à deux mètres de sa mère, et elles se jaugèrent mutuellement pendant un long moment. Irina n'avait pas changé d'un iota, elle était exactement identique à ce qu'elle avait toujours été. Titania eut l'impression fugitive qu'elle redevenait une petite fille sous ce regard immuable.

— Tu n'as pas changé, dit-elle avec admiration.

— Je ne peux pas en dire autant de toi !

— Maman, écoute-moi : je ne veux pas que tu leur fasses de mal, à eux. Je suis prête à accepter tes conditions.

Irina observa un silence.

— Ne les accepte pas avant de les connaître, dit Irina. Ou tu ne seras jamais une femme d'affaires.

— Je ne suis *pas* une femme d'affaires, Maman.

— Oh, mais je n'en suis pas si sûre… Regarde ton succès, tes courtisans ! Tu as tout arrangé avec un talent fou. Tu as même réussi à arnaquer Morgane Corp.

— N'es-tu pas contente que je sois vivante ?

Irina eut un sourire indéchiffrable.

— Si, bien sûr. Tu m'as tellement manqué.

Alors elle ouvrit les bras, et Titania s'y précipita sans réfléchir. Un torrent d'émotions contradictoires l'empêchait de penser. Elle était à la fois la Titania qui avait prévu de frapper son ennemie et la petite Daphné qui retrouvait sa mère… L'étreinte d'Irina se faisait de plus en plus forte, et Titania commença à comprendre ce qui se passait lorsque sa mère lança à ses gardes :

— Emparez-vous d'eux. Il ne faut pas laisser de traces sur le lieu du tournage.

Titania alors essaya de se dégager, mais elle rencontra une résistance inattendue, étrange : les bras de sa mère, qui la ceinturaient, semblaient durs comme de l'acier.

— Qu'as-tu fait ? demanda Titania.

— Oh ? Ça ? C'est un implant très pratique, qui permet d'avoir une poigne de fer sans trop se fatiguer…

Le visage d'Irina était juste au-dessus du sien, et elle pouvait voir son sourire s'épanouir à quelques centimètres de ses yeux.

— Que vas-tu faire de Jan ?

— Je suis sûre qu'il a des organes en parfait état, non ? Qu'en dis-tu ? Tu le connais mieux que moi.

Dans cette horrible étreinte forcée, Titania avait la main gauche autour du cou de sa mère. Elle ferma les yeux, pensa à Jan, à ses poèmes, à leur rencontre à la fontaine Stravinsky, à leur amour sur l'île de Lormais. Puis elle revit la clinique où elle avait failli perdre la vie et ce fut par instinct, sans réellement y penser, qu'elle actionna les griffes de sa main gauche, au niveau de la nuque délicate d'Irina. Elle sentit la résistance de la chair, puis l'étreinte des bras de fer presque aussitôt se desserrer. Alors elle écarta sa main pour dégager les lames, et le sang se mit à jaillir à longs jets effrayants. Irina, les yeux écarquillés d'incrédulité, mourait.

Ce fut Titania qui poussa le cri déchirant qui sema la confusion chez les gardes. La vue de leur maîtresse à l'agonie les arrêta dans leur mouvement. Mytho s'époumonait pour appeler Titania, mais elle ne semblait pas l'entendre. Jan se demanda s'il fallait aller la chercher au risque de se faire attraper avec elle, puis il eut une intuition fulgurante, qu'il ne s'expliqua jamais vraiment par la suite.

— Daphné ! hurla-t-il.

À l'appel de son véritable nom, Titania se retourna et Jan la vit, ensanglantée, désorientée, toutes griffes dehors.

— Daphné, viens par ici !

Elle posa un baiser rapide sur la joue de sa mère et courut vers eux. Un garde essaya de l'attraper au passage, mais, preste comme un chat, elle lui griffa le bras.

— Ne te fatigue pas, dit un autre, on ne sait même pas si on sera payés !

Mytho ouvrit la porte de la sacristie et Jan attrapa la main droite de Titania pour l'entraîner dehors. Elle se laissa faire, docile, sans poser de question. La porte arrière de la chapelle donnait sur un jardin obscur, entouré de murs. Une lumière aveuglante les inonda soudain, et ils levèrent la tête vers un VP en vol semi-stationnaire au-dessus d'eux.

— Si c'est Regenville, on est mort, dit Jan.

— Mais il y a un dieu pour les rebelles, dit Mytho… C'est Loquart !

Le VP, en effet, était peint aux couleurs de Happenings, et quand la porte s'ouvrit, ce fut un Loquart particulièrement volubile qui les pressa d'entrer. Jan mit un certain temps à comprendre qu'il était en train d'émettre en direct et dut se mordre la lèvre pour ne pas s'énerver contre l'homme qui venait de les sauver.

Tandis que le VP prenait de la hauteur et que Loquart débitait ses sornettes grandiloquentes, Mytho regardait par la fenêtre. De son côté, Jan essayait de réconforter Titania. Il était inquiet.

— Vise un peu en bas, dit Mytho. C'est notre ami Regenville…

— « … *l'incroyable résilience de ces jeunes gens pacifistes, de cette jeune fille martyrisée par sa propre mère, dont le visage baigné de sang et de larmes conserve encore l'empreinte d'une ineffable beauté !* »

— Mytho, murmura Jan, il y a quelque chose qui ne va pas avec Titania.

— Elle est blessée ?

— « … *du courage des plus grands, de la vertu d'une autre époque…* »

— Non, je ne crois pas.

— « … *telle la colombe tachée de sang, fauchée dans la fleur éclatante de son vol…* »

— Qu'est-ce qu'elle a ?

Titania, recroquevillée en position fœtale, regardait ses compagnons par en dessous, avec une expression à la fois curieuse et fatiguée. Elle n'avait toujours pas rentré ses griffes et jouait à faire des rayures sur le cuir impeccable du siège. Ses cheveux mouchetés de rouge étaient collés sur sa tempe et Jan lui dégagea le visage, tendrement, si bien qu'elle lui sourit pour le remercier.

Ses yeux profonds et brillants n'exprimaient rien d'autre qu'une infinie innocence. Et quelques instants plus tard, le sommeil la prit sans qu'elle ait prononcé un seul mot.

Traumatisme

JAN, PENDANT LA DEMI-HEURE qui suivit leur sauvetage, n'écouta pas un mot de ce que disaient Loquart et Mytho. Il entendait vaguement leurs phrases résonner, vides de sens.

« Vous déposer en lieu sûr… », « La péniche quai de Bercy… », « Conséquences incalculables… », « Audience monstre… »

Les expressions rebondissaient comme des balles au-dessus de sa tête et n'arrivaient pas jusqu'à son cerveau. Comment pouvaient-ils parler d'autre chose ? Comment pouvaient-ils ne pas se rendre compte de ce qui se passait ? Était-il le seul à percevoir la réalité du désastre, avant tout le monde ? Il avait bien articulé, avec effort, plusieurs fois : « Il y a un problème avec Titania », mais les autres s'étaient contentés de jeter un œil sur la jeune femme somnolente et avaient repris leur conversation animée.

« Incroyable témérité… », « Trois morts parmi le service d'ordre… », « Décès d'Irina Morgovic… », « Intervention en personne… »

Titania s'était endormie sans crier gare. Elle se réveilla au bout d'un moment et se mit à regarder par la fenêtre. Ses yeux suivaient machinalement le mouvement des piétons, en bas, de gauche à droite. Jan lui prit la main, et elle le laissa faire après l'avoir regardé attentivement.

— Titania ? l'appela-t-il doucement.

Mais elle ne réagit pas, continuant à suivre du regard des mouvements lointains. Elle non plus ne semblait pas écouter la conversation des deux autres, comme si cela ne la concernait pas.

— Titania, tu es blessée ? demanda-t-il un peu plus fort.

Mytho et Loquart marquèrent une pause puis, voyant qu'elle ne répondait pas, recommencèrent à parler.

— Titania, dis-moi quelque chose…

À la fin, elle se tourna vers lui et lui sourit. C'était affreux, ce visage vide d'elle, ce masque muet. Il fut pris d'une envie de pleurer si vive que ses yeux le brûlèrent. Mais ils arrivaient au quai de Bercy et Mytho commença à le presser.

— Jan ! Jan ! Allez, viens, descends. C'est dangereux de s'attarder !

Jan sortit du véhicule et Titania resta à bord, les regardant tour à tour d'un air interrogateur.

— Vous voulez rester avec moi, Titania ? demanda Loquart. C'est peut-être plus prudent.

— Non, elle vient avec moi, répondit Jan précipitamment.

Titania regarda Loquart comme pour s'assurer qu'il lui donnait la permission de partir.

— Retrouvez-moi dans mon salon privé dès que possible, je vous y attendrai.

Comme Titania ne bougeait toujours pas, Jan finit par lui prendre la main et la tira doucement dehors. Elle lui sourit en sautant à terre. La péniche était à quelques mètres, et Mytho était déjà en train de frapper le heurtoir à tête de lion. Mais Titania regardait tout autour d'elle comme si c'était la première fois qu'elle se rendait là.

Jan, la gorge serrée, la fit avancer jusqu'à la porte qui s'ouvrait, et ils se trouvèrent soudain dans la péniche illuminée, parmi les boiseries et les vieux objets. Danton les accueillit chaleureusement et Jan, une fois de plus, n'entendit que des bribes de conversation.

« En plein milieu de la manifestation… », « Tous les deux choqués… », « Scène violente… », « L'affaire d'une nuit ou deux… », « Changement d'identité… », « Stéphane Loquart… »

Jan fit un effort pour se concentrer sur le visage de Danton qui l'observait.

— Je ne suis pas en état de choc, fit-il.

— Tu as sans doute besoin d'un petit remontant en tout cas, dit Danton en souriant. Tu veux un fond de cognac ?

— Si vous pensez que ça peut aider… Mais c'est elle, surtout, qui…

Il n'acheva pas sa phrase car il prit brusquement conscience que Titania lui avait lâché la main et n'était plus à ses côtés. Ils la trouvèrent presque aussitôt en train de visiter la péniche, marchant à pas de loup, et passant son doigt sur le mur qu'elle longeait.

Danton fronça les sourcils et s'approcha d'elle, protecteur. Jan se souvint alors qu'il était psychologue de métier.

— Que fais-tu là, petite ?

— C'est votre bateau, monsieur ? répondit-elle d'un ton admiratif.

— Oui, c'est mon bateau.

— Cela a dû vous demander beaucoup de temps, de recréer tout ce décor ancien ! C'est amusant.

Danton tourna la tête vers Jan, avec une expression de vive inquiétude.

— Comment t'appelles-tu ? continua-t-il très calmement.

— Daphné. Mais je déteste mon prénom.

— Ah oui ?

— Oui. Vous êtes un ami de Maman ? On va faire des photos dans ce bateau ?

— Quoi ? s'exclama Mytho.

Jan et Danton, qui venaient d'échanger un regard appuyé, restèrent muets.

— Qu'est-ce qu'il y a ? finit-elle par demander. J'ai encore dit quelque chose qu'il ne fallait pas ?

— Non, non, se reprit Danton. Tu peux continuer ta visite, seulement, ne te perds pas, et reviens-nous voir bientôt.

Manifestement soulagée, Titania fit volte-face dans un petit saut enfantin, et parut les oublier tout à fait. La moquette du couloir était imprimée de motifs linéaires, sur lesquels elle s'amusait à marcher. Elle s'imaginait probablement des gouffres emplis de crocodiles prêts à la dévorer si elle s'écartait de la ligne…

Jan, chancelant, accepta le bras que Danton lui tendit et s'y accrocha comme à une bouée de sauvetage. Il était douloureusement fasciné par cette Titania-enfant dont la voix, les mouvements, la démarche avaient radicalement changé.

— Tu dois garder ton angoisse pour toi, lui dit le vieil homme à mi-voix. Le stress et l'anxiété peuvent aggraver son état. Tu ne dois pas non plus lui parler d'amour. Cela la heurterait.

Mytho était déjà en train de servir trois verres de cognac. Il but le sien cul-sec.

— Quel âge ? demanda-t-il en se servant un deuxième verre.

— Que veux-tu dire ? demanda Jan.

— À quel âge est-ce qu'elle est redescendue ?

Danton soupira.

— Je dirais, à voir sa façon de sautiller, de parler, et sa docilité… Huit à dix ans.

Jan regardait ses propres larmes couler dans son cognac. Il avait l'impression d'être exilé dans une autre dimension.

— Il faut éviter les miroirs, aussi, ajouta Danton après réflexion. Et ne l'appelez pas Titania, surtout.

— Faut-il vraiment rentrer dans son jeu ? demanda Mytho.

— Oui, cela me semble préférable pour le moment.

Jan ne contrôlait plus ses pleurs.

— Cet état peut très bien être temporaire, ajouta Danton pour le réconforter.

— Ou pas, dit Mytho sombrement. J'ai connu une…

— Tais-toi, Mytho, supplia Jan.

Et les trois hommes, consternés, burent leur verre en silence pendant quelques minutes.

— Que s'est-il passé, exactement ? demanda Danton.

Les jeunes gens répondirent presque en même temps :

— Elle nous a demandé de nous tenir prêts à nous enfuir.

— Elle a dit qu'elle allait « agir », et jouer la comédie. Puis elle s'est dirigée vers sa mère.

— Elles ont parlé un moment, Irina a ouvert les bras et Titania s'est précipitée contre elle.

— C'était un geste violent ? demanda Danton.

— Non, dit Mytho.

— Non, confirma Jan. Je suis sûr qu'elle ne l'a pas attaquée à ce moment-là.

— Puis elles ont continué à parler, dans les bras l'une de l'autre.

— Et c'est là que tout s'est précipité : Titania a sorti ses griffes, Irina s'est effondrée, il y a eu une certaine confusion chez les mercenaires…

— Et nous nous sommes enfuis.

Danton marqua une pause.

— On ne tue pas impunément ses parents, dit-il. C'est un crime que beaucoup qualifient d'inexpiable.

— Inexpiable… répéta Jan.

— En d'autres termes, le psychisme de Titania a pu préférer occulter cet événement, revenir en arrière, à un âge d'innocence. Un âge où Daphné aimait encore sa mère.

Jan comprenait ce que Danton voulait dire. Mais ce qu'il entrevoyait ne lui faisait aucun bien. Si ce diagnostic était juste, était-il possible qu'elle guérisse ? Il n'osa pas poser la question directement, de peur de la réponse.

— Comment soigne-t-on ce genre de délire ? demanda Mytho.

— Ce n'est pas à proprement parler un délire, corrigea Danton.

— Épargne-nous les termes techniques, doc. Comment va-t-on la sortir de là ?

Jan, fiévreux, était suspendu aux lèvres de Danton.

— Il y a plusieurs écoles. On peut tenter l'hypnose, qui n'est pas sûre. L'investigation neurale, qui coûte très cher. Ou la thérapie par la parole, qui prendra beaucoup de temps. On peut essayer de provoquer un choc psychique équivalent, mais cela pourrait s'avérer très dangereux.

Titania surgit du couloir à cet instant.

— J'ai faim, dit-elle. Et je me sens très fatiguée. Jusqu'à quelle heure doit-on attendre Maman ?

— Tu dois dormir ici, dit Danton. Et je vais te commander à manger. Qu'est-ce qui te ferait plaisir ?

— Je dois faire attention à ma ligne. Maman dit que le soir, je ne dois manger que des nutriments.

Jan ouvrit la bouche pour parler, puis se tut.

— Désolé, ma petite, mais je n'ai pas de nutriments ici. Tu aimes les sushis ?

— Oui, ça va, dit-elle.

Danton passa une commande rapide sur son RV et, en attendant, s'occupa de montrer une cabine libre à Titania. Jan et Mytho se retrouvèrent seuls.

— J'ai une idée, dit Jan, mais je ne sais pas ce qu'elle vaut.

— À quoi tu penses ?

— Stimuler sa mémoire par un souvenir 3D.

— Mais on n'en a pas.

— On en a un : notre premier baiser.

Mytho hocha la tête un long moment avant de répondre.

— Le doc a dit que tu ne devais pas lui parler d'amour. Elle a huit ans dans sa tête. Comment va-t-elle réagir en étant confrontée à un baiser d'adulte ?

Jan baissa la tête.

— Tu as raison, dit-il.

— Par contre…

Jan leva les yeux vers lui, et réalisa qu'il comptait obscurément sur lui pour la sauver, comme il l'avait fait dans les locaux de Morgane Corp.

— Par contre, poursuivit Mytho, si on pouvait mettre la main sur d'autres souvenirs 3D, ce serait peut-être une bonne idée.

— Mais comment ?

— On peut toujours chercher. Ça ne coûte rien d'essayer.

— Et puis ça nous empêchera de rester là à la regarder délirer, dit Jan.

— « Ce n'est pas à proprement parler un délire », dit Mytho en imitant Danton.

Et tous les deux, malgré leur angoisse, échangèrent un rire nerveux.

***

Ce soir-là, Titania avala quelques sushis et alla se coucher, seule, dans la cabine que Danton lui avait préparée. Les trois hommes, bientôt rejoints par Robespierre, veillèrent tard dans le salon. Ils visionnèrent d'abord le procès, qui était en libre accès sur Happenings, et Jan remarqua l'émotion des deux frères lorsqu'il fut question de sa mère.

— Elle aurait aimé ça, murmura Robespierre.

— Et elle aurait été fière de toi, renchérit Danton.

La vidéo s'arrêtait brutalement sur la phrase inachevée de Jan : « La parole est à la déf... », qui était interrompue par un grand vacarme. Puis tout était coupé.

— On ne voit rien des assaillants, remarqua Robespierre.

— Non. Ils ont commencé par mettre hors circuit le matériel de tournage.

— C'était une consigne expresse, visiblement.

À la suite du procès, Stéphane Loquart proposait une vidéo prise sur le vif de son véhicule personnel, où l'on voyait le service d'ordre décimé à l'entrée de la chapelle. Les assaillants, à l'intérieur du bâtiment, demeuraient invisibles. Irina Morgovic n'apparaissait sur aucune image. Puis le VP cueillait les trois fugitifs : Titania ensanglantée était présentée comme une victime par Loquart, mais tout le monde pouvait voir ses longues griffes mortelles, maculées de sang.

— Pourquoi n'a-t-il pas retiré ces images ? maugréa Mytho.

— Parce que ça fait de l'audience, répondit calmement Danton.

— Mais c'est dangereux pour Titania, elle peut être accusée ! s'écria Mytho.

— Quelle importance ? N'était-il pas prévu que le personnage médiatique de Titania disparaisse après ce procès ? Ne nous avez-vous pas dit que vous deviez tous les trois changer d'identité et de visage, et disparaître à l'étranger ?

— Loquart a tiré tout ce qu'il pouvait de ce show, conclut Jan. Ça n'a plus aucune importance.

— Sauf si un Sécuribot débarque dans la péniche, grogna Mytho.

Danton fit basculer le RV de la vidéo du procès sur le flux direct de Happenings, où une présentatrice commentait les dernières actualités.

« *Le cyclone Zelda, force 6, est en approche de la péninsule du Yucatan, où des scènes de panique sont déjà en cours. Le plan de mise en sécurité de l'entreprise Safe Climate va-t-il fonctionner ?*

France : la mort d'Irina Morgovic, lors d'une manifestation publique impliquant sa fille prétendue, est confirmée. L'icône du Self-Art Titania, qui affirme être Daphné Morgovic, la descendante légitime d'Irina, alors que cette dernière a toujours nié la connaître, a été filmée avec ses fameuses griffes cybernétiques à la sortie du bâtiment. Elle est donc, paradoxalement, à la fois soupçonnée de meurtre et recherchée par les services juridiques pour les questions de succession. Hors-Réseau depuis l'affaire du contrat spécial, elle est encore en fuite à cette heure. Criminelle ou héritière contestée d'une fortune fabuleuse, Titania refera-t-elle surface dans le Réseau ?

Sports : le championnat du monde d'Ultimate Gladiating commence à Oslo à 22 heures Combien de combattants le tenant du titre Duke Crual va-t-il une fois de plus faire passer de vie à trépas ? »

— Ça veut dire que nous avons à nos trousses la police et les limiers des services juridiques... L'autre fille, la fausse Daphné, doit elle aussi revendiquer l'héritage...

— Sans compter maître Regenville, ajouta Jan.

Mytho frissonna.

— On ne peut pas rester ici, déclara Danton. Loquart sait où vous vous trouvez et il finira par le dire.

— Vous pourriez peut-être emmener Titania sur l'île ? demanda Jan.

— Oui, c'est ce que je me disais, dit Danton. Et je pourrais essayer de débloquer sa mémoire, là-bas. Nous serons au calme, sans sollicitation extérieure.

— Pendant ce temps, dit Jan, nous avons une piste à poursuivre. Celle des puces-mémoires que Titania s'est fait voler dans notre fuite.

Les deux jeunes gens échangèrent un regard entendu.

— Dans combien de temps nous retrouvons-nous ? demanda Danton.

— Une semaine ? proposa Jan.

— Cela fera trop. Je peux m'arranger pour rester absent un jour ou deux du travail, mais...

— Disons trois jours, alors. Dans trois jours, le soir, nous passons récupérer Titania à la péniche. Il suffit de nous dire où.

— Pas ici, fit Robespierre. Le quai de Bercy sera surveillé.

— Il faudrait un endroit où le Périph traverse la Seine, fit remarquer Mytho. Cela pourrait nous être utile s'il y a un comité d'accueil.

— Alors il n'y a que deux possibilités : quai d'Ivry ou porte de Saint-Cloud.

— Porte de Saint-Cloud, dit Jan. Le quai d'Ivry est trop près d'ici.

Ces détails réglés, Robespierre prit congé en promettant de les contacter s'il remarquait quelque chose d'étrange aux abords de la péniche. Jan insista pour aller voir Titania une dernière fois avant de partir.

— Ne la réveille pas, dit Danton. Tu pourrais lui faire peur.

— Promis, répondit Jan.

Dans la cabine, le hublot laissait filtrer la nuit rougeâtre de Paris. Titania, comme à l'accoutumée, réfléchissait la lumière par tous les pores de sa peau laiteuse. Elle dormait profondément, dans une position inhabituelle, et en s'habituant à l'obscurité Jan remarqua que ses yeux bougeaient dans tous les sens, s'affolant derrière ses paupières. Quels rêves de violence et de mort hantaient son âme d'enfant ?

Tu es tombée, infante aux caprices mortels,
Ma reine sans mémoire aux grands yeux innocents,
Ma tueuse inconsciente aux grands ongles de sang,
Ma beauté candide et cruelle.
Sur quels mondes troublés, en quelle eau destructrice,
Dans quels gouffres sans fin es-tu partie ce soir ?

Qui te protégera, toi qui as peur du noir,
Des démons embusqués sous ton front blanc et lisse ?

La voix de Jan, grave et profonde, parut apaiser Titania qui retrouva une respiration plus calme. Et pendant une seconde de parfaite illusion, Jan crut la retrouver. Mais son esprit avait fui à tire-d'aile, comme un oiseau rare, et son visage déserté, qu'il aimait encore douloureusement, allait bientôt disparaître sous le bistouri d'un chirurgien. Cela avait été le prix à payer pour leur vengeance, pour ce procès absurde. Et ce soir, il maudissait leur folie et leur inconséquence. Ce dont il avait peur depuis le début se réalisait : il était en train de la perdre, et de la perdre doublement, car elle ne se souvenait même pas de lui. Comme un fichier dans une puce reformatée, leur amour tout entier s'était effacé de sa mémoire. Titania, inutilement ramenée à la vie, était redevenue fantôme.

À la recherche de la mémoire perdue

JAN ET MYTHO sortirent de la péniche à l'aube et assistèrent, l'œil morne, à son départ. Le soleil levant n'était pas assez fort pour que les moteurs tournent à fond. Dans ce jour pâle, l'embarcation paraissait se traîner comme une bête malade. Ce fut un soulagement, malgré tout, de la voir s'éloigner. Titania, ou ce qu'il en restait, y était paisiblement endormie, à l'abri, protégée par Danton qui l'emmenait loin du danger.

Des HR frigorifiés s'éveillaient, le long du quai, et remettaient en branle leur carcasse rouillée. Jan se frotta les yeux, serra contre lui son RV et tendit celui de Titania à Mytho.

— Tiens, je l'ai pris pour toi. Comme tu n'en as plus…

Mytho eut un regard un peu trouble. Disposer du RV de quelqu'un, c'était comme admettre qu'il était mort.

— Elle n'en aura pas besoin, tu crois ?

— Pour l'instant, c'est une fillette de huit ans. Ce dont elle a besoin, c'est qu'on lui ramène ses souvenirs.

Mytho jeta un coup d'œil circulaire, par habitude.

— Il faut qu'on contacte Loquart, avant tout. Et puis on retournera voir l'Amazone.

Jan, à l'évocation de cette femme cruelle, eut un moment de découragement.

— Tu as un plan ?

— Pour l'instant, pas vraiment. On va se poser quelque part et voir ce que Loquart propose.

Ils marchèrent pendant un quart d'heure le long de la Seine, en direction de la Concorde et finirent par s'arrêter place du Nouvel Hôtel-de-Ville. Depuis la Désétatisation, il n'y avait plus de services municipaux et c'est une filiale de LYD, « Vivez Paris », qui avait racheté le bâtiment que les Parisiens appelaient le « vaisseau spatial ». Entièrement métallique, avec un bec profilé et un corps rond strié de passerelles, il assurait l'exploitation touristique de la ville, comme un astronef tirant d'une planète toutes les ressources énergétiques possibles. On avait parfois l'impression que, lorsque Paris serait exsangue, submergé par ses HR et ses bâtiments en ruine, le vaisseau spatial s'envolerait pour aller exploiter ailleurs une autre victime.

Ils s'installèrent à la terrasse d'un café luxueux, dans lequel des touristes cousus d'or avalaient un petit déjeuner à trois cents crédits. Un Servibot vint prendre la commande, et Jan et Mytho se contentèrent de nutriments et d'un café noir – le traditionnel breuvage parisien, amer et brûlant, qui depuis plusieurs siècles attaquait l'estomac des consommateurs désargentés.

Quelques instants plus tard, leurs avatars (enfin, ceux de Jan et Titania : l'Arlequin et la vamp), se retrouvaient dans le salon privé du palais OMS de Stéphane Loquart. L'avatar de ce dernier était là et ne tarda pas à les abreuver de paroles.

— Mes amis je suis heureux de vous trouver enfin ! La situation est très critique et si vous le souhaitez toujours, nous devons procéder à votre changement d'identité dans les plus brefs délais !

— Ce ne sera pas possible, déclara la vamp. Ce n'est pas Titania qui vous parle, mais Mytho. Titania ne répond plus.

— Elle semble faire une réaction traumatique à l'assaut d'hier soir. Elle a perdu une grande partie de sa mémoire, ajouta Jan, dont les bulles colorées restèrent suspendues dans l'espace virtuel.

L'avatar de Loquart resta si immobile que Jan et Mytho se demandèrent s'il n'était pas parti.

— Que voulez-vous dire ?

— Exactement ce qu'on vous dit, rétorqua la vamp de sa voix traînante. Titania se comporte comme une fillette de huit ans, elle répond au nom de Daphné, demande où est sa maman et ne nous reconnaît pas.

— Mon Dieu, quel développement romanesque… Serait-il envisageable de l'interviewer dans cet état ?

— Hors de question, intervint Jan.

— Elle a quitté Paris, reprit la vamp. Ne vous préoccupez pas d'elle pour l'instant. Nous voulions vous prévenir que tant qu'elle n'aura pas recouvré la mémoire, nous ne pourrons procéder à aucun changement d'identité.

— C'est fâcheux, dit Loquart, c'est extrêmement fâcheux. Tout était prêt, je n'attendais que vous. Ne pourriez-vous au moins, vous deux…

— Laissez-nous quelques jours. Trois jours, répondit Jan. Et dites-nous où nous devrons aller quand nous serons prêts.

L'avatar de Loquart resta bloqué un instant, puis répondit :

— Je vais donner des ordres en ce sens. Titania doit se faire opérer à Londres, avec les consignes particulières qu'elle m'a données. Mytho, votre opération à vous est prévue à Paris. Personne ne connaît vraiment votre identité et il m'a paru moins risqué de vous laisser ici. Quant à vous, Jan, vous serez opéré à Rome. Les nouvelles Identités Informatiques et les contrats de travail à signer pour Happenings vous seront remis par le personnel des cliniques. Toutes les coordonnées dont vous avez besoin sont là.

L'avatar donna à Jan un cube de données.

— Merci, fit Jan. C'est très généreux de votre part.

— Tout ceci était convenu, dit Loquart. Quant à être généreux… sachez que l'audience de votre procès a été retentissante, et qu'on ne parle que de la mort d'Irina Morgovic sur le réseau. Vous avez rempli votre part de marché au-delà de toute espérance ; vous ne me devez rien. Mais moi, je me dois de vous expliquer la situation, dont la complexité vous a peut-être échappé. Il se peut que, connaissant tous les ressorts de ce drame, vous souhaitiez en changer le dénouement.

— Que voulez-vous dire ?

— Que Titania pourrait choisir de ne pas changer d'identité, au final.

— Expliquez-vous, écrivit Jan.

— La mort d'Irina Morgovic arrange beaucoup de monde, et nombre de gens souhaitent faire main basse sur sa fortune. Ils sont tous en train de se tirer dans les pattes, enquêtes à l'appui, pour établir la succession. À commencer par ses associés, sans oublier sa fausse fille qui réclame d'ores et déjà le plein héritage.

— Comment peut-elle y prétendre ?

— Je vous rappelle que lors de son passage chez moi, Irina a formellement accusé Titania d'être une usurpatrice. Elle a nié totalement qu'elle puisse être sa fille et a donné à cette fausse Daphné tous les dehors de la légitimité…

— Et Titania, dans l'affaire ?

— Cette jeune fille souhaiterait probablement la voir morte. Les associés préfèrent qu'elle soit dans la nature pour le moment, parce que cela gèle la succession pendant les recherches et que ça leur laisse du temps pour se retourner. Et puis il y a l'avocat.

— Regenville ?

— Oui, lui aussi veut la peau de Titania, non pas pour l'argent, mais par vengeance.

— Et la police ?

— La police enquête officiellement sur la mort d'Irina Morgovic et Titania est leur premier suspect. Au cas où elle serait inculpée, il y aurait probablement un long procès au cours duquel, techniquement, Titania pourrait très bien revendiquer la succession de sa mère. Si elle hérite, elle pourra prendre la suite d'Irina aux commandes, et donner les ordres à son tour. La police et la justice lui mangeront dans la main. Elle sera très probablement acquittée.

— Par quel miracle la fortune des Morgovic l'empêcherait-elle d'être condamnée ?

— Irina siégeait au conseil d'administration de la police. Elle avait également ses entrées à la justice. Si Titania devait lui succéder, elle aurait le même réseau d'influence, la même capacité à étouffer les affaires ou à faire pression sur les témoins. Le procès pourrait se faire à décharge.

— Vous êtes en train de nous dire, dit la vamp, que Titania pourrait se rendre à la police, hériter et se sortir indemne de tout cela ?

— Oui, c'est bien ce que je crois.

— Elle ne voudra jamais, affirma Jan.

— On ne peut pas prendre la décision à sa place, répliqua Mytho. On est en train de parler de millions de crédits.

— L'argent ne l'intéresse pas.

— En es-tu si sûr ? demanda la vamp.

Jan resta interdit. L'était-il vraiment, après tout ? Sa reine de chair et de diamants n'avait-elle pas sacrifié au luxe jusqu'à sa propre vie ? Ne lui avait-elle pas dit que la vie ne valait pas la peine d'être vécue sans beauté ? Renoncerait-elle sciemment à une telle fortune ? Cette question lui faisait mal, car il pressentait qu'il risquait de la perdre plus sûrement que de toute autre manière. Il l'avait aimée alors qu'elle avait vendu son corps, mais l'aimerait-il encore si, en prenant la tête de Morgane Corp., c'était son âme qu'elle vendait ?

— Nous lui poserons la question quand elle aura recouvré la mémoire, finit-il par dire.

— Alors vous devriez vous dépêcher, fit observer Loquart. Vous n'avez pas de temps à perdre.

En quelques clics, Jan et Mytho se retrouvèrent face à face, dans le café qui donnait sur le vaisseau spatial. Il y avait entre eux beaucoup de non-dits qui ne demandaient qu'à éclater. Mais l'heure n'était pas venue de vider leur sac, ils le savaient tous les deux. Ils réglèrent donc leurs consommations et prirent le métro, sombres, aux aguets. Les usagers ne parlaient guère, obéissant aux codes urbains complexes qui permettent de s'isoler dans la foule et de ne pas souffrir de la promiscuité. On évitait soigneusement de rencontrer le regard des gens, et plus encore de leur parler. On avait de préférence le RV branché sur les oreilles. On tenait sa droite dans les couloirs, progressant à une vitesse constante, et on doublait par la gauche en accélérant le pas – vieille coutume héritée de la conduite automobile qui perdurait encore bien des années après son abandon. On s'efforçait d'avoir une attitude prévisible, la vraie politesse consistant à se rendre invisible aux yeux des autres usagers pour gêner le moins possible leur propre progression. On ne manifestait aucune émotion, aucune surprise devant les excentricités vestimentaires ou corporelles des autres. Il était de mauvais goût d'observer quiconque, même ceux qui parlaient tout seuls. Les Parisiens, anonymes, tolérants et indifférents, avaient poussé jusqu'à l'art leur capacité à ignorer autrui.

— En fait, grogna Mytho en arrivant près de la porte d'Asnières, ce ne sont pas seulement les HR qui sont Invisibles. Les Parisiens se sont tous crevé les yeux.

Jan ne répondit pas. Il suivit Mytho, préoccupé, à travers le seuil du Périph. La première fois, la sensation de pénétrer dans un autre espace-temps l'avait impressionné ; aujourd'hui, il passa la porte en pensant à autre chose. La rue agréable et aérée des Nantis avait cédé la place à l'espace saturé et crépusculaire des HR. Des colosses sortis d'un spectacle de catch du XXe siècle déambulaient parmi des créatures plus mystérieuses. Mais Jan appliquait maintenant sur le Périph la même règle que dans le métro : ne pas regarder pour ne pas être vu. Ne pas relever les armes, les implants, les bestioles qui traversaient son champ de vision. Ne pas croiser de regard, toujours garder la tête haute. Prendre l'air de celui qui sait où il va. C'était assez simple en vérité, il suffisait de rester concentré.

— Tu n'es plus le même homme, remarqua Mytho.

— Toi non plus, souffla Jan.

Ils avaient passé le guichet sans problème, avec la mine ennuyée de gens qui se prêtent aux formalités mais qui n'ont pas que ça à faire. Le Tatoué, qui officiait, ne parut pas les reconnaître.

— Tu vois, qu'est-ce que je disais ? dit Mytho. Il ne t'a pas remis.

— On doit trouver l'Amazone, c'est ça ?

— Elle, ou un de ses lieutenants…

— Vous cherchez l'Amazone ?

C'était une vieille, dont ils n'avaient pas remarqué la présence, qui leur tournait autour en les flairant. Habillée de manière provocante, maquillée avec outrance, elle étalait son âge, sa peau fanée, sa poitrine flétrie, comme d'autres montrent les dents.

— Ça ne te concerne pas, l'ancêtre, répondit Mytho d'un ton sec.

— Ça me concerne si je veux, répliqua-t-elle d'une voix glapissante.

Ils la contournèrent mais elle les suivit et se tint à leur hauteur.

— Je sais où elle est, moi, l'Amazone. Et je peux même vous introduire.

— Tu parles d'une introduction, siffla Mytho. Ôte-toi de notre chemin.

Jan laissait faire Mytho. Il aurait probablement, quant à lui, répondu poliment à la vieille femme, et cette réaction spontanée lui aurait sans doute attiré beaucoup d'ennuis. Mytho connaissait les codes ici, et Jan préférait se taire.

— Il a perdu sa langue, le Roméo ?

Jan croisa les yeux de la vieille, perçants comme des vrilles. C'était déjà ainsi que les HR l'avaient surnommé, la première fois. Était-il possible qu'elle l'eût reconnu ? Elle s'arrêta, les forçant à s'immobiliser, et attrapa la main de Jan.

— La bonne aventure, mon petit cœur ?

— Si tu veux, la vieille. Mais je ne peux te payer que de mots, dit Jan.

Mytho le regarda, étonné.

— Des mots contre des mots, c'est un marché honnête, fit la vieille.

Avec une poigne surprenante, elle posa la main de Jan dans la sienne, et de son doigt noueux se mit à tracer des signes sur sa paume.

— Drôle de chiromancienne, grogna Mytho.

Jan, mal à l'aise, se demandait si les signes tracés sur sa paume avaient un sens. La vieille, tout en se livrant à cette pantomime, ne cessait de le fixer.

— Voilà, dit-elle au bout d'un moment. À ton tour.

Jan avait la paume de la main légèrement échauffée et il plia les articulations des doigts pour les détendre, ce qui lui laissa le temps d'improviser quelques vers :

« Sorcière affublée d'oripeaux,
De ton doigt puissant et crochu
Tu griffes d'invisibles mots
Dans mon avenir distordu.
S'ils sont brillants, reçois l'aumône
D'un météore bienveillant.
S'ils sont boueux, que tes yeux jaunes
Pleurent des larmes de serpent. »

La vieille parut satisfaite, car elle éclata de rire et battit des mains comme une enfant survoltée.

— Voulez-vous voir l'Amazone ? demanda-t-elle.

— Si tu sais où elle se trouve, montre-nous le chemin. Et assez d'énigmes, dit Mytho.

— Pour ce qui est des énigmes, vous n'êtes pas au bout du compte… répliqua-t-elle malicieusement en s'engageant, avec une insoupçonnable agilité, sur une échelle branlante qui permettait de gagner une passerelle à quelques mètres de hauteur.

Ils s'étaient immobilisés trop longtemps et des HR commençaient à les regarder de plus près : ils n'eurent guère le temps de réfléchir et, en se demandant s'ils ne commettaient pas une erreur fatale, ils suivirent la chiromancienne en haut de l'échelle. La passerelle métallique bougeait comme un pont de cordes, pourtant la vieille s'y déplaçait avec tant d'aisance qu'ils eurent du mal à la suivre. Sur la paroi d'en face s'empilaient trois containers ; c'était au troisième, le plus haut, que la passerelle donnait accès. La vieille pénétra dans le bloc d'aluminium et Jan et Mytho échangèrent un regard inquiet. En bas, des HR postés au pied de l'échelle ne les encourageaient guère à faire demi-tour.

— Attends, le retint Jan.

Mytho fronça les sourcils. Jan regardait sa paume gauche, où une inscription brune, de la couleur des taches de soleil, était apparue.

— « Juliette ne peut pas t'oublier », lut Jan à haute voix.

Son visage s'éclaira d'une joie béate et Mytho se sentit soudain très mal en pensant à Titania et à sa voix d'enfant.

— Arrête de sourire bêtement, lui dit-il. C'est le boniment qu'elle sert à tout le monde.

— Peut-être, rétorqua Jan. Mais avoue que c'est une coïncidence troublante.

— Mouais. En attendant, ce qui me trouble plus concrètement, moi, c'est de choisir entre les gros bras du bas et la sorcière du dessus.

— Choisissons l'antre de la sorcière, bien sûr ! trancha Jan sans hésiter.

Il passa devant Mytho, manquant presque de le faire tomber, pour pénétrer le premier dans le container.

Les jeunes gens mirent quelques instants à s'accoutumer à la pénombre ; les panneaux solaires ne suffisaient guère à cette heure matinale. La vieille n'avait pas menti, car l'Amazone était là, un casque de réalité virtuelle sur la tête. Jan avait compris que les HR n'étaient pas tous exclus du Réseau : certains le sillonnaient avec des bécanes extrêmement sophistiquées. Cela semblait être le cas de l'Amazone.

— C'est pour quoi ? demanda-t-elle, de mauvaise humeur, à la vieille.

— C'est des jeunes gens qui veulent te voir. Il y a un petit poète qui me plaît bien.

L'Amazone retira son casque assez brutalement et, sans se lever, regarda les deux garçons de pied en cap.

— Ce ne seraient pas les petits morveux qui se trimballaient avec cette belle valise blanche ?

— Bingo, dit Mytho.

— Vous avez du toupet de vous pointer ici, constata-t-elle sans animosité.

La vieille s'était accroupie dans un coin et les regardait par en dessous, en faisant parfois des petits bruits appréciateurs avec sa bouche.

— On voudrait juste savoir, au cas où l'info ne serait pas trop confidentielle, à qui vous avez fourgué les puces.

— Les puces de Titania ?

Jan ne cacha pas sa surprise.

— Oui, dit-il. Vous la connaissez ?

— Qu'est-ce que tu crois ? Qu'on vit comme des sauvages ? La moitié du Réseau ne parle que d'elle. Et de vous, d'ailleurs.

— Bref, dit Mytho. Juste une petite info, un coin où aller fureter, une adresse, un nom, un signalement… N'importe quoi.

L'Amazone tapota l'ampoule qui clignotait et la lumière fut soudain plus vive. Elle les dévisagea avant de répondre :

— Au début, on en a bradé plein parce qu'on ne savait pas ce que c'était. Je ne sais pas où ça a atterri. Et puis après on s'est rendu compte de la valeur de la marchandise. Et on a eu affaire à des clients plus sérieux.

— Vous avez dû vous faire un paquet de crédits, remarqua Mytho.

— Pas mal, oui.

— Et ces clients, est-ce que par hasard vous auriez une idée d'où on pourrait les retrouver ?

— Le Collectionneur a bien racheté un tiers du stock initial. Pour les autres, je ne suis pas sûre.

— Le Collectionneur ? répéta Mytho.

— Oui. Un type qui paye rubis sur l'ongle, et qui ne trafique pas. Je vous préviens, il ne voudra jamais vous les revendre. C'est un vrai mordu des puces mémoire ; il les amasse depuis plus de quinze ans.

— Et dans quel coin on peut le trouver ?

— En général, quand on doit le contacter, on va au Père-Lachaise, sur la tombe d'un certain Marcel, division 85.

— Marcel tout court ?

— Marcel Prousse, ou un truc du genre…

— Marcel Proust, corrigea Jan. Évidemment.

— Pourquoi « évidemment » ?

— Parce que lui aussi c'était un mordu de la mémoire.

— Tu m'en diras tant, mon poulet… Et maintenant, va falloir me vider les lieux. Je supporte pas la compagnie des hommes.

— Oh, vous savez, dit Mytho avec un sourire enjôleur, des hommes, des hommes, c'est un bien grand mot…

Jan jeta un coup d'œil à la vieille qui le regardait fixement.

— Je l'aime bien, celui-là, murmura-t-elle de sa voix crépitante. Je crois que j'ai le béguin.

Jan, mal à l'aise, recula.

— Mesdames, fit Mytho en prenant congé avec une révérence théâtrale.

Puis ils s'élancèrent sur la passerelle. Les types qui stationnaient en bas s'étaient dispersés, et ils furent de retour à la civilisation en seulement quelques minutes, courant à perdre haleine. Jan ne pouvait s'empêcher de vérifier sans cesse son drôle de tatouage, « Juliette ne peut pas t'oublier ». Et, tandis qu'ils reprenaient leur souffle sur le boulevard, il gardait en mémoire, très vive, l'image de cette vieille accroupie, de son décolleté pitoyable et du rouge qui débordait de ses lèvres minces. Cette vieille dont les yeux perçants avaient peut-être déchiré les voiles de l'avenir et qui lui avait insufflé, en même temps qu'un profond malaise, un formidable espoir.

À rebours

DANTON N'AVAIT RENCONTRÉ aucune difficulté pour sortir de la ville. L'île-de-France sinistrée n'intéressait plus personne et, comme un trou noir entièrement tourné vers son centre, Paris se moquait éperdument de ses bordures. Au-delà du cercle de la mégapole, c'était le vide, l'espace intermédiaire qui ne présentait pas plus d'intérêt que les milliards de kilomètres sans matière qui séparaient les planètes.

Il avait retrouvé la maison dans un état correct ; il y avait suffisamment à manger et à boire pour trois jours. En arrivant, il avait eu une bouffée de nostalgie très douloureuse, car la silhouette d'Olympe lui semblait cachée derrière chaque meuble, chaque arbre et chaque porte. Il avait dû faire un effort mental considérable pour chasser son fantôme qui, familièrement et amicalement, apparaissait partout.

Titania, assez docile, avait visité la maison comme si c'était la première fois, tout en manifestant une connaissance inconsciente des lieux. Et en effet, elle y avait passé plusieurs semaines, seule avec Jan lorsqu'ils avaient pris la fuite. Par exemple, elle se dirigea d'instinct vers la petite porte latérale, la seule utilisable car la serrure de la grande porte était coincée. Elle ne demanda pas où se trouvaient les toilettes lorsqu'elle en eut besoin ; et, à mille autres petits détails, Danton percevait qu'une forme de mémoire lui était restée. Le premier jour, Danton l'observa, fit quelques activités avec elle, évitant tout sujet de stress pour sa protégée, qu'il appelait scrupuleusement Daphné. Titania, malgré son corps de femme, paraissait presque avoir rapetissé. Son maintien souverain était devenu primesautier ; elle paraissait ignorer l'existence de ses implants et ne manifestait aucun intérêt pour sa propre image, qu'elle ne regardait pas quand elle passait devant une vitre – le miroir avait de toute façon été prudemment recouvert d'une étoffe. Quand elle eut découvert le trésor de livres papier qui s'étalait dans les étagères branlantes, elle passa de longues heures à lire, suçotant distraitement une mèche de ses cheveux. Elle était totalement indifférente à l'image qu'elle donnait. Elle ne manifestait pas plus de curiosité pour le RV de Danton que pour le monde extérieur. Titania paraissait habituée à vivre l'instant présent et à tirer le maximum de chaque lieu, de chaque situation. Elle ne posait aucune question, comme s'il était naturel qu'elle se retrouvât avec un inconnu dans une maison isolée, sans nouvelles de sa mère. Il y avait en elle une forme de sérénité étrange, qui contrastait violemment avec la gravité de ses symptômes. Tout ceci ne paraissait pas de très bon augure à Danton. Cette jeune femme avait joué tellement de rôles, que ce soit par force, par choix ou par hasard, qu'elle s'était perdue dans ce labyrinthe. Et ce dernier masque involontaire, imposé par sa folie, avait un accent tragique.

Le lendemain cependant, alors qu'ils avalaient le petit déjeuner, composé de quelques biscuits secs et d'un soda affreusement sucré, Danton tenta une première approche :

— Dis-moi, Daphné, est-ce que tu pourrais me parler de ta maman ?

— Oui, bien sûr, qu'est-ce que vous voulez savoir ?

— Eh bien, je ne sais pas, est-ce que tu es heureuse avec elle ?

Titania parut réfléchir longuement à cette question.

— Je ne me suis jamais demandé ça, finit-elle par dire.

— Et qu'est-ce que tu dirais ?

— Je pense que oui.

— Tu veux jouer à un jeu ?

— D'accord.

— Je te pose une question, et toi tu réponds ce qui te passe par la tête.

Titania se redressa un peu sur sa chaise et but goulûment une gorgée de soda.

— Je suis prête.

— Si une fée t'offrait un don, que choisirais-tu ?

— Un frère jumeau. Non. Une sœur jumelle. Elle pourrait poser pour les photos pendant que je pars jouer…

— Si tu devais changer quelque chose chez ta mère ?

— Vous voulez dire, dans son corps ?

— Non. Dans sa personne, dans ses habitudes, dans ses goûts…

— Je changerais maître Regenville.

— Pourquoi ?

— Parce que je ne l'aime pas.

— Et si tu devais changer quelque chose chez toi ?

— La couleur de mes yeux.

— De quelle couleur sont-ils ?

— Au naturel ? Ils sont marron. Mais je ne les garderai pas comme ça.

— Pourquoi ?

— C'est trop banal.

— Et si tu étais un animal ?

— Un ver de terre, dit Titania en gloussant.

— Et ta mère ?

— Une panthère.

— À quoi veux-tu ressembler quand tu seras grande ?

— À Jade Arial.

— Pas à ta mère ?

— Non.

— Tu ne la trouves pas belle ?

— Si.

— Mais tu ne veux pas lui ressembler ?

— Je ne peux pas lui ressembler.

Danton soupira. Titania se prêtait au jeu, mais son esprit était fermé hermétiquement et leur conversation tournait en rond. Il décida d'accélérer un peu la cadence.

— Maintenant, je te dis un mot et tu m'en réponds un autre. Un seul. La première chose qui te passe par la tête. Tu as compris ?

— Oui.

— Alors c'est parti. Œil ?

— Photo.

— Enfant ?

— Vêtements.

— Manger ?

— Nutriments.

— Voyage ?

— Ennui.

— Beauté ?

— Travail.

— Miroir ?

— Maquilleuse.

— Maman ?

— Menteuse.

Danton s'arrêta, et Titania, se rendant compte de ce qu'elle avait dit, éclata de rire.

— Tu vois, il est amusant mon jeu, dit Danton ! Pourquoi as-tu dit ça ?

— Je ne sais pas.

— Ta mère t'a déjà menti ?

— Oui.
— Plusieurs fois ?
— Oui.
— À quel propos ?
Titania tordit sa bouche et fronça son nez pour mieux réfléchir.
— Elle m'a juré que c'était la dernière fois. Plein de fois. Mais ce n'est jamais la dernière fois.
— La dernière fois que quoi ?
Titania pinça les lèvres.
— Je n'aime pas dire du mal de Maman.
— Quel âge as-tu, Daphné ?
— Neuf ans.
— Est-ce que tu vas bientôt fêter tes dix ans ?
— Oui. Peut-être. Le problème c'est que nous serons chez un ami de Maman à cette période.
Danton observa un silence. Il n'arrivait pas à sortir Daphné de son horizon étroit : celui de la vie mondaine et bohème d'une petite milliardaire de neuf ans.
— As-tu déjà subi des opérations esthétiques ?
— Oui, trois.
— Lesquelles ?
— Les oreilles, le nez et, la plus douloureuse, l'allongement des jambes.
— À quel âge ?
— Quand j'étais petite : les oreilles et le nez à quatre ans, les jambes à six.
— Et tu dois en faire d'autres ?

— Maman a dit qu'à l'adolescence, il y aurait sûrement beaucoup de choses à faire refaire. Elle dit que l'adolescence, c'est une catastrophe.

— Est-ce qu'elle-même passe beaucoup de temps dans les cliniques ?

— Je dirais, une semaine par mois.

— Et où vas-tu pendant ce temps ?

— Maman ne veut pas que je m'attache à une autre femme. Alors je suis gardée par maître Regenville. Et puis des fois, je reste toute seule.

— Maître Regenville n'est pas gentil ?

— Non.

— Et ta mère, quand elle revient ?

— Elle a souvent des douleurs, des migraines. Elle n'est pas en forme pendant quelques jours. Il ne faut pas lui parler.

— Et après ?

— Elle doit s'occuper de ses affaires.

— Que sais-tu de ses affaires ?

— C'est beaucoup d'argent, des choses très importantes. Et puis quand elle a fini, elle fait la fête. Je l'accompagne partout, c'est là que nous prenons toutes ces photos.

— Il y a des enfants, dans ces fêtes ?

Titania sembla surprise.

— Des enfants ? Non ! C'est pour ça que j'aurais aimé avoir un frère ou une sœur jumelle.

— À quand remonte la dernière fois que tu as parlé avec un enfant ?

Elle réfléchit, avec une moue exagérée.

— À Noël, quand nous avons fait les photos dans les grands magasins. Des enfants, il y en avait partout, et certains m'ont parlé.

Danton, habitué à tout écouter, même le plus choquant, avec le même air d'indifférence, ne marqua aucune réaction.

— Où prenez-vous vos repas ?

— Dans des restaurants où il faut se tenir droite. Et à la maison, on mange souvent des nutriments.

— Qui s'occupe de ton instruction ?

— Maman, quand elle a le temps. Et puis, je lis beaucoup. Et elle m'achète tous les Pédagobots que je veux.

Danton marqua une nouvelle pause. Il se leva pour débarrasser la table et jeta un œil dehors : le jardin était vert et frais.

— Veux-tu jouer un peu dans le jardin ?

Titania eut un large sourire, qu'il ne lui avait jamais vu lorsqu'elle était adulte.

— Je pourrai me salir ?

— Autant que tu veux, dit Danton en souriant.

Elle lui sauta au cou et l'embrassa sur la joue, avant de s'élancer dehors. Il la regarda un long moment par la fenêtre ; elle s'amusa d'abord à marcher en équilibre sur le rebord de la fontaine, puis elle disparut derrière la maison en criant à tue-tête.

Dans la maison silencieuse, si quelqu'un avait vu cet homme vieillissant retirer ses lunettes et plonger son regard myope dans le vide, il se serait demandé ce qu'il faisait. En réalité, il réfléchissait. L'enfance de Titania se dessinait progressivement. Une enfance solitaire, une mère narcissique, une pression quotidienne pour être belle. Tout ceci était triste, mais après tout relativement banal. Il devait y avoir autre chose, une chose qui s'était passée *après.* Une chose que Titania avait occultée, tout comme la mort de sa mère aujourd'hui.

Danton utilisa une technique respiratoire pour se détendre et ouvrir son esprit, puis récapitula : Titania avait tué sa mère après s'être précipitée dans ses bras. Irina avait dû dire quelque chose qui avait déclenché sa colère, et elle l'avait tuée sans réfléchir, d'instinct. Mais elle n'avait pas supporté cet acte et était revenue en arrière, comme avec les souvenirs 3D dont elle était coutumière et que l'on peut enregistrer, effacer ou rembobiner. Seulement, elle n'était pas revenue juste avant l'événement, ce qui était le cas le plus fréquent dans ce genre de traumatismes, mais dix ans en arrière. Pourquoi ? Pourquoi à cette époque précisément, celle de ses neuf ans ? Titania devait y voir la période la plus heureuse de sa vie. Il avait dû se passer quelque chose de terrible *après.* Quelque chose qui était lié au fait de tuer sa mère, parce que Titania s'était débarrassée de ces deux souvenirs d'un coup, comme s'ils faisaient partie d'un même ensemble. Qu'est-ce qu'une fillette pouvait éprouver pour sa mère, qui serait lié à sa mort ? Très probablement un désir de la voir mourir. Titania, après cet événement inconnu encore, que Danton ne devinait pour le moment qu'à travers des voiles inquiétants, en avait tellement voulu à sa mère qu'elle avait consciemment *souhaité* sa mort. Cela avait été le début d'une forme de haine, qui avait miné Titania jusqu'à maintenant. Une haine qui expliquait aussi bien sa disparition, ses addictions, son contrat spécial, que son acte de la chapelle expiatoire. Et cette haine, longtemps tournée contre elle-même, avait fini par atteindre son objet : Titania avait réalisé son désir, elle avait tué sa mère. Et cette vérité était si insupportable que son esprit s'en était débarrassé ensuite, effaçant toute trace.

Danton se leva, remit ses lunettes et sortit un instant dans le jardin pour voir où elle était. Elle grimpait maladroitement dans un saule. Qu'est-ce qu'une mère pouvait faire de pire à sa fille de dix ou onze ans ? Avait-elle laissé maître Regenville abuser d'elle ? Cela était possible ; toutefois, Danton n'y croyait pas particulièrement. Cela n'était pas cohérent avec le reste, or la psyché humaine était un labyrinthe doté d'une cohérence profonde, souterraine, qui était, comme une lueur diffuse, le seul guide du psychologue dans les ténèbres de l'esprit. L'acte d'Irina devait faire sens avec le contexte : cette enfance mondaine, cette médiatisation, ce contrat spécial. Il devait se rapporter à l'apparence, à la métamorphose. Les voiles opaques qui recouvraient encore l'événement se levaient petit à petit dans l'esprit de Danton. Apparence, métamorphose… chirurgie esthétique. Irina ne voulait pas que Titania grandisse, et elle l'avait maintenue en enfance à la force du scalpel... *Cela*, c'était cohérent.

Il manquait toutefois quelque chose : pourquoi Titania avait-elle sorti les griffes précisément à ce moment-là ? Que lui avait dit sa mère lorsqu'elle s'était précipitée dans ses bras ? Avait-elle pu exprimer son intention de tuer Jan et Mytho ? Cela était plausible. Et cette situation lui en aurait rappelé une autre...

Danton tenta de ralentir la cadence de son esprit pour mieux réfléchir ; mais des intuitions fulgurantes lui venaient maintenant sans qu'il puisse savoir si elles étaient dignes de foi ou produites par son imagination. En admettant qu'il ait raison et que la réaction de Titania ait été dictée par la répétition d'une situation similaire, cela voulait dire qu'Irina avait peut-être déjà menacé, d'une manière ou d'une autre, des personnes proches de sa fille. Un amoureux, ou simplement un animal de compagnie lorsqu'elle était enfant ? En tout cas, un être qui comptait beaucoup pour elle. Et c'est alors que Titania aurait commencé à la haïr...

Le soir, autour du repas frugal que Danton avait préparé, Titania parut un peu mélancolique. Elle demanda plusieurs fois combien de temps il était prévu qu'ils restent dans cet endroit. Danton tâcha de la rassurer et lui dit qu'ils partiraient le lendemain. Elle se coucha tôt, ayant à peine touché à son dîner.

Dans la pénombre de cette maison retirée, Danton composa d'abord un message à destination de Jan :

« *T. va bien, du moins, physiquement. J'avance dans la compréhension de son cas, mais pas dans la restauration de sa mémoire. Les souvenirs 3D qui nous intéressent concernent les conflits mère/fille. Mais également tout ce qui pourrait concerner un ami, un être auquel la petite D. aurait pu s'attacher dans son enfance. Tout me laisse à penser qu'I. l'aurait fait sortir de la vie de sa fille. Les souvenirs concernant des opérations ou des mutilations physiques seraient également précieux.* »

Puis, avec la sensation du devoir accompli, Danton appela son frère, qui décrocha presque tout de suite.

— Comment ça va ? demanda Robespierre, inquiet.

— Je n'avance pas beaucoup avec notre jeune amie. Mais elle est couchée, et maintenant c'est à Olympe que je pense.

Robespierre mit un moment avant de dire :

— Te retrouver dans la maison, ça doit être dur.

— Oui. Tous les objets me parlent d'elle, chacun me rappelle un souvenir. Le bol ébréché parce qu'elle l'avait fait tomber un jour où elle était de mauvaise humeur. Les livres qu'elle aimait. Son fauteuil.

Sa voix se brisa.

— Je n'arrive pas à réaliser qu'elle est morte, dit Robespierre tristement, à l'autre bout du fil.

— Dans cette maison, articula Danton, son absence est si vive, si réelle, si… physique !

Il pleurait trop à présent pour pouvoir parler, mais il resta ainsi un long moment au téléphone avec son frère, dans un silence entrecoupé de soupirs et de reniflements. Parfois, Robespierre demandait d'une voix navrée : « Tu es toujours là ? » et Danton articulait d'une voix presque éteinte : « Oui, Kamel. Je suis là. » Puis, lorsqu'il fermait les yeux, le spectre de son amie apparaissait derrière ses paupières, tendre, consolant, et il lui semblait qu'une main impalpable se posait doucement sur sa joue ruisselante.

Au Père-Lachaise

L'IMPRESSION IMMÉDIATE, lorsqu'on arrivait au Père-Lachaise par la rue du Repos, était toujours aussi étrange. Dans la profusion de verdure, les allées et les places de la ville des morts se perdaient à la vue. L'alignement des façades basses, orgueilleuses et ouvragées, les petites flèches gothiques, les minuscules vitraux, les portes de poupée que fermaient d'improbables serrures, semblaient sortis d'un conte où des lutins auraient construit une cité extravagante. Mais, depuis un siècle, il y avait aussi là des milliers de fantômes.

Surgissant souvent des tombes les plus récentes et les plus simples, à côté de mausolées anciens hérissés de pointes et de croix, des formes humaines vaguement luminescentes flottaient à quelques centimètres du sol, parfois un peu plus haut. Ancêtres souriants dans des vêtements démodés, jeunes filles parées comme pour une noce, hommes puissants bardés d'objet symbolisant leur métier, enfants blêmes et graves, les hologrammes présentaient toute la diversité de ces morts, qui se faisaient face sans se voir. Certains, moins perfectionnés, ne se voyaient bien que de face, et leur profil dessinait dans l'air un tremblement lumineux. D'autres, haut de gamme, semblaient occuper les trois dimensions de l'espace, telles des statues immatérielles. D'autres encore étaient équipés d'une Rémanence intégrée qui permettait à leurs veuves ou à leurs enfants de leur parler, si bien que la nécropole bruissait des frémissements et des murmures numériques du deuil.

Les célébrités qui faisaient encore la gloire de cette ville funèbre avaient elles aussi leurs fantômes. C'était LYD qui avait investi dans la confection de ces Rémanences, et ces fantômes-là étaient vénaux, ne s'activant qu'après avoir reçu leur obole. Chopin, sur un piano transparent, égrenait ainsi à la demande ses notes mélancoliques. Jim Morrison, insolemment, répondait aux interviews. Molière et La Fontaine, en perruques, étaient dotés de Rémanences particulièrement sophistiquées qui leur permettaient de tenir une conversation en insérant des répliques de leurs propres œuvres. Sarah Bernhardt récitait des tirades tragiques avec de grands gestes théâtraux. Au pied de ces tombeaux illustres, un lecteur en forme d'urne noire, où se voyait à peine le discret logo de LYD, permettait de diffuser l'hologramme et d'activer la Rémanence moyennant paiement.

Jan et Mytho cherchaient la division 85. Des plans interactifs, mis à disposition partout, leur avaient donné la direction : Proust était enterré non loin du crématorium, à l'autre bout du cimetière. Tandis que Jan se taisait, saisi par la puissance poétique du lieu, Mytho ne cessait de s'esclaffer et de sursauter.

— Ah ! Celle-ci m'a fait peur, regarde !

Au-dessus d'une tombe toute simple, qui portait le nom « Jeanne Cheng », une belle femme brune aux longs cheveux dénoués paraissait les suivre du regard.

— Comment allez-vous, chère amie ? lança Mytho.

— Bonjour, articula la Rémanence d'une voix qui paraissait venir de sous terre.

— Il fait beau, n'est-ce pas ?

— Le risque de pluie avoisine les 83 %.

Mytho se tourna vers Jan et éclata de rire.

— Tu parles d'une conversation ! se moqua-t-il.

— Arrête, dit Jan, mal à l'aise.

— Qu'est-ce qu'il y a ? Tu nous la joues « un peu de respect pour les morts » ?

Mytho pouvait parfois être exaspérant avec sa manie de tout tourner en dérision. Jan décida de ne pas répondre et allongea le pas. D'ailleurs, la morte n'avait pas tort : les nuages s'amoncelaient et il y avait fort à parier qu'ils seraient trempés bien avant d'arriver à la division 85.

— Mais les morts n'ont rien à voir là-dedans, les pauvres ! Moi, je me moque de tous ces artifices ridicules créés par les vivants.

Comme Jan ne répondait toujours pas, Mytho reprit :

— Ta mère est enterrée ici ?

— Division 61.

Mytho eut une moue comique.

— Ne me dis pas qu'elle a un hologramme ?

— Non, bien sûr que non… Et maintenant, tais-toi et avance, ou nous allons prendre la pluie !

En effet, les nuages crevèrent quelques instants plus tard et une pluie froide se mit à tomber sur le Père-Lachaise. Les promeneurs se protégeaient sous les porches des mausolées, ou couraient se mettre à l'abri. Certains, prévoyants, avaient des dispositifs antipluie dans leurs vêtements et continuaient leur chemin. Jan, émerveillé, regardait quant à lui à sa droite et à sa gauche les hologrammes dont la lumière bavait sous l'assaut de la pluie. Des arcs-en-ciel fleurissaient aux mains des fantômes et toutes ces taches, qui paraissaient soudain plus lumineuses dans l'assombrissement de l'orage, ondulaient et tremblaient comme des feux follets.

Ils arrivèrent essoufflés et trempés au niveau du crématorium et prirent à gauche en direction de la tombe de Marcel Proust. C'était une tombe simple, géométrique, de marbre noir. On pouvait y lire, en lettres d'or, le nom de l'auteur ainsi que ses dates de naissance et de décès : 1871-1922. Rien d'autre. L'hologramme du romancier flottait à travers la pluie ; emmitouflé de fourrures, il paraissait mourir de froid au-dessus de sa propre tombe.

— Pas de Collectionneur à l'horizon…

— Tu ne pensais pas que le type serait planté là comme dans un jeu vidéo, à nous attendre patiemment sous la pluie ?

Jan haussa les épaules et se pencha, indifférent à l'eau qui coulait dans son cou, pour observer l'appareil qui permettait de lire l'hologramme.

— Tiens, ce n'est pas le même que pour les autres célébrités…

Le lecteur n'avait pas la forme d'une urne noire, mais celle d'un simple cube, et il ne portait aucun logo commercial.

— C'est l'œuvre d'un particulier, commenta Mytho. Ton Marcel Proust n'est pas assez populaire pour que LYD investisse sur sa Rémanence, on dirait…

Jan leva les yeux au ciel.

— Qui, alors ?

— Un proche ?

— Ça ne tient pas debout. Il n'a pas eu de descendance. Et il est mort depuis deux siècles, je te signale…

— Je ne sais pas, moi, son fan-club ?

— Ou quelqu'un qui lui voue un culte particulier. Quelqu'un de très riche, continua Jan, qui a un lien spécial avec sa tombe…

— Le Collectionneur ! s'exclama Mytho.

Jan se planta en face de l'hologramme, qui, le visage pâle et pénétré, ne paraissait pas le voir.

— Bonjour, articula Jan.

L'hologramme braqua les yeux dans sa direction.

— Longtemps, je me suis couché de bonne heure, répondit-il d'un ton rêveur, la voix légèrement nasillarde.

— Ça commence bien ! grogna Mytho entre ses dents.

— C'est la première phrase de son roman, expliqua Jan.

Puis il ajouta, à destination de l'hologramme :

— Je cherche le Collectionneur.

— Grave incertitude, toutes les fois que l'esprit se sent dépassé par lui-même ; quand lui, le chercheur, est tout ensemble le pays obscur où il doit chercher et où tout son bagage ne lui sera de rien. Chercher ? pas seulement : créer. Il est en face de quelque chose qui n'est pas encore et que seul il peut réaliser, puis faire entrer dans sa lumière.

— J'espère que ce n'est pas une énigme, parce que je ne suis pas d'humeur, siffla Mytho.

— Non, répondit Jan. Je pense que c'est une question de formulation.

Il essaya de nouveau :

— Où se trouve le Collectionneur ?

— Les êtres ne cessent pas de changer de place par rapport à nous. Dans la marche insensible mais éternelle du monde, nous les considérons comme immobiles, dans un instant de vision trop court pour que le mouvement qui les entraîne soit perçu.

— Encore raté, murmura Mytho.

— Pouvez-vous m'indiquer comment parler au Collectionneur ?

— Parfois dans ces derniers jours d'hiver, nous entrions avant d'aller nous promener dans quelqu'une des petites expositions qui s'ouvraient alors et où Swann, collectionneur de marque, était salué avec une particulière déférence par les marchands de tableaux chez qui elles avaient lieu.

— Il déraille complètement, s'agaça Mytho. Et je te signale que la pluie ne s'arrête pas.

— Qu'est-ce que tu proposes ? demanda Jan en élevant la voix. De laisser tomber les puces-mémoire ?

Mytho soupira et se tut. Cependant, au mot de « puces-mémoire », la Rémanence avait eu une réaction singulière.

— Je vous demande pardon ? demanda-t-elle avec douceur.

— Nous cherchons des puces-mémoire, dit Jan.

— Non, nous *vendons* des puces-mémoire, corrigea Mytho.

Jan regarda Mytho d'un air inquiet, en serrant dans sa poche la puce 851 qu'il n'avait jamais envisagé de vendre.

La Rémanence avait manifestement cessé de citer des extraits du roman pour leur délivrer enfin une information.

— Si c'est pour affaires, je vous prie de bien vouloir vous rendre d'ici trente minutes au café des Trois Octets. Un message sera délivré au Collectionneur.

— Bon, eh bien, on ne va peut-être pas continuer à se les geler trop longtemps dans ce cimetière ! s'exclama Mytho.

— Je me souviens (et j'anticipe ici) qu'au cimetière, où on la vit, comme une apparition surnaturelle, s'approcher timidement de la tombe et semblant regarder un être envolé qui était déjà loin d'elle…

— Bon sang, voilà qu'il recommence avec ses extraits ! dit Mytho.

— Tu as raison, répondit Jan, ne restons pas ici.

***

Le café des Trois Octets offrait un contraste bienvenu avec le cimetière glacé dont ils sortaient. Situé à quelques pas du Père-Lachaise, sur l'avenue Gambetta, il parut aux deux jeunes gens agréablement surchauffé et bruyant, grouillant de vivants, et d'une modernité presque tapageuse… Les Servibots prenaient les commandes dans toutes les langues et les nourritures clonées que l'on servait ici n'avaient pas leurs pareilles en termes de saveurs. Un fumet de viande, odeur de plus en plus rare, réchauffait les narines et le brouhaha ambiant constitué des bavardages, des sonneries ininterrompues des RV et d'une musique électronique un peu trop forte imposait une atmosphère chaleureuse.

Jan et Mytho demandèrent le Collectionneur et on leur répondit qu'il n'était pas encore là. Aussi se laissèrent-ils aller à la tiédeur du lieu et commandèrent une fricassée de muscles de bœuf. Il n'y avait plus, depuis longtemps, de côte ou d'échine, de pilons, d'ailes, de jambon ou d'épaule : la viande qui dégageait ce délicieux fumet n'avait jamais appartenu à un animal vivant, ce n'était qu'un amas géométrique de cellules musculaires reconstituées. Cela n'empêcha pas Jan, qui avait eu froid, de manger de bon appétit, tandis que Mytho, habitué aux privations de la rue, eut comme d'habitude du mal à finir son assiette.

Ils avaient à peine terminé que le Collectionneur arriva. Très art' dans sa tenue, il semblait venir tout droit de la Belle Époque, avec sa canne à pommeau d'argent, son chapeau rigide, sa lavallière, son gilet fleuri, sa veste qui lui descendait à mi-cuisses et ses bottines impeccablement cirées. Il sentait bon, un parfum subtil, probablement très cher, qui disait à lui seul tout le luxe de sa toilette. L'homme eut une moue un peu méprisante en voyant Jan et Mytho, qui ne ressemblaient à rien dans la débâcle de leurs vêtements et de leurs cheveux trempés.

— Vous vouliez me voir pour affaires, je crois ?

Mytho, en entendant le phrasé aristocratique du nouvel arrivant, faillit lâcher une imitation ou une remarque ironique, mais Jan le fusilla du regard et il s'abstint.

— Oui, dit Jan. Nous sommes vivement intéressés par les puces-mémoire de Titania, dont vous avez acheté, paraît-il, une bonne partie.

Le Collectionneur se raidit un peu.

— Je ne suis pas sûr de bien comprendre. Tout le monde sait sur la place que je ne souhaite pas vendre, mais acheter.

— Oui, mais nous avons justement une puce à vendre, déclara Mytho, le visage chafouin.

Jan ouvrit la bouche pour se récrier, puis se tut. Il était maladivement attaché à ce souvenir 851, mais si c'était là leur seule monnaie d'échange, il comprenait qu'il ne pourrait probablement pas le conserver.

— Une puce de Titania ?

— Oui. La plus récente. Celle qu'elle a insérée dans son hub au moment de mourir chez Morgane Corp.

Le Collectionneur ne posa aucune question ; il semblait parfaitement au courant de tous les détails des déboires de Titania et s'assit en face d'eux, cérémonieusement, en lissant ses vêtements.

— C'est une puce à laquelle je suis personnellement très attaché, renchérit Jan, car je figure dans ce souvenir. Un souvenir amoureux, d'une très belle intensité.

— Il faudrait, avant toute chose, que je l'essaie.

Jan et Mytho se regardèrent, déroutés. Le Collectionneur parut vexé de leur réaction.

— Avez-vous peur que je parte avec ? Que je vous la vole ?

— Non, bien sûr, fit Jan. Mais nous voudrions être sûrs que vous avez quelque chose à nous échanger d'une valeur équivalente.

— Quel genre de puces cherchez-vous ?

— Nous cherchons des souvenirs de Titania. D'autres souvenirs, plus anciens.

— Si vous avez les numéros, je peux vérifier que je les ai en ma possession.

— Nous n'avons pas leurs numéros, ni la moindre idée de leur contenu, et ce que nous cherchons est assez vague.

Le Collectionneur se mit à pianoter, du bout de ses ongles longs et nacrés, contre le carreau de la table.

— Je suis tout ouïe.

— Quelque chose qui serait en rapport avec… un traumatisme, la perte d'un compagnon ou d'un être cher, une punition infligée par sa mère, ou une opération esthétique…

Le Collectionneur fit la moue.

— Vaste programme, observa-t-il. Titania a toujours eu une utilisation très personnelle des enregistrements de souvenirs 3D. La plupart des gens cherchent à archiver les bons souvenirs, point à la ligne. Certains, à créer des instants parfaits.

— C'est ce qu'elle a fait avec le souvenir que je veux vous vendre.

— Oui, il y en a quelques-uns de cet ordre-là, toujours très esthétiques, d'ailleurs. D'une qualité presque artistique. Mais ce n'est pas le gros des troupes.

Mytho fronçait les sourcils, intrigué, tandis que Jan avait du mal à contenir son étonnement.

— Quels genres de souvenirs a-t-elle enregistrés ?

— Eh bien, je dirais ceux qui sont importants pour son identité. Des souvenirs déterminants. Parfois bons, le plus souvent mauvais.

Jan digérait cette nouvelle information, la superposant à tout ce qu'il connaissait déjà de Titania et, intimement, il savait que le Collectionneur voyait juste. Tout comme Jan avait peur de la perdre, Titania avait peur de se perdre elle-même. Les souvenirs 3D qu'elle avait amassés avec une sorte de fureur étaient une manière de se raccrocher à un « moi » objectif, mobilisable, identifiable. Et c'est justement pourquoi ils pouvaient lui être aujourd'hui d'un immense secours.

— Si le souvenir 851 que j'ai en ma possession vous intéresse, combien de souvenirs êtes-vous prêts à céder en échange ?

Le Collectionneur eut un rictus un peu dédaigneux :

— Je n'avais pas envisagé de vous en céder plusieurs.

— Allons, il s'agit du souvenir qu'elle a choisi pour le moment de sa propre mort ! C'est une pièce légendaire, dit Mytho. Vous pouvez bien vous débarrasser de quelques mauvais souvenirs en échange de celui-ci.

Le Collectionneur prit son RV et ouvrit un fichier qu'il suspendit dans l'air afin que Jan et Mytho puissent le consulter en même temps que lui. Il s'agissait d'un répertoire, portant le numéro du souvenir, sa date et une brève description de son contenu.

— Titania serait contente de voir comme vous prenez soin de ses souvenirs, remarqua Jan. Elle-même les rangeait avec un soin maniaque.

— Tous les collectionneurs tiennent à jour des catalogues, dit-il en haussant les épaules. Cela n'a rien d'étonnant.

Jan et Mytho le suivirent dans ses manipulations. Il ouvrit un moteur de recherche et entra les mots « opérations chirurgicales ». Une douzaine de fichiers apparurent, classés par ordre alphabétique. Ablation des seins. Affinement des poignets. Ajout d'une vertèbre cervicale. Allongement des doigts. Augmentation mammaire. Clarification de la peau. Dessin des paupières. Lissage de la peau. Implantation des griffes. Implantation du hub. Reconfiguration de l'ovale facial. Redressement du rachis. Réduction du nez. Tatouage épaule. Tatouage intérieur cuisses. Tatouage nuque.

— Tout ça ! s'exclama Mytho. Et vous êtes en train de me dire que chacune de ces opérations est un souvenir déterminant pour elle ?

— Évidemment, répondit le Collectionneur. Vous ne semblez pas très familier de la construction personnelle… Toute modification est un acte très fort pour le liberton.

Jan se concentrait.

— Ablation des seins, finit-il par dire. Pouvez-vous vérifier la date ?

— Elle avait douze ans, calcula le Collectionneur.

— Celui-ci nous intéresse, dit Jan. Y a-t-il des souvenirs de disputes ?

— Oui, mais ils sont le plus souvent assez incompréhensibles, car le souvenir a généralement été enregistré dans le feu de l'action et on n'en saisit pas forcément les tenants et aboutissants. Ils sont très chargés d'émotions, en revanche.

— Pouvez-vous rechercher des disputes avec Irina ?

Le Collectionneur s'exécuta et le moteur de recherche trouva quatre souvenirs : « Déclaration de haine » ; « Deuil de Jem » ; « Retour première fugue » ; « Rupture avec Artus ».

— Ce Jem, il apparaît dans d'autres souvenirs, antérieurs ? demanda Jan.

— Oui. Il s'agit d'une fille, de l'âge de Titania, avec qui elle enregistre des chansons et organise des performances…

— Quel âge ? s'enquit Mytho.

— Dix, douze.

— Le fichier « Deuil de Jem » est répertorié dans les disputes avec Irina, vous rappelez-vous pourquoi ?

— Oui. Le souvenir est celui d'une dispute entre Titania et sa mère, à propos de la disparition de cette petite fille.

Mytho et Jan échangèrent un regard. Ce souvenir-là les intéressait particulièrement, mais il ne fallait pas le laisser voir. Mytho prit la parole :

— Et vous rappelez-vous ce qu'il y a dans « Déclaration de haine » ?

— C'est une dispute provoquée par Titania, qui commence par une tirade apprise par cœur, qu'elle récite à sa mère.

— Quelle artiste, commenta Mytho, amusé. Déjà toute petite, elle avait l'art de la mise en scène…

— Nous pourrions éventuellement être intéressés par trois ou quatre de ces souvenirs, fit Jan. Mais je ne suis pas sûr que nous trouvions des souvenirs de la valeur du n° 851. Vous avez de quoi le lire ?

Le Collectionneur acquiesça et Jan, à contrecœur, lui tendit la précieuse puce. Le dandy rectifia une mèche de ses cheveux, inséra l'objet dans son hub puis il ferma les yeux. Jan et Mytho le regardèrent pendant une minute. Il respirait de plus en plus fort alors qu'une rougeur montait à ses joues. Il paraissait plus que sensible aux émotions de Titania, et lorsqu'il rouvrit les yeux, ses pupilles étaient dilatées comme après un baiser.

— Vous êtes un drôle de type, lâcha Mytho.

Le Collectionneur, comme s'il avait consommé une drogue, avait perdu un peu de sa retenue :

— Quel moment… articula-t-il, et quelle femme !

— Entrer comme ça dans la mémoire des gens, ça ne vous dégoûte pas ?

— Tout dépend de la mémoire de qui, jeune homme ! Je n'entrerais certainement pas volontiers dans la vôtre. Mais en elle… C'est comme la posséder.

Jan se sentit mal à l'aise, conscient que le Collectionneur venait de l'embrasser virtuellement.

— Nous voulons les puces relatives à l'« Ablation des seins », à la « Déclaration de haine » et au « Deuil de Jem », dit-il d'une voix froide. Plus trois autres souvenirs heureux de votre choix, dont un avec Jem.

Le Collectionneur ouvrit la bouche pour marchander, puis se ravisa. Il venait de lire la puce et savait combien le souvenir que Jan lui cédait était précieux pour lui. Il ne discuta pas et d'un geste sec retira la puce de son hub.

— Sur la tombe, dans une heure, dit-il en la posant doucement sur la table. Vous aurez ce que vous demandez.

Dehors, la pluie avait cessé et les milliers d'hologrammes se reflétaient sur les marbres mouillés et les pavés luisants. On eût dit que les tombes s'ouvraient pour livrer passage à des êtres encore plus tremblants et fugaces que les pâles répliques des morts qui frissonnaient déjà dans l'air humide.

Choc mémoriel

Le soir tombait et, par les larges hublots, on pouvait voir la tour de LYD qui dominait les abords de la porte de Saint-Cloud. Titania, la langue légèrement sortie à force de concentration, se redressa soudain brusquement au-dessus de l'échiquier, saisit son cavalier et le fit avancer. Danton fut surpris. Ce coup n'était pas courant et il ne l'avait vu jouer qu'à une seule occasion : lors d'une partie qui avait opposé en 2098 l'I.A. de LYD à Lei Zhong, la plus grande joueuse d'échecs du XXIe siècle.

— Tu joues souvent ? demanda-t-il.

— Non, dit Titania, mais je compte bien m'y mettre. Mon coup était bon ?

— C'était un coup de maître, dit Danton, et même peut-être de grand maître…

Titania avait donc appris les échecs, et même étudié les parties célèbres, à un moment donné entre ses dix ans et aujourd'hui… Il découvrait, à l'occasion de leur vie commune, des bribes d'informations de ce genre, qu'il assemblait peu à peu en un immense puzzle. Titania se *souvenait* de son avenir, en quelque sorte, du moins lorsque ses flashes ne menaçaient pas de lui rappeler qu'elle venait de tuer sa mère.

Il réfléchissait à la meilleure manière de jouer le coup suivant lorsque le heurtoir de la péniche se fit entendre. Titania se désintéressa immédiatement du jeu et sauta à terre :

— C'est Maman ?

— Non, Daphné. Ce sont les amis que tu as vus l'autre soir, Jan et Mytho.

— Ah, fit-elle, déçue.

Les deux jeunes gens s'encadrèrent à la porte et elle les salua du bout des lèvres.

— Mais où est Maman ? demanda-t-elle, entêtée, à Danton, alors que les trois hommes s'installaient en silence.

— Tu le sais bien, dit Danton.

— Non, dit-elle, agacée. Sinon je ne vous le demanderais pas.

— Si, tu le sais, dit-il avec douceur, mais comme cela ne te plaît pas, tu as préféré l'oublier.

Titania fit une moue boudeuse et se rassit en face de l'échiquier.

— Je parie que vous n'allez pas finir la partie, grommela-t-elle.

Interdit, Jan ne pouvait s'empêcher de la fixer. Elle lui jeta un œil noir et s'appliqua ensuite à ne plus le regarder.

— Est-ce que tu aimes les puces 3D, Daphné ?

Elle haussa les épaules, toujours irritée. Mytho était en train de sortir le matériel : un casque d'immersion 3D et six petites puces qui ressemblaient à des bonbons nacrés.

— Il faut commencer par les événements qui ont eu lieu au plus près de son âge, dit Danton.

— Allons-y.

Titania regarda la ligne de puces devant elle et saisit délicatement celle que Mytho lui présentait.

— Ce sont les petits cailloux pour retrouver mon chemin ? demanda-t-elle.

— C'est exactement cela, dit Danton d'un air rassurant. Tu es habituée aux puces ? Tu ne vas pas vomir ?

Un nouveau haussement d'épaules, puis Titania enfila le casque et, sans l'aide de personne, inséra la puce. Ce qu'elle vit aussitôt lui parut familier : elle se retrouvait les mains moites, essoufflée, au moment d'entrer en scène avec une autre petite fille qui ne cessait de la faire rire. Cette autre petite fille, qui s'appelait Jem et pour laquelle Daphné éprouvait une véritable adoration, était déguisée. D'ailleurs peut-être l'était-elle, elle aussi. Des sentiments mêlés imprégnaient le souvenir. Elle regardait avec amour cette petite personne qui illuminait son quotidien depuis qu'elle était entrée dans sa vie, l'entraînant dans ses folies et lui faisant voir un côté de l'existence dont elle ignorait tout. Toutes deux entraient en scène et se mettaient à chanter une chanson idiote, entre deux rires nerveux, ne jetant pas un œil au public qu'on devinait à peine dans le champ de vision. Puis des applaudissements retentissaient et l'enregistrement se terminait.

— Où est Jem ? demanda-t-elle en revenant à elle. Ça fait longtemps que je ne l'ai pas vue.

— Tu te souviens de ce jour-là ?

— Oui, bien sûr, c'est l'un de mes souvenirs préférés. C'était dans le yacht d'un ami de Maman, nous avions organisé un petit spectacle... Jem avait fait tellement de bêtises que j'en avais des crampes au ventre à force de rire...

— Les parents de Jem étaient là, eux aussi ?

Titania fronça les sourcils et ses yeux violets, un instant, se voilèrent.

— Oui. Mais eux n'ont pas passé une très bonne soirée, je crois. C'est ce que Jem m'a dit, après.

— Pour quelle raison ? s'enquit Danton.

— Parce que ni Maman ni personne ne leur a parlé.

— Et tu sais pourquoi ?

— Non. Les fois d'après, Jem est venue toute seule, sans ses parents.

Danton échangea un regard avec Jan, qui imaginait sans peine le mépris de classe d'Irina Morgovic face à un couple de la petite bourgeoisie. Danton avait manifestement suivi le même raisonnement.

— Où as-tu rencontré Jem ?

— Au jardin du Luxembourg, un jour que maître Regenville m'y avait laissée toute une après-midi. J'étais seule et j'avais joué avec Jem, puis ses parents avaient attendu avec moi le retour de mon garde du corps…

— Que font-ils dans la vie, les parents de Jem ?

Titania haussa les épaules.

— Je ne sais pas, ils travaillent… Quelle puce faut-il que je prenne maintenant ?

Mytho et Jan échangèrent un regard hésitant.

— Continuons sur Jem, si c'est possible, suggéra Danton.

Jan soupira, puis se saisit de la quatrième puce. Il savait qu'il s'agissait d'un souvenir perturbant, l'un de ceux qui pourraient peut-être déclencher quelque chose. Et il avait peur. Peur que l'apparente sérénité de Titania ne vole en éclats. Peur que la petite fille de neuf ans n'ait à affronter à nouveau une douleur insurmontable. Que la Titania qu'il voulait retrouver ne remonte jamais à la surface, qu'elle continue sa noyade abyssale.

Titania prit la puce, la regarda et l'inséra à son tour. Jan vit son visage paisible se contracter presque immédiatement et des plis de douleur amère déformer sa bouche. Avaient-ils le droit de la torturer ainsi ?

Titania, cependant, vivait à nouveau la détresse aiguë, ardente, de la petite Daphné qu'elle avait été. Un sentiment de perte irréparable, une douleur mentale effroyable le disputaient dans son cœur à une colère qui emportait tout le reste. Le maelström d'émotions était trop violent pour qu'une information claire s'en détache, mais ce souvenir concernait, à n'en pas douter, Jem. Elle lui avait été enlevée, arrachée, et son absence la lançait comme une atroce blessure. Soudain apparut devant elle le visage d'Irina, de marbre, presque moqueur. Sa mère la fixait de ses yeux durs.

— Mais comment t'as pu me faire ça ? hurlait Daphné d'une voix altérée par les sanglots.

— Ma chérie, il n'y a rien eu de plus simple. J'ai proposé à ses pauvres parents un travail très bien rémunéré en Nouvelle-Zélande. Ils n'ont pas hésité un seul instant.

— Mais pourquoi ? Pourquoi ?

— Parce que j'en avais assez, Daphné… Cette petite était très envahissante et tu ne voulais plus rien faire sans elle. Et puis franchement, quel piètre exemple pour toi ! Toujours à enregistrer des souvenirs… Regarde-toi, on dirait que tu dors avec ton casque sur la tête !

Daphné se raidit puis articula :

— Je ne te le pardonnerai jamais !

Et le souvenir s'arrêta.

Titania, lors de la lecture de la première puce, s'était comportée comme si elle découvrait le souvenir d'une personne extérieure. Mais lors de celui-ci, elle s'était totalement fondue dans son moi précédent, à tel point que Danton, Jan et Mytho l'avaient entendue hurler ses propres répliques, ses yeux furieux regardant dans le vide. Elle jetait à présent le casque avec colère, et Mytho ne put s'empêcher de vérifier qu'elle ne l'avait pas cassé tandis que Danton lui tendait un mouchoir. Jan, toujours tétanisé, la contemplait avec une terrible fascination.

— Tu es en colère contre ta mère, n'est-ce pas ? murmura Danton.

— Je la *hais*, siffla Titania. Elle n'a pas pensé une seule seconde à ce que ça allait me faire. Elle a fait ça comme ça, un coup de téléphone et hop ! Je me suis toujours demandé si elle ne les avait pas tout simplement fait tuer, tous les trois, par Regenville. Je n'ai jamais retrouvé trace de Jem en Nouvelle-Zélande.

— Tu es allée en Nouvelle-Zélande ? demanda Mytho.

— Bien des années plus tard, dit Titania.

Jan remarqua qu'elle avait repris sa voix d'adulte. Il avança sa main vers la sienne.

— Titania, tu me reconnais ?

Elle leva les yeux vers lui puis quelque chose se brisa sur son visage. Un instant Jan avait cru l'avoir retrouvée, et voilà qu'elle montrait à nouveau cet air boudeur et puéril qui le tenait à distance.

— Je m'appelle Daphné, le corrigea-t-elle sèchement.

D'un geste, Danton supplia Jan de se taire et, les larmes aux yeux, celui-ci s'exécuta. Mytho avait déjà préparé la puce suivante.

— C'est encore un peu douloureux comme souvenir, prévint-il. L'opération.

Danton réfléchit un long moment, puis, devant l'air hagard de Titania, il acquiesça.

— Ne vaut-il pas mieux lui laisser le temps de se remettre ? supplia Jan à mi-voix. J'ai peur que…

— C'est un risque à prendre… Car nous devons aussi faire vite.

Titania laissa Mytho insérer lui-même la puce dans le casque et le disposer sur sa tête. Quand elle manifesta les premiers signes de souffrance, Jan se leva précipitamment. Il fit les cent pas pendant toute la durée du souvenir, qu'il avait lu, et dont il connaissait l'insupportable teneur. La petite Daphné, à douze ans, avait été emmenée sans qu'on la consulte dans une clinique où elle s'était réveillée après quelques heures, une douleur atroce dans la poitrine et un bandage autour des seins. Ses petits seins qu'elle chérissait et dont elle observait chaque jour la floraison dans son miroir, n'étaient plus que des sacs vides et sanglants. L'enfant avait alors saisi son casque pour enregistrer ce souvenir : elle avait dénoué son bandage, malgré la douleur, et filmé son image dans le miroir tout en versant des larmes intarissables. Ce n'était pas un souvenir de pure rage, comme celui d'avant, plutôt celui d'une infinie tristesse. Rien qu'en y pensant, Jan avait envie de pleurer. Et lorsqu'il se retourna pour regarder Titania, il constata que les mêmes larmes intarissables coulaient maintenant sur son visage de poupée.

— On continue ? fit Mytho. Il y a là aussi sa déclaration de haine envers sa mère…

Danton hésitait. Titania semblait absorbée en elle-même, aveugle, sourde et muette.

— Ça suffit, s'écria Jan. Elle est sur le point de craquer, vous allez la briser !

— Ne faut-il pas tout essayer ? demanda Danton.

— Pas tout de suite, pas maintenant... Laissez-moi seul avec elle, je vous en prie ! Quelques minutes...

Après un regard entendu, Danton et Mytho s'éclipsèrent et Jan s'assit à côté de Titania. Il ne savait pas par où commencer ; les mots affluaient en désordre et se mouraient au bord de ses lèvres. Il avait envie de la toucher mais se l'interdisait formellement.

— Au bout de ton histoire, tu es une jeune femme si séduisante que tout le monde se retourne sur ton passage.

Titania leva les yeux vers lui, sans cesser de pleurer.

— Tu es devenue si belle qu'un homme t'a composé un poème.

Elle continua à le regarder, d'un air interrogateur.

— Il t'appelle « reine de chair et de diamants ». Est-ce que tu voudrais l'entendre, ce poème ?

Titania renifla et fit « oui » de la tête.

— *Flottant dans le ciel blême au-dessus des structures,*
Suivant aveuglément la courbe programmée
De mon désir, de mon effroi, de mes censures
La beauté entre en moi comme un frisson glacé.

Au ventre du Serpent aux écailles nacrées,
L'espace est refermé et le temps immobile
Suspend l'acte interdit de ma main malhabile
Tandis qu'un vent balaie l'Histoire et les Cités.

Qui es-tu, fille de neige et d'artifice ?
De quel millier de noms couvres-tu le calice
Rayonnant et secret de ton identité ?

Qu'étreindrai-je ce soir, miracle ou maléfice,
Quand ma main brisera comme en un sacrifice
L'éblouissante glace de ta nudité ?

— Il n'y a pas « reine de chair et de diamants » dans ce poème, dit-elle d'une petite voix mal assurée.

— C'est parce qu'il t'en a composé plusieurs. Tu veux en entendre un autre ?

Elle fit à nouveau « oui » de la tête.

— *Sur la cime isolée des montagnes urbaines,*
Le monde en équilibre entre nuit et silence
Tournoie dans une main d'ivoire souveraine,
Et j'attends en tremblant que l'infini commence.
Mais qui es-tu, reine de chair et diamants
Dont les éclats d'étoile ont des lueurs dansantes
Mais dont la lèvre épaisse et la main frissonnante
Exhalent le parfum terrestre des amants ?

Titania avait cessé de pleurer et regardait comme à l'intérieur d'elle-même. Elle avait le visage tendu de quelqu'un qui cherche à se rappeler un vers oublié. Puis elle murmura :

— *Je t'ai aimée, fille de neige et d'artifice*
Reine de chair et de diamants, je t'ai aimée
Chef-d'œuvre de rêve et de sang, beauté factice…

Et Jan acheva *:*

— *Il se peut, mon amour, que je désobéisse*
Aux lignes des destins que ta main a tracées.

Ils se regardèrent un long moment. Et puis, sans crier gare, Titania embrassa Jan sur les lèvres, avec une douceur enfantine.

— Je me souviens de toi, Jan, dit-elle en se dégageant. Mais je me sens si confuse…

Jan aurait voulu suspendre ce moment. Il n'osait ni parler ni bouger, de peur de la perdre à nouveau.

— Quels sont tes derniers souvenirs ? finit-il par demander.

— Je me souviens de la chapelle expiatoire… De l'assaut donné contre nous. Et puis, des bruits, des flashes, un VP… Que s'est-il passé là-bas ? Est-ce que nous sommes en danger ?

Jan soupira un long moment. Il était sur le point de tout lui raconter lorsque d'autres mots, des mots qu'il n'avait pas prémédités, sortirent de sa bouche :

— Il s'est produit quelque chose de terrible pendant l'assaut, Titania. Tu étais en train de parler calmement avec ta mère, et vous aviez l'air presque réconciliées. Et puis, quelqu'un a envoyé une lame dans sa gorge.

Titania l'écoutait avec avidité.

— Elle est morte ?

— Oui. Lorsque tu l'as vue, tu as sorti tes griffes, mais l'assaillant était trop éloigné. Tu as essayé de secourir ta mère et puis quand tu as vu qu'il n'y avait rien à faire, tu as fui avec nous. Loquart nous a exfiltrés avec son VP. Mais le Réseau a vu tes griffes tachées de sang. Beaucoup de gens croient que tu l'as tuée.

— Mais ce n'est pas moi ? C'est quelqu'un qui l'a visée avec une lame ?

Jan hésitait au seuil de ce mensonge qu'il venait d'inventer. Avait-il le droit de la protéger d'elle-même ?

— Non, ce n'est pas toi. Tu l'as juste vue mourir. Ça s'est passé pendant l'assaut. Elle est morte en nous empêchant de terminer notre procès.

Titania respirait de manière un peu saccadée. Elle sourit tristement.

— Le procès… Il était bien, n'est-ce pas ? Nous avons fait de l'audience ?

— Une audience à tout casser.

— Et elle est morte.

— Oui.

Titania se cala au fond de sa chaise. Ses yeux ne parvenaient pas à se poser quelque part et elle respirait toujours bruyamment.

— C'est drôle, dit-elle.

Jan, qui avait pris sa main et la caressait doucement, attendit.

— Je me sens presque soulagée de savoir qu'elle ne me fera plus de mal.

— Mais il reste Regenville et toute la meute. Nous devons mettre à exécution le plan de Loquart, dès que tu seras suffisamment remise…

— Le plan de Loquart, répéta-t-elle docilement.

— Tu t'en souviens ?

— Changer de visage, dit-elle d'une voix absente. Changer une dernière fois de visage.

— Est-ce que tu te sens capable de ça ? Tu dois te faire opérer à Londres.

— Et toi ?

— À Rome.

— Alors je te rejoindrai là-bas.

— Comment nous retrouverons-nous ?

— Il n'y a pas une fontaine, à Rome ?

Jan revit les images en noir et blanc d'un vieux film italien du XXe siècle, *La Dolce Vita*, où une magnifique blonde en robe du soir se baigne dans la fontaine de Trevi.

— La fontaine de Trevi…

Titania sourit :

— C'est ça. Attends-moi là-bas, en écrivant des poèmes sur le mur de ton RV. Je saurai bien te retrouver, dit-elle. Ton visage va me manquer.

— Pourtant, il n'y a pas si longtemps, tu voulais le faire refaire…

— Et toi, tu ne voulais pas que je change le mien.

— Je t'ai perdue tant de fois, Titania…

Elle lui souriait lorsque Mytho et Danton firent irruption dans la pièce. Danton, incrédule, les regardait avec ravissement. Quant à Mytho, il paraissait à la fois soulagé et nerveux. Jan, en croisant son regard, comprit qu'il avait peut-être vaguement espéré, à l'occasion de cette amnésie de Titania, prendre la première place dans son cœur. Être celui qui la ramènerait à elle-même. Il avait peut-être espéré que son amour pour Jan serait irrémédiablement effacé. De sorte que lorsqu'il les vit tous deux, la joie qu'il ressentit de retrouver Titania était teintée d'une inavouable déception.

— Je lui ai tout raconté, dit Jan précipitamment. Comment sa mère a été tuée par un assaillant inconnu, qui lui a lancé une lame. Comment elle est morte sous ses yeux. Et pourquoi le Réseau la croit coupable.

Danton ouvrit la bouche, puis la referma. Il échangea avec Jan un regard lourd d'interrogations, mais se retint de tout commentaire.

— Tu te souviens aussi de nous ? demanda Mytho, l'air un peu triste.

Titania eut un sourire espiègle.

— Heu, non, qui êtes-vous ?

— Moi ? Personne, répondit-il avec gravité.

Elle fut surprise par ce ton, mais se tourna vers Danton :

— Merci pour votre patience.

Danton se sentait plus ému qu'il ne voulait bien l'exprimer. Il hocha la tête en souriant.

— Je ne voudrais pas jouer les trouble-fête, dit Mytho avec brusquerie, mais… Jan, tu aurais une minute à m'accorder ?

Jan fronça les sourcils et lâcha à regret la main de Titania pour le suivre à l'écart.

— Qu'est-ce qui te prend, Mytho ?

— Il y a une chose que nous n'avons pas réglée. Et tu le sais très bien.

— De quoi tu parles ?

— Du fait que Titania pourrait très bien choisir d'hériter de sa mère et de reprendre Morgane Corp. Tu n'allais même pas lui en parler ! Et tu sais pourquoi tu ne veux pas lui en parler ? Parce que tu as peur.

— Peur de quoi ?

— Qu'elle te déçoive, mon pote. Qu'elle ne soit pas la princesse sans tache que tu t'es imaginée. Qu'elle soit plus dans mon genre : vénale et pas très à cheval sur les principes.

Jan resta un moment silencieux. Puis il explosa d'une colère froide, qui le faisait parler vite :

— Tu te trompes Mytho, sur elle, sur moi, et aussi sur toi-même. Tu tournes autour de Titania depuis plusieurs mois et là, maintenant que j'ai failli la perdre et que je viens à peine de la retrouver, tu te décides enfin à lâcher le morceau ?

— Moi aussi j'ai failli la perdre, je te signale.

— Et c'est ce qui va se passer, encore plus sûrement. On va lui poser la question, Mytho, et sois bien assuré que si elle hésite un tant soit peu, je me battrai jusqu'à mon dernier souffle pour la convaincre.

— Elle n'est pas faite pour toi, Jan. Tu es trop sage. Elle a besoin d'argent, d'action, de piment, pas de tes poèmes ridic...

Mytho ne finit pas sa phrase : Jan lui avait décoché un coup de tête.

Portant la main à son nez, il éclata d'un rire forcé :

— Eh bien, pour un bon Samaritain, tu n'es pas très charitable...

Jan, soudain calmé, respirait vite. Titania avait accouru, alertée par les éclats de voix et le bruit du coup.

— On peut savoir ce qui se passe ? demanda-t-elle.

Les deux jeunes gens échangèrent un regard bref. Ce fut Mytho qui prit la parole.

— Je vais te la faire courte, Titania. Deux chemins s'offrent à toi. Et on n'est pas d'accord sur celui que tu voudras prendre.

— Si vous étiez un peu plus clairs, je pourrais peut-être décider par moi-même ?

— Ta mère, Irina Morgovic, siffla Mytho en frottant son nez rouge. La fortune qu'elle te laisse est loin d'être un détail. Et tu es son héritière légitime.

— Mais... Jan m'a dit que j'étais recherchée par la police ?

— Depuis quand la police fait-elle correctement son travail ? Si tu étais inculpée, tu hériterais malgré tout, et le temps que le procès se tienne tu n'aurais pas grand mal à les faire manger dans ta main, avec tous tes millions.

Jan, à contrecœur, acquiesça.

— Il dit la vérité, confirma-t-il. Si tu te rends à la police, il y a fort à parier que tu ressortiras de chez eux d'ici à quelques semaines, blanchie, et à la tête d'une fortune colossale.

— Mais ?

— Mais ce sera sans moi, articula-t-il.

Titania se tut, perturbée. Jan la regardait intensément. Il ne fallait pas être grand clerc pour deviner ce qu'il pensait. Il souhaitait qu'elle change de visage et qu'elle le retrouve à Rome, anonyme, sans le sou, libre. C'était ainsi, et seulement ainsi, qu'ils pourraient vivre enfin leur amour.

Mytho, de son regard aigu, semblait pénétrer au plus profond de son âme trouble. Il savait quels démons l'avaient enchaînée à la construction personnelle, aux réalités virtuelles et au luxe. Il connaissait ce monde et son envers.

— Réfléchis à deux fois, ma belle, susurra-t-il. Tu pourrais rester l'icône que tu es, t'adonner à ton art et à ta fantaisie, mettre le feu au Réseau. Tu pourrais vivre dans une beauté perpétuelle et même, pourquoi pas, faire le bien avec cet argent ! Fermer Morgane Corp., faire quelque chose d'utile pour le monde !

Titania regarda Jan, comme si elle attendait qu'il parle à son tour. Mais il continua à se taire. Il avait déjà dit tout ce qu'il avait à dire : si elle choisissait d'hériter d'Irina Morgovic, il ne la suivrait pas.

— Si tu te lances dans cette folie, dit brusquement Mytho, je resterai à tes côtés aussi longtemps que tu voudras de moi.

Titania eut un mouvement de surprise et chercha le regard de Jan qui, impassible, gardait encore le silence. Il attendait, résigné, qu'elle fasse son choix.

Elle les observa tour à tour, longuement. Les yeux doux et graves de Jan, les yeux perçants et passionnés de Mytho. L'amour nu ou l'aventure imprévisible. L'identité enfin stabilisée ou l'abandon à la métamorphose.

— Je ne peux accepter aucun héritage de ma mère, articula-t-elle enfin d'une voix ferme. Prendre sa place, ce serait renoncer à tout ce que j'ai construit sans elle. Ce serait me damner.

— Il faut que tu sois plus claire, Titania, dit Jan d'une voix blanche. Tu ne dois pas choisir seulement entre deux chemins, mais aussi entre deux personnes. Même si tu renonces à la fortune de ta mère, tu peux encore préférer vivre avec Mytho. Après tout, c'est lui qui t'a sauvée, chez Morgane Corp.

Titania paraissait presque blessée.

— Comment peux-tu croire que je t'abandonnerais maintenant, Jan ? Après tout ce que nous avons traversé ?

Jan l'enveloppa de son regard profond :

— Je ne l'ai jamais cru. J'ai toujours su ce que tu choisirais à la fin.

Mytho, défait, baissa nerveusement la tête. Sa douleur était si manifeste que tout le monde en ressentit un malaise.

— On se retrouve tous à Rome, malgré tout ? demanda Titania, anxieuse.

Mais Mytho, preste comme une couleuvre, s'était déjà glissé vers la porte et disparaissait dans la nuit.

— Ne pars pas comme ça ! cria Titania en se précipitant à sa suite.

La porte de Saint-Cloud, illuminée par les feux multicolores de la tour de LYD, paraissait déserte : Mytho s'était escamoté avec tout son art d'illusionniste. Il avait rejoint les Invisibles.

— Une fois que certaines choses sont dites, il n'y a pas de retour en arrière possible, commenta Danton d'un ton philosophe.

Mais Jan ne l'entendait pas. Son cœur battait à tout rompre. La jalousie informulée de Mytho, qui avait pesé sur son amour comme un nuage d'orage pendant toutes ces semaines, venait d'éclater, le laissant soudain rafraîchi et plus léger. Pour la première fois depuis longtemps, il n'avait plus peur de perdre Titania, et ce sentiment était si délicieux qu'il réduisait tout le reste à néant.

Dernières mues

MYTHO CONTINUA À ESPÉRER, pendant un long moment.

Il s'était d'abord rendu dans le squat qui avait été leur dernière demeure avant le procès et là, parmi le matériel d'arts plastiques et autres traces de leur campement, il avait attendu plusieurs heures. La vidéaste qui était venue le féliciter pour leur performance reçut un accueil si glacé qu'elle n'insista pas. Les yeux dans le vide, paraissant plus maigre que jamais, Mytho ne bougeait pas un cil. Il sentait sa propre vie lui échapper et partir en fumée, mais l'idée obstinée que Titania allait arriver, qu'elle le rejoindrait avant l'aube, l'attachait à ce lieu. Dès qu'il quitterait le squat, il le savait, il entrerait dans l'inconnu. Dans un Paris vide d'elle. Pire, dans un Paris où ils pourraient se croiser sans se reconnaître, et se chercher sans jamais se trouver. Si un jour elle venait à quitter Jan, comment la rejoindrait-il ?

À mesure que les heures de la nuit s'épaississaient, Mytho commençait à comprendre qu'elle ne viendrait pas. Pourquoi l'aurait-elle fait, d'ailleurs ? Elle avait choisi, et elle avait choisi Jan, sans une hésitation. Si triste qu'elle fût, peut-être, de son départ, elle n'avait aucune raison de le rechercher, car c'était lui qui avait décidé de bifurquer vers un autre chemin. Dans sa tête alourdie par la fatigue, des éléments se combinaient pourtant pour le sortir de cette situation insupportable. Il lui fallait la revoir, au moins une fois. Si elle ne se décidait pas à venir à lui, alors c'est lui qui irait vers elle. La péniche avait probablement regagné le quai de Bercy à l'heure qu'il était. Or pour leur dernière nuit dans leurs corps respectifs, Titania et Jan n'étaient sans doute pas restés avec Danton. Ils avaient probablement loué quelque chose en ville – peut-être au forum des Halles ? – et ils se sépareraient au matin.

Titania devait prendre le train pour Londres, Jan, pour Rome. Où allaient-ils se dire au revoir ? Certainement à la gare centrale, à Châtelet, d'où partaient les navettes électriques souterraines pour les destinations internationales. L'Eurostar, le Transalpin, le Transpyrénéen, le Thalys, l'Orient-Express. Mytho se concentra pour se mettre à leur place. Ils seraient sans doute tristes de se quitter, inquiets à la perspective de leurs opérations. Ils tairaient leur peur de s'aimer moins avec leurs nouveaux visages. Ils sentiraient l'inéluctabilité de la page qui se tourne, et ce départ sonnerait comme un adieu. Ils ne se diraient au revoir qu'au dernier moment, devant un portillon hermétique. Ce serait Jan qui accompagnerait Titania, très probablement. Et leur dernier baiser aurait lieu devant le portillon qui mène à l'Eurostar.

Lorsque tous ces éléments se furent emboîtés, Mytho se leva, ignorant les courbatures de sa carcasse rouillée. Il jeta un coup d'œil rapide sur les diverses affaires qui traînaient autour de lui et tomba sur deux morceaux de mues de serpents qu'ils n'avaient pas utilisées. Il les empocha, ainsi que le manteau à capuche qu'il revêtait lorsqu'il voulait passer inaperçu. Sans RV, il serait impossible de pénétrer dans la gare centrale, aussi n'eut-il aucun scrupule à « emprunter » celui de la vidéaste qui somnolait sur un lit de fortune. Lui rendrait-il le lendemain ? Pour être tout à fait honnête, il en doutait fort.

À Châtelet, il descendit de plusieurs niveaux par des plates-formes flottantes pour atteindre celui des navettes internationales. D'interminables tapis roulants se déployaient sous terre, dans des tunnels d'écrans qui donnaient au déplacement l'allure d'un déplacement virtuel. Le premier figurait de grands espaces de type américain, le second, une promenade sous-marine. La beauté des images hypnotisait les autres voyageurs mais Mytho, lui, restait concentré sur lui-même, marchant d'un bon pas sur la partie gauche du tapis où les gens pressés pouvaient doubler les flâneurs.

Il parvint enfin, vers 5 h 20, dans le grand hall central. Des portails immenses, décorés d'hologrammes, s'ouvraient comme les branches d'une étoile autour d'un vaste espace où l'on pouvait acheter et consommer toutes sortes de nourritures, de produits culturels et de services-minute. Bains publics, échoppes de tatouage, stands de restauration rapide, kinésithérapie, marchands de sommeil et de méditation zen, cinéma 3D, Pédagobots, salles de sport 3D, fleurissaient là, formant comme un petit village. La plupart des échoppes, à cette heure matinale, étaient fermées ou tournaient au ralenti ; et d'un coup d'œil, Mytho fit le tour du hall à la recherche de ses amis.

Les hologrammes de chaque destination étaient programmés pour correspondre au fuseau horaire et à la météo réels. Toute l'Europe était encore plongée dans la nuit, toutefois on percevait des lueurs d'aube dans les régions orientales. Un diaporama sophistiqué s'animait sous les yeux des passants : le Colisée, Big Ben, les canaux d'Amsterdam, Sainte-Sophie ou la Sagrada Familia se côtoyaient comme en une Cité unique ; l'instant d'après, c'étaient Stonehenge, la Toscane, les Flandres, les criques de Méditerranée et les terres brûlées d'Espagne qui s'ouvraient comme les fenêtres magiques d'une maison ouverte à tous les vents. Parmi ces paysages virtuels, qui dominaient l'espace de plusieurs mètres, les voyageurs passaient, s'arrêtaient, repartaient. La plupart d'entre eux possédaient des drones de voyage : ces petits chariots autonomes, agrémentés d'une interface vocale et d'un système de géolocalisation, étaient programmés pour guider, traduire, porter les bagages et prendre des photos à intervalles réguliers. On voyait ainsi des enfants marcher en suçant leur pouce, suivis par des chariots plus hauts qu'eux qui les rappelaient à l'ordre lorsqu'ils s'éloignaient trop. Ces différents groupes traçaient, au gré des obstacles, des formes géométriques aussi étranges que celles des nuées d'oiseaux se déplaçant dans le ciel.

Parmi toute cette faune cependant, aucune trace de Titania ou de Jan.

Mytho loua un drone et le remplit de toutes sortes d'articles inutiles afin d'adopter la contenance passe-partout d'un voyageur en transit. Il acheta aussi une pilule de caféine concentrée pour se donner un coup de fouet, ainsi qu'un paquet de nutriments. Puis il s'installa dans un fauteuil de relaxation avec vue sur l'hologramme de la Tamise qui prenait, dans l'aube brumeuse, des teintes argentées. C'était dans sa patrie de fées et de légendes, songea-t-il, que Titania effectuerait son ultime métamorphose. Il ne savait pas si Stéphane Loquart l'avait fait exprès, mais cela tombait bien.

Au fur et à mesure des minutes qui s'égrenaient, dans le confort que lui offrait ce fauteuil de relaxation, Mytho se résignait. Il ne savait pas exactement ce qu'il allait leur dire, lorsqu'il les verrait… Serait-il léger ? « Bonjour, je suis la troisième roue du carrosse, où est-ce qu'on va ? » Tragique ? « Titania, je ferai taire mon amour à jamais, mais je ne peux rester loin de toi. » Cynique ? « Dans le cas où votre relation tournerait court, est-ce qu'il ne serait pas intéressant d'avoir un joker ? » Sincère ? « Je ne sais pas ce que je fais là, mais je voulais vous dire au revoir... » Ou bien allait-il simplement rester tapi dans l'ombre, sans dire un mot ? Tout lui paraissait également bancal et absurde. En vérité, il le comprenait, leur séparation avait déjà eu lieu. Ce qui le poussait là, c'était un désir de clôture, un besoin d'affirmer sa liberté en apportant lui-même un point final à cette histoire.

Un point final. C'était bien ce dont il s'agissait. Mytho songea à ce qu'il était avant de rencontrer Jan : un HR au bout du rouleau, suppliant pour des nouilles chinoises, la jambe gangrenée, qui dormait rue des Martyrs. Il souleva son pantalon pour regarder sa jambe cybernétique, si parfaitement adaptée à son corps qu'il n'y pensait presque jamais. Il avait une Identité Informatique stable qui l'attendait, un métier... Mytho tenta de réfléchir le plus sincèrement possible. Était-ce ce qu'il souhaitait ? Changer de visage, et travailler pour Loquart ? Rentrer dans le rang des Nantis, oublier la Bohème... Ou bien... Il revit les Écumeurs, l'Amazone, le Collectionneur et tous ces lieux interlopes dans lesquels il était passé. N'avait-il pas une autre carrière à tenter, de ce côté-là ? Des travaux ponctuels à réaliser pour Loquart, en freelance – caméras cachées, interviews déguisées – et puis des petites affaires personnelles. La reprise en solo des vidéos du collectif. Un trafic de puces, peut-être, ou un stand à Saint-Ouen. Paris lui paraissait si vaste et si excitant, pour un

Invisible, qu'un sourire involontaire étirait progressivement ses lèvres.

Devant lui, sur l'hologramme de l'Eurostar, la lumière matinale éclairait Londres et déchirait ses haillons de nuages. Et soudain, il les vit arriver, de loin.

Titania avait un foulard qui couvrait totalement ses cheveux de neige et de grandes lunettes noires qui descendaient presque jusqu'à son menton. Jan, avec une capuche rabattue sur la tête, la tenait par la taille. Ils étaient l'un et l'autre sans le moindre bagage, et Mytho trouva ce départ, les mains dans les poches, étrangement émouvant. Titania devait avoir moins peur de l'opération, car c'était pour elle une expérience familière. Mais Jan, si naturel, si hermétique au Self-Art, allait renoncer au seul héritage qui lui restait de sa mère. Il paraissait plus petit, plus jeune aussi, et Mytho retrouva pour lui la sympathie que ce jeune homme décalé lui avait toujours inspirée. Il se souvint de ce qu'il avait dit un jour à Titania : Jan était un juste, il valait mieux qu'eux deux réunis. Et il ne put s'empêcher de penser que Titania serait sans doute plus heureuse avec Jan qu'avec lui.

Tandis que les deux jeunes gens, serrés l'un contre l'autre, se parlaient avec une intensité et une tristesse palpables à plusieurs mètres à la ronde, Mytho sut enfin ce qu'il allait faire. Il se força d'abord à les regarder, longtemps, afin de voir la réalité de leur amour en face et de ne jamais l'oublier. Puis il attendit qu'ils s'embrassent. Et là, furtif, profitant de leur absence au monde, il s'approcha à pas de loups et, avec toute l'adresse héritée de ses années de pickpocket, glissa dans leurs poches respectives un petit morceau de mue de serpent.

***

Stéphane Loquart était sur les nerfs depuis le 13. Dès le 14, il avait fallu faire face aux investigations de la police, avec plusieurs dépositions, dont deux avec voyage en Sécuribot. Il lui avait été impossible de ne pas donner le lieu d'atterrissage du VP, mais il prétendit, ce qui n'était pas absolument faux, ne pas savoir où les trois fugitifs se trouvaient ni ce qu'ils comptaient faire. Entre deux interrogatoires, il avait passé quelques coups de fil aux personnalités qui lui devaient des services dans diverses corporations dans l'espoir d'obtenir une baisse du zèle à son endroit. Il s'était bien sûr, malgré ce traitement de faveur, copieusement rongé les sangs à l'idée que ses protégés risquaient de se faire attraper avant de pouvoir changer de visage.

Ensuite, il y avait eu les visites répétées et de plus en plus menaçantes de Regenville, qui avait été moins facile à circonvenir que la police. Loquart n'avait fini par s'en débarrasser qu'en se payant les services d'un détective pour le filer, et ceux d'un garde du corps. Le gorille, un tas de muscles cybernétiques de deux mètres trente aux gestes étonnamment raffinés, était heureusement du genre silencieux et il parvenait par instants à oublier sa présence.

Son compte OMS, pour comble de tracasseries, était inondé de messages hystériques, qui allaient de l'enthousiasme le plus inconvenant – il y avait eu un décès lors de cette émission, tout de même ! – et les protestations les plus viles. Parce qu'il avait médiatisé le collectif subversif et brisé le tabou d'une mort presque en direct, on faisait tour à tour de Stéphane Loquart le héraut de la résistance aux corporations et le voyeur immonde qui faisait profit de la mort. Plusieurs procès lui avaient été intentés. Des procès sans grande importance, mais qui avaient malgré tout nécessité qu'il engage un cinquième avocat.

Enfin, il avait un travail monstre. Il fallait battre le fer tant qu'il était chaud et renégocier le prix des plages de publicité à la faveur de cette audience sans précédent. L'argent coulait à flots et cela était grisant. Mais il était important de garder la tête froide. Et puis il fallait couvrir la mort d'Irina Morgovic : pas question de laisser cette aubaine aux autres chaînes. Happening devait le faire, avec intelligence, subtilité, dignité… Aussi, faisant fi des conseils de ses collaborateurs lui enjoignant de rester discret, Loquart se chargea lui-même du commentaire des funérailles qui eurent lieu en grande pompe au Père-Lachaise.

Le jour où Irina fut enterrée, il reçut enfin un appel de la clinique de Londres, puis, quelques heures plus tard, un autre de celle de Rome. Titania et Jan étaient arrivés à bon port et les opérations allaient pouvoir se dérouler sans encombre. Les nouvelles identités étaient prêtes :

Jan allait devenir le reporter Gianni Strada, et Titania, la vidéaste Tania Folk, qui allaient bientôt travailler pour lui. Il avait d'ailleurs déjà une multitude de projets à leur soumettre. En revanche, il était surpris que la clinique de Paris ne l'ait pas appelé. En toute logique, ils auraient même dû l'appeler avant.

— Adèle ?

Le gorille, prévenant, ouvrit la porte à la secrétaire.

— Pouvez-vous appeler la clinique de la rue de Belzunce ? Demandez-leur si le patient qu'ils attendaient est bien arrivé.

— Tout de suite, liberton Loquart.

Stéphane Loquart hocha la tête, puis il tâcha d'oublier la présence du géant docile qu'il payait à perdre son temps – ce dont il s'acquittait du reste avec une remarquable patience. Il se plongea dans les documents audiovisuels qui devaient lui servir à préparer son émission du lendemain. La prétendue Daphné Morgovic serait son invitée et il comptait bien la déstabiliser autant que possible. Cette sombre histoire d'organes et de meurtre, de fausse fille et d'héritage, c'était du pain bénit pour l'audience. Et il savait exactement quoi faire pour en tirer le maximum de profit.

— Monsieur Loquart ?

— Oui, Adèle ?

— La clinique n'a pas vu le patient. Ils disent qu'ils ne peuvent réserver indéfiniment la place.

— Dites-leur de patienter encore jusqu'à demain.

— Bien, monsieur.

Stéphane Loquart resta pensif un moment. Ce Mytho était certainement le plus insaisissable des trois... Inventif, audacieux, polymorphe. Et peu fiable. Il valait peut-être mieux, au fond, ne pas l'embaucher de manière pérenne. Loquart était presque sûr que ce personnage reparaîtrait au moment où il l'attendrait le moins. Après tout, cette opération chirurgicale et cette nouvelle Identité Informatique étaient le salaire que Loquart leur avait promis à tous les trois. Mytho l'avait dédaigné, mais il viendrait récupérer sa mise sous une autre forme, plus tard. Les types comme lui ne laissaient pas leurs créances courir très longtemps, surtout quand ils étaient dans le pétrin. HR, seul, privé de public... Loquart ne lui donnait pas quinze jours avant de refaire surface. Peut-être arriverait-il à lui faire donner une interview ?

En soupirant, il se remit à l'étude de ses fichiers audiovisuels. Le silence retomba dans le bureau pourpre où l'autoportrait de Dürer, dans l'ombre, semblait surveiller à la fois le garde du corps méditatif et l'homme du Réseau, nerveux et concentré, qui venait de dégrafer sa fraise et s'agitait mystérieusement devant son écran 3D.

***

Lorsque, installée dans le train, Titania mit la main dans sa poche et découvrit la mue de serpent, elle ressentit une émotion vive et deux larmes perlèrent bientôt à ses yeux. Elle avait reconnu Mytho, tout de suite, derrière ce geste élégant et discret, lourd d'une déclaration trouble. Quand diable avait-il pu réussir à mettre ça dans sa poche ? L'avait-il suivie depuis la péniche ? L'éternel second, l'homme de l'ombre, l'Invisible, ne lui laissait que son enveloppe comme trace ultime de son passage. Qui allait-il devenir ? Quelle peau neuve allait-il endosser ? Ils s'étaient quittés au seuil de leurs métamorphoses et ne pourraient jamais se reconnaître. Tout ce qu'ils conserveraient l'un de l'autre, c'était l'enveloppe laissée en arrière – ce qu'ils étaient *avant*. Les personnes qu'ils allaient devenir ne se connaîtraient pas.

Titania, dans la solitude de ce tunnel sous la Manche qui l'emportait vers une nouvelle incarnation, se demanda ce qu'elle éprouvait pour lui. Mytho avait tant de visages, tant d'humeurs, tant de secrets, qu'on ne pouvait ressentir envers lui que des sentiments changeants, divers. Elle éprouvait de la pitié, de la colère, de la confiance mêlée d'un peu de peur, de la reconnaissance, de l'agacement, beaucoup de proximité et, par instants, un inexplicable trouble.

Mytho lui manquerait. Mais il n'y avait pas de place pour lui dans sa nouvelle existence. Le train qui l'emportait, à pleine vitesse, à travers la terre et la mer, l'éloignait chaque seconde un peu plus de ce passé auquel il appartenait maintenant. Dans l'avenir, elle ne voyait que Jan.

***

Jan, quant à lui, ne trouva la mue de serpent dans la poche de sa veste que lorsqu'il se déshabilla dans la chambre de la clinique.

Il avait traversé Rome le plus vite possible, en suivant les indications de son RV et en s'efforçant de ne rien regarder. La lumière qui l'assaillait, ainsi que la beauté presque agressive de la ville, de ses coupoles, de ses façades, de son Histoire, l'avaient empli d'un désir singulier. Tout en suivant le chemin qui le menait à sa propre métamorphose, il avait humé sans le vouloir les couleurs ocre et verte du Palatin, les accents chantants de la langue italienne, les reflets paresseux du Tibre. La ville l'entêtait. Déjà il s'en sentait amoureux. Mais il réservait sa découverte pour plus tard. Une découverte qu'il imaginait longue, minutieuse, sensuelle. Une découverte qu'il ferait avec Titania, lorsqu'ils seraient là, tous les deux.

La clinique, située dans le quartier du Trastevere, était un bâtiment ultramoderne niché dans un jardin antique. Les citronniers, les cyprès, les oliviers, paraissaient naturels et dégageaient un parfum subtil. Des statues de marbre qui n'étaient pas des hologrammes se découpaient dans la verdure. Jan se souvint de la seule expérience similaire qu'il ait eue : la simulation 3D de la promenade dans la Villa Cimbrone. Il retrouvait l'ombre de ces sensations puissantes qu'il avait partagées avec Titania, et goûtait la joie enfantine de pénétrer pour de vrai dans un royaume aperçu en rêve. Dans son émerveillement, Jan crut voir une statue blanche avancer vers lui, majestueuse. C'était un patriarche aux yeux creux, enveloppé d'une toge aux remarquables drapés. Jan décela quelque chose de mécanique dans sa démarche, et comprit qu'il s'agissait d'un Servibot qui venait à sa rencontre. Jan s'identifia. Le Servibot se mit aussitôt à lui parler en français, d'une voix rocailleuse étrangement humaine.

— Vous êtes attendu dans la chambre 851, dit-il. Votre reconfiguration esthétique est programmée pour demain et nous devons procéder à tous les préparatifs d'usage : examen cardiaque, artériel et neurologique, bilan allergologique et définition numériquement assistée de la morphologie faciale du visage-cible.

Jan le suivit, sans oser répondre à ce dieu artificiel descendu d'un Olympe technologique. Il ne put s'empêcher de voir un bon augure dans ce numéro de chambre – 851 – qui le plongea un bref instant dans l'atmosphère amoureuse d'un VP flottant au-dessus de Paris. Ils ne rencontrèrent personne avant d'arriver dans la chambre, un espace aseptisé dans lequel des œuvres d'art minimalistes du XXIe siècle étaient accrochées comme dans un musée. Il porta machinalement les yeux sur une toile blanche comportant un minuscule carré noir en son centre.

— Le personnel de la clinique ne tardera pas à prendre contact avec vous. Vous êtes invité à vous déshabiller et à utiliser le caisson de douche vapeur, programme numéro 12.

Jan vit le Servibot pivoter et repartir, ses lourds pieds martelant les couloirs vides. Il retira sa veste, et ce fut à ce moment qu'il trouva la mue de serpent, ce qui lui donna une légère décharge d'adrénaline. Il pensa d'abord que c'était Titania qui lui avait laissé ce message pour l'encourager dans cette opération qu'il redoutait. Mais il ne reconnaissait pas là ses manières sensibles : il y avait quelque chose d'un peu sarcastique dans cet objet déposé à son insu dans son vêtement.

Jan, nu, s'engouffra dans le caisson de douche et lança le programme 12 : « Hygiène chirurgicale et relaxation. » Tandis que les jets bienfaisants massaient et désinfectaient son corps entier, son esprit continua à vagabonder. Pourquoi Titania aurait-elle fait ce geste et où pouvait-elle avoir trouvé cette mue, de toute façon ? Il avait passé tout son temps avec elle, depuis la péniche jusqu'à la gare. Il était très improbable qu'elle ait gardé tout ce temps une mue de serpent… Et soudain, la lumière se fit dans son esprit.

Mytho. Il les avait suivis, et avait trouvé le moyen de glisser cette mue dans sa poche. Sarcasme ? Avertissement ? Geste d'adieu ? Qui pouvait savoir dans quelle disposition il se trouvait à son endroit ? Il était jaloux, en colère peut-être. Jan, qui aimait tout mettre en mots, chercha à traduire ce message. Mytho lui souhaitait-il simplement « Bonne métamorphose » ? Lui rappelait-il qu'à l'instar de tous les autres coupables, Jan avait une dette envers lui ? Suggérait-il que sa victoire n'était que temporaire, avec l'idée que tout est sans cesse soumis au changement, que la roue tourne, que rien ne dure ?

La douche s'arrêta et le caisson s'ouvrit. Jan fut tiré abruptement de sa rêverie par la présence d'une assistante qui s'appliquait à afficher sur un écran virtuel un visage inconnu.

— Bonsoir, liberton. Nous allons procéder à la définition morphologique du visage-cible, si vous le voulez bien.

Jan faillit protester contre son intrusion alors qu'il était nu, mais il préféra se vêtir de la blouse blanche qu'elle lui tendait.

— C'est Stéphane Loquart qui vous a proposé ce visage-là ? demanda-t-il.

L'infirmière, une jeune femme brune au visage régulier, parut avoir du mal à le comprendre.

— Je parle français, dit-elle avec un fort accent italien, mais je vous prie de bien vouloir vous exprimer avec lenteur.

— Ce visage, articula-t-il, c'est celui que je vais avoir ?

— Pas forcément. Mais il s'agit du visage par défaut que l'ordinateur nous fournit. Il a été déterminé par deux paramètres. *Primo*, la relative proximité morphologique de ce faciès avec le vôtre, de manière à simplifier l'opération. *Secundo*, l'impression générale de différence avec le vôtre, afin qu'on ne vous reconnaisse pas. Ce visage, c'est en quelque sorte le visage *optimum*.

Jan lui jeta un coup d'œil plus appuyé. C'était un visage neutre, qui ne lui disait rien.

— Mais on peut le changer ?

— Oui, bien sûr. Ce n'est qu'une base de travail. Nous allons examiner les détails que vous souhaitez modifier. L'image se mettra à clignoter en rouge si ce que vous demandez est trop coûteux. Et en vert si vous revenez trop près de votre visage initial.

Jan soupira.

— Je peux actionner moi-même les commandes ?

— Certainement.

Il se saisit du panneau de contrôle et commença à explorer les paramètres. Pigmentation, forme des sourcils, des paupières, des pommettes, du nez, de la mâchoire, ossature du visage, présence de rides, nombre de dents… Tout cela lui donnait le tournis, et lui faisait mal rien que d'y penser.

— Je voudrais la transformation minimum, finit-il par dire. Et si possible pas trop douloureuse.

— L'idée est tout de même qu'on ne vous reconnaisse pas ?

— Oui. Que me conseillez-vous ?

— Modification de la pigmentation, de l'âge apparent, de la forme des paupières et du nez. C'est le pack le moins coûteux.

— Vous pouvez me montrer ?

— Bien sûr. Voulez-vous changer de type racial ?

La question surprit Jan, qui ne se l'était jamais posée.

— Eh bien, je ne sais pas. Qu'est-ce que cela donnerait ?

L'infirmière reprit les commandes et lui montra différents morphings à partir de son visage : type africain, asiatique, amérindien.

— Je vous conseille le type amérindien, qui vous transforme moins.

Ses cheveux devenaient noirs et plus raides qu'ils n'étaient, et sa peau prenait quelques teintes dans le nuancier Pantone de peau humaine qu'elle lui présentait.

— Je vous recommande une modification de la forme des paupières et du nez cohérente avec cette pigmentation, dit-elle. Comme ceci… ou comme cela…

Son nez devenait plus aquilin, ses yeux moins ronds. Le visage obtenu ne manquait pas d'un certain charme et Jan se dit qu'il finirait sans doute par s'y habituer.

— Pour l'âge apparent, on garde le même ?

Jan réfléchit. Il se sentait beaucoup plus vieux que quelques mois auparavant, et il lui parut de bon sens d'adapter son nouveau physique à ce sentiment intérieur.

— Non, je voudrais être légèrement vieilli.

— Je vous laisse faire : vous arrêtez le morphing quand vous atteignez l'âge souhaité.

Le visage vaguement amérindien se mit à vieillir sur l'écran : la peau un peu plus fine, les contours un peu moins précis, les traits un peu plus épais.

— Là, c'est bien.

— Trente-deux ans d'âge apparent ?

— C'est trop ?

— Il est rare que les gens se fassent vieillir de treize ans, mais le client est roi.

— Que me conseillez-vous, alors ?

L'infirmière regarda le visage choisi par Jan.

— Je vous conseillerais bien vingt-cinq. Juste un peu moins juvénile qu'aujourd'hui, mais toujours aussi tendre, dit-elle en souriant.

Jan lui sourit en retour, surpris.

— Vous semblez avoir l'habitude. Je vous fais confiance.

L'infirmière déclara au bout de quelques secondes :

— Nous y voilà. Qu'en dites-vous ? Ce visage vous convient ?

Jan acquiesça. Elle prit un élégant RV dans ses affaires et accomplit une manipulation rapide.

— Très bien. Je dois dire que vous êtes un client particulièrement facile. Ce n'est pas toujours le cas des Français. Mais je vois à votre nom que vous avez maintenant des origines italiennes…

Jan sourit.

— Voici votre RV, liberton Strada. Je dois prendre le vôtre en échange.

Jan tendit le RV qu'il utilisait depuis quelques mois.

— Vous avez l'habitude de croiser ici des gens en cavale, on dirait ?

— Je ne comprends pas « en cavale ».

— Des gens qui fuient.

— C'est mon métier, liberton Strada. Nous accompagnons les gens qui ont besoin d'un nouveau départ.

— Puis-je vous demander combien Stéphane Loquart a déboursé pour ce service ?

— Le liberton Loquart jouit de tarifs préférentiels. C'est un client très spécial. Nous lui avons proposé un forfait à quatre-vingt-quinze mille crédits.

Jan hocha la tête.

— N'hésitez pas à profiter du jardin, nos Servibots sont également à votre disposition pour le service de restauration. À demain !

— À demain.

Jan, un peu angoissé, ouvrit son nouveau RV. La photographie et l'avatar étaient déjà à l'effigie de ce garçon de vingt-cinq ans au teint cuivré et aux cheveux noir de jais, qui répondait au nom de Gianni Strada.

***

Dans la clinique londonienne, l'assistant qui s'occupait de Titania avait du mal à cacher sa fatigue. Cela faisait environ deux heures qu'ils travaillaient sur son profil, auquel la jeune femme apportait des modifications infimes et toujours renouvelées. On eût dit qu'elle façonnait le nez d'une statue qui devait être son grand-œuvre, en y apportant un soin méticuleux, perfectionniste.

— Êtes-vous satisfaite ? demanda-t-il pour la dixième fois, sans conviction.

Titania, très calmement, regarda le visage proposé.

— Le nez est convenable, dit-elle, mais il y a encore quelque chose qui cloche… La hauteur des pommettes, peut-être ? Est-il possible de modifier très légèrement la forme de l'arcade sourcilière ?

L'assistant entra les modifications demandées et l'image clignota en rouge.

— Je crains que vous ne dépassiez le budget, dit-il.

— Laissez tomber, alors. Mais pour la peau, décidément, retirez-moi ces taches de rousseur. Et la teinte est encore trop mate.

— Trop mate ? Mais le visage est déjà très pâle…

— Vous avez raison. Mais je le veux ainsi, pâle, et capable de s'empourprer sous le coup de la chaleur ou de l'émotion… Pouvez-vous intégrer un maquillage permanent sur les paupières ?

L'assistant entra les modifications.

— Ombre à paupières ?

— Oui. Montrez-moi le nuancier…

L'assistant, bouillant intérieurement mais sans rien en laisser paraître, s'exécuta. Alors Titania regarda intensément le visage qu'elle s'était créé : le visage de Daphné telle qu'elle le rêvait, telle qu'elle le couvait depuis quelques semaines. L'assistant, qui ne cessait de l'observer, ne comprenait pas pourquoi une fille aussi parfaite se montrait si pointilleuse sur tous les détails qui allaient l'enlaidir. Ce travail absurde heurtait sa conscience professionnelle et il finit par lâcher :

— Vous êtes déjà si belle. Vous ne voulez pas rester comme vous êtes ?

Il regretta aussitôt sa question et pria pour qu'aucun manager ne l'eût entendu la poser.

Titania fronça les sourcils et le considéra avec mépris.

— Ça ira, pour le visage-cible, je vous remercie.

Une légère rougeur était montée à ses joues et ses yeux violets, si calmes jusqu'ici, semblaient striés d'éclairs. Tout ce qu'elle faisait ou disait, ses moindres mouvements, toutes ses expressions paraissaient pourtant augmenter sa beauté… Cette fille était un vrai chef-d'œuvre de Self-Art. L'assistant se demanda à quoi elle ressemblerait, le lendemain, quand elle serait en colère, et la regarda partir sans ajouter un mot.

Il lui répugnait décidément de la transformer, exactement comme il répugnerait à un peintre médiocre, conscient de la pauvreté de son art, de ses couleurs et de son imagination, de barbouiller par-dessus la toile miraculeuse d'un maître.

Retour à la fontaine

JAN ÉTAIT ASSIS SUR LE REBORD de la fontaine de Trevi et délaissa un instant son RV pour admirer, derrière lui, les statues de la façade du Palais Poli. Elles paraissaient avoir vaincu leur gangue de pierre pour s'avancer dans la fontaine. Les formes géométriques de la façade s'écroulaient en une rocaille irrégulière et, à l'avant des deux statues sagement nichées derrière lui, Neptune semblait lui aussi être sorti du rang… La façade de pierre achevait sa libération dans l'eau mouvante de la fontaine. C'était l'allégorie d'une métamorphose que Jan ne pouvait s'empêcher de contempler, encore et encore.

Ici aussi, comme à Paris, LYD s'était donné beaucoup de mal. Des Esthétibots d'une grâce infinie, en forme de créatures marines, s'échappaient sans cesse de l'eau pour y replonger au bout de quelques mètres d'un vol lent. On voyait des hippocampes, des poissons volants, des calamars noirs dont le dos étoilé se drapait comme une moire. Des nuées d'oiseaux mécaniques les poursuivaient avant de se jucher au sommet du palais. Les cheveux et la barbe de Neptune, ainsi que la crinière des chevaux, étaient agités d'un mouvement ondulant, par la magie des nano-kaléidoscopes qui reconfiguraient sans cesse leur matière. Enfin, le fond de la fontaine, où les anciens avaient eu l'habitude de jeter des pièces de monnaie, était équipé d'un hologramme qui projetait un monde sous-marin fait de coraux et d'anémones dansantes, traversé parfois par les silhouettes furtives de tritons.

Jan suivit des yeux toutes ces formes à la fois puissantes et gracieuses, puis tourna la tête de l'autre côté. La place, malgré les travaux qui l'avaient élargie, demeurait trop étroite pour la foule qui s'y pressait. Et Jan se mit à dévisager, comme il le faisait depuis plusieurs jours, toutes les jeunes femmes qui passaient. Les brunes, les blondes, les noires, les blanches, les jeunes femmes tristes, dédaigneuses, amoureuses, contemplatives, impérieuses… toutes passaient au crible de son regard. Il avait osé en aborder quelques-unes, au début. « Titania ? » avait-il hasardé. Devant les yeux glacés qu'on lui lançait, les moues méfiantes, il avait renoncé à prononcer ce nom. Il se contentait parfois d'échanger un long regard avec une inconnue, y cherchant l'expression triste et profonde de Titania. Mais cette expression était si indissociable de ses yeux violets qu'il ignorait s'il serait un jour capable de la retrouver ailleurs. Le plus long quiproquo n'avait duré qu'une ou deux minutes.

— Vous êtes celle que j'attends ? avait-il demandé à une jeune fille très Art', qui arborait une plaque de métal au cou et des cheveux qui ressemblaient à des plumes de paon.

— Peut-être, avait répondu la jeune femme d'un air mutin.

— Comment puis-je en être sûr ? avait-il ajouté.

— Vous ne pouvez pas, avait-elle tranché. Il vous faut prendre le pari.

— Si vous étiez une reine, vous seriez une reine de quoi ? demanda-t-il.

— La reine de Rome, bien sûr ! avait lancé la jeune fille en éclatant d'un rire qu'il trouva, soudain, affreusement banal.

— Excusez-moi, je vous ai prise pour une autre, s'était-il excusé.

Suite à cette mésaventure, il avait préféré attendre. Après tout, n'était-ce pas elle qui l'avait abordé, la première fois ? Il devait écrire, écrire sur son mur, avec son RV. C'est à travers le Réseau qu'elle le retrouverait. Et c'est ce qu'il s'efforçait de faire, depuis trois jours, presque toujours à la même place, sur le rebord de la fontaine.

Aujourd'hui, la solitude commençait à lui peser et, après avoir enfilé le casque d'immersion virtuelle, il activa la Rémanence de sa mère.

— Bonjour, Jan.

La voix familière, qui l'appelait par son ancien nom, lui fit du bien.

— Bonjour, Maman. Connais-tu la fontaine de Trevi ?

— Non, je n'ai jamais eu l'occasion de voyager en Italie.

— C'est un pays envoûtant, dit-il.

Il réfléchit un instant à ce dont il avait envie de parler avec elle.

— Peux-tu me raconter un souvenir de mon enfance ?

C'était une question qu'il avait posée par hasard, quelques jours auparavant. La réponse de la Rémanence l'avait tant ému que depuis, il la posait presque à chaque fois. Sa mère, de son lointain inaccessible, lui en racontait toujours un différent, et il avait souvent les larmes aux yeux à l'évocation de ces jours enfuis.

— As-tu une préférence pour un genre de souvenir ?

— Un où nous étions séparés et où nous nous sommes retrouvés ?

— Je me souviens d'un jour, commença la Rémanence… Tu n'étais pas bien grand, tu devais avoir trois ou quatre ans. Ton père te prenait parfois pour la journée, à cette époque, je ne sais pas si tu t'en souviens.

— Non. Je n'ai aucun souvenir de lui.

— Il t'avait emmené quelque part, dans un endroit luxueux où tu rêvais d'aller. Au Grand Palais, ou au palais des Caprices, je ne sais plus. Moi, je ne voulais pas aller là-bas, parce que ces choses-là me font peur. Mais j'étais contente, parce que je pensais te retrouver dans un état d'émerveillement avancé… Or ce fut tout le contraire : à votre retour, tu étais sombre et mélancolique.

— Que s'était-il passé ?

— Je ne l'ai jamais su. Mais quand je t'ai demandé si tu avais aimé ta journée, tu m'as regardée et tu as dit : « Rien n'est jamais aussi bien que dans les rêves. » « Tu es déçu ? » t'ai-je demandé. Alors tu t'es mis à pleurer et tu m'as serrée dans tes bras. « Les gens, t'ai-je dit, les gens peuvent être aussi bien que dans les rêves. » Tu t'en souviens ?

Jan avait un sourire mélancolique sur le visage.

— Je me souviens de cette phrase, oui. Mais je croyais que c'était un proverbe.

La Rémanence ne rebondit pas et Jan l'éteignit, ému. Avait-il peur d'être déçu par le nouveau visage de Titania ? Ou la nouvelle Titania serait-elle « aussi bien » que dans son rêve ? Sans quitter le Réseau, il se mit à écrire, espérant à chaque mot qu'une petite voix impertinente allait l'interrompre dans le monde réel.

Que puis-je devenir dans ce monde immoral
Qu'un vent glacé, changeant, agite au gré des modes,
Où la beauté repose en des lignes de code,
Où tout espoir respire mal ?

Qui puis-je être ? Bourreau abruti de plaisirs,
Vautré dans le Réseau comme une bête infâme ?

Profiteur de misère, consommateur sans âme,
Destructeur de mon avenir ?

HR sans feu ni lieu, louvoyant ou brutal ?
Dissident sans espoir ? Futur mort sur commande ?
Y a-t-il un sens secret dans cette Samarcande,
Où puiser mon élan vital ?

Je veux être amoureux, créateur, juste et libre.
Envers et contre tout, me tenir à mon rêve.
Inventer un chemin, sans boussole et sans trêve,
Où il puisse être beau de vivre.

Jan n'était pas satisfait, parce que « libre » ne rimait pas tout à fait avec « vivre ». Il ôta son casque d'immersion virtuelle et fut presque surpris de se retrouver parmi la foule. « Vous mettez un temps infini à retomber sur Terre », lui avait dit Titania le premier jour.

Il balayait la foule du regard, presque machinalement, lorsqu'une silhouette encore lointaine mit ses sens en alerte. Elle avait la taille, la démarche, le port altier de Titania. Et, ainsi qu'il le remarqua avec tendresse, la foule s'écartait très légèrement sur son passage. Elle n'était plus nimbée de nacre et d'argent mais de brun et de vert, comme un esprit de la forêt. Ses cheveux châtains ondulaient légèrement sur ses épaules ; ses lèvres rouges, comme des baies sauvages, éclataient de couleur. De larges bijoux mats, aux motifs floraux, pendaient à ses oreilles et à son cou et elle était juchée sur d'improbables bottes qui rappelaient vaguement un costume de cavalière.

C'était elle – ce ne pouvait être qu'elle.

Il se dégageait de sa personne cette unité dont elle avait toujours été si fière, ce style qui, comme un air de famille, était le lien subtil et stable de ses identités perdues. Il regarda mieux son visage, qui lui parut alors bizarrement étranger. C'était une jolie jeune femme, aux traits un peu plus communs, un peu moins finement dessinés, un peu moins symétriques que ceux de Titania. Jan crut discerner un tatouage, ou un grain de beauté, juste sous l'œil droit.

Il enfila à nouveau son casque d'immersion virtuelle et reprit la composition de son poème. En tremblant un peu, il effaça le mot « libre », le remplaça par « ivre », et se relut :

Je veux être amoureux, créateur, juste et ivre.
Envers et contre tout, me tenir à mon rêve.
Inventer un chemin, sans boussole et sans trêve,
Où il puisse être beau de vivre.

— Moi, je préfère « libre », dit la voix, absolument inchangée, de Titania.

Il ôta lentement son casque et garda les yeux fermés.

— Je te laisse le temps de regarder mon visage, dit-il.

— Comment puis-je regarder ton visage si tu ne me montres pas tes yeux ?

Une main dont il reconnut avec émotion la forme et le mouvement vint effleurer la sienne, et il ouvrit les yeux.

Elle avait l'air grave, les sourcils un peu froncés, et Jan retrouvait là l'une de ses expressions coutumières. Son cœur battait à tout rompre : il découvrait pour la première fois ce visage inconnu, et pourtant… Il connaissait ce regard, quand bien même il éclairait aujourd'hui d'autres yeux. Des yeux couleur d'écorce et de fougère, où des nervures vertes illuminaient l'iris. Il connaissait cette moue, plissant d'autres lèvres, plus charnues. Au bout d'un court moment, Titania changea d'expression et Jan, à cet instant précis, tomba amoureux de son nouveau visage. Elle sourit, d'un sourire large que n'avait jamais dessiné son ancienne bouche de poupée, et une fossette se creusa au coin de sa joue. Son teint très pâle se colora légèrement et ses narines frémirent.

Toute la beauté plastique qui avait fait de Titania une statue de déesse s'était enfuie. À sa place, Jan voyait éclore un visage merveilleusement vivant, expressif et touchant.

— Tania Folk, ravie de faire votre connaissance… dit-elle.

— Gianni Strada, prononça-t-il avec un accent italien exagéré.

— Je peux vous embrasser, Gianni Strada ?

— C'est un peu direct, fit-il observer en souriant.

— Je n'ai toujours pas de temps à perdre avec ce genre de convenances…

Ils s'enlacèrent et, dans l'obscurité de leur baiser, leurs visages présents et passés se confondirent. Aux abords de la fontaine, une HR, dans une longue robe en haillons, pieds nus, amusait la galerie en paradant avec un chaton sur la tête. On lui donnait des nutriments et de menus objets.

— Tu crois que la misère est moins pénible à Rome ? demanda Titania.

— La misère est la même partout, et partout aussi amère, dit Jan avec gravité.

— Nous ne sauverons pas le monde, dit Titania.

— Non. Mais nous pouvons peut-être le rendre un peu moins laid.

— Et contribuer à éveiller les consciences par nos enquêtes.

Ils se turent un moment. Titania, fascinée par la fontaine, avait les yeux qui brillaient.

— Je me sens si légère, murmura-t-elle. Pour la première fois, il me semble que je peux vivre enfin. Jan… Est-ce que j'ai le droit d'être heureuse, maintenant ?

Jan, avec son beau visage basané, marqua un silence grave. Titania avait-elle le droit d'être heureuse, alors qu'elle avait tué sa mère ? Il hésita à lui dire la vérité, mais son cœur parla avant sa raison.

— Oui, lui dit-il. Bien sûr que tu as le droit d'être heureuse, tu as même le devoir de l'être.

Elle sourit, et sa fossette charmante se creusa à nouveau.

— Tu es un peu plus vieux, non ?

— J'ai pris de la bouteille, confirma Jan. Vingt-cinq ans d'âge apparent… Je suis presque un vieux sage.

— Quand commençons-nous notre nouveau travail ?

— Le 13.

— Le 13 ? Cela nous laisse dix jours...

Dix jours. Dix jours de solitude et d'oisiveté dans cette Rome lumineuse et baroque... Histoire et modernité, réalité et songe, nature et artifice s'affrontaient ici dans un corps-à-corps étrange dont jaillissait parfois l'éclair d'une suprême beauté.

Il lui dirait la vérité, un jour. Il lui rendrait sa part d'ombre, qu'il gardait pour le moment enfermée en lui. Mais pas maintenant, pas alors qu'elle se sentait renaître. Cela aurait été trop cruel.

Il la regarda longuement, tandis qu'elle s'émerveillait de suivre les évolutions des Esthétibots. Et il songea qu'ils auraient bien le temps de souffrir. Aujourd'hui, maintenant, ils étaient ensemble, ils étaient hors de danger, ils étaient amoureux. Et la Cité Éternelle, avec ses vestiges antiques, ses hologrammes géants et ses statues animées, déroulait à leurs pieds son panorama fabuleux.